Ren Dhark®

Sonderband

Herausgegeben von
HAJO F. BREUER

HJB®

Lieferbare Ren Dhark-Bücher

Ren Dhark Classic-Zyklus – Die Heftserie
Bände 1-3 Paperback (Lizenzausgabe),
Bände 4-6 Hardcover (Lizenzausgabe),
Bände 7-16 Hardcover, HJB-Ausgabe,
je 352 Seiten, € 15,90

Ren Dhark Drakhon-Zyklus
Die Fortführung der Heftserie bei HJB
Buchausgabe, 352 Seiten, € 15,90
Band 1 »Geheimnis der Mysterious«
Band 2 »Die galaktische Katastrophe«
Band 3 »Der letzte seines Volkes«
Band 4 »Die Herren von Drakhon«
Band 5 »Kampf um IKO 1«
Band 6 »Sonne ohne Namen«
Band 7 »Schatten über Babylon«
Band 8 »Herkunft unbekannt«
Band 9 »Das Sternenversteck«
Band 10 »Fluchtpunkt M 53«
Band 11 »Grako-Alarm«
Band 12 »Helfer aus dem Dunkel«
Band 13 »Cyborg-Krise«
Band 14 »Weiter denn je«
Band 15 »Welt der Goldenen«
Band 16 »Die Verdammten«
Band 17 »Terra Nostra«
Band 18 »Verlorenes Volk«
Band 19 »Heerzug der Heimatlosen«
Band 20 »Im Zentrum der Macht«
Band 21 »Unheimliche Welt«
Band 22 »Die Sage der Goldenen«
Band 23 »Margun und Sola«
Band 24 »Die geheimen Herrscher«

Ren Dhark Platinum
Luxusausgabe, 160 Seiten, € 39,90
(1) »Legende der Nogk«

Ren Dhark Spezial
Nachdruck der alten Taschenbücher
Buchausgabe, 304 Seiten,
Band 1: € 11,90, Bände 2/3: € 14,90
Band 1 »Sternen-Saga/
Dursttod über Terra«
Band 2 »Zwischen gestern u. morgen/
Echo aus dem Weltall«
Band 3 »Als die Sterne weinten/
Sterbende Zukunft«

Ren Dhark Bitwar-Zyklus
Das aktuelle Abenteuer
Buchausgabe, 352 Seiten, € 15,90
Band 1 »Großangriff auf Grah«
Band 2 »Nach dem Inferno«

Ren Dhark-Sonderbände
Neugeschriebene Einzelbände
Hardcover, 192 Seiten, € 10,50
(2) »Gestrandet auf Bittan«
(3) »Wächter der Mysterious«
(4) »Hexenkessel Erde«
(5) »Der Todesbefehl«
(6) »Countdown zur Apokalypse«
(7) »Der Verräter«
(8) »Der schwarze Götze«
(9) »Erron 2 – Welt im Nichts«
(10) »Ex«
(11) »Türme des Todes«
(12) »Die schwarze Garde«
(13) »Dreizehn«
(14) »Krisensektor Munros Stern«
(15) »Die Kolonie«
(16) »Schattenraumer 986«
(17) »Jagd auf die Rebellen«
(18) »Rebell der Mysterious«
(19) »Im Dschungel von Grah«
(20) »Das Nano-Imperium«
(21) »Geheimnis der Vergangenheit«
(22) »Gisol – Der Jäger«
(23) »Gisol – Der Rächer«
(24) »Gisol – Der Schlächter«
(25) »Jagd nach dem ›Time‹-Effekt«
(26) »Wächter und Mensch«

Forschungsraumer CHARR
Eigenständige Subserie
Paperback, 96 Seiten, € 6,-
Band 1 »Im Auftrag des Imperiums«
Band 2 »Spur ins Dunkel«
Band 3 »Gigant im All«
Band 4 »Welt der Wunder«

Ren Dhark-Hörbücher
Boxen mit je 6 CD, Laufzeit
ca. 7 Stunden, € 39,90
Box 1 »Sternendschungel Galaxis«
(limitierte Edition mit 2 Bonus-CD)
Box 2 »Ruf aus der Vergangenheit«
(limitierte Edition mit RD-Metall-figur)

Wächter und Mensch

SF-Roman von

Hubert Haensel

nach einem Exposé von

Hajo F. Breuer

1. Auflage

HJB Verlag & Shop KG
Postfach 22 01 22
56544 Neuwied
Bestellungen und Abonnements:
0 26 31 – 35 48 32
Fax: 0 26 31 – 35 61 02
E-Mail: hjb@bernt.de
www.ren-dhark.de

Herausgeber: Hajo F. Breuer
Titelbild: Ralph Voltz
Druck und Bindung:
Ueberreuter Buchproduktion

ISBN 3-937355-30-8

Vorwort

Hubert Haensel lernte ich im Sommer 1999 kennen, als wir in Neuwied die erste Autorenkonferenz bezüglich der Fortschreibung von REN DHARK abhielten. Der Name war mir natürlich schon lange bekannt, und ich freute mich nicht nur, einem Profi von solchem Format persönlich zu begegnen, sondern vor allem auch darauf, ihn im REN DHARK-Team mit an Bord zu haben.

Leider war Hubert immer ziemlich stark beruflich eingespannt, so daß er nicht so viel Zeit für REN DHARK fand, wie ich es gerne gesehen hätte. Aber ich kann ihn verstehen: Als freiberuflicher Autor muß man immer möglichst viele Eisen im Feuer haben, wenn man nachts ruhig schlafen will, und Hubert Haensel ist eben sehr begehrt. Bei REN DHARK bildete sich rasch sein persönlicher Themenschwerpunkt heraus: Simon, der Wächter der Mysterious.

So mußte ich Hubert auch nicht erst lange überreden, als ich ihm diesen Sonderband über Simon anbieten konnte. Wir erinnern uns: Am Ende des Drakhon-Zyklus kehrte Simon nicht mit der terranischen Flotte unter dem Kommando von Ren Dhark in die heimatliche Milchstraße zurück. Er mußte einen Weg finden, zurück in den Hyperraum zu gelangen, wo sich ARKAN-12 befand, die Zentralstation des Wächterprogramms. Deren Hauptrechner, die INSTANZ, hatte Simon versprochen, ihn wieder zu einem Menschen zu machen, wenn er ihr Informationen über das Schicksal der Worgun, wie die Mysterious in Wirklichkeit hießen, bringen würde.

Nun besitzt Simon mehr Informationen, als er es sich überhaupt hätte vorstellen können – doch der Rückweg zur INSTANZ ist ihm verwehrt. Denn dazu benötigt er einen Arkan-Sender, der ihn in den Hyperraum transportiert. Dieses Gerät aber wurde beim Endkampf gegen die Herrscher der Galaxis Orn mitsamt Simons Ringraumer zerstört. Wie sich sein Schicksal nach dem Abflug Ren Dharks aus Orn nun weiter entwickelt, davon berichtet das folgende Buch…

Gut zwei Jahre später spielt die Handlung des neues Bandes des Bitwar-Zyklus, der unter dem Titel »Nach dem Inferno« soeben erschienen ist. Er schildert die Suche Ren Dharks nach den geheimnisvollen Schöpfern der goldenen Gigantstatuen – und der Weltraumveteran Roy Vegas stößt auf den wahren Kern einer uralten Legende…

Jetzt aber genug des Vorworts! Lassen sie sich von Hubert Haensel in die Galaxis Orn entführen und begleiten sie Simon, den *Wächter und Mensch*…

Giesenkirchen, im September 2004
Hajo F. Breuer

1.

»Sind die Waffensysteme einsatzbereit?«

Die Frage, noch dazu akustisch gestellt, war unnötig. Simon wußte das. Trotzdem konnte er nicht anders, als nachzufragen. Zuviel hing von dieser Mission ab.

Die bestätigenden Impulse der Spindelroboter erreichten ihn fast gleichzeitig. *Die Zyzzkt werden nichts zu lachen haben!* betonte Hugo.

Simon reagierte schon nicht mehr auf diese Antwort. Seine Wahrnehmung war ausschließlich auf das wogende Transmitterfeld gerichtet. Er hatte die Arme angewinkelt und umgeformt. Die Lichtreflexe des Transmitterrings spiegelten sich auf den Metallstümpfen, die nichts anderes waren als Waffenprojektoren.

Ich bin bereit! dachte Simon. *Einmal muß dieser Schrecken ein Ende haben.*

Er machte den entscheidenden Schritt.

*

Der Übergang vollzog sich unmerklich und ohne Zeitverlust.

Simon wich zur Seite, um den hinter ihm folgenden Spindelrobotern Platz zu machen. Seine künstlichen Sinne zeichneten ein exaktes Abbild der neuen Umgebung.

Er hatte eine große Halle erreicht. *Ovaler Querschnitt,* registrierte er. *Wände und Decke aus einer stählernen Wabenstruktur bestehend. Im Hintergrund, an der Stirnseite, ein Schott – groß genug für die Container, die in mehreren Reihen auf ihren Abtransport warteten.*

Noch war der Durchgang geschlossen.

Simon sah mindestens dreißig Zyzzkt an den Containern hantieren. Wie viele Insektoide sich wirklich in der Halle aufhielten, konnte er nicht einmal schätzen.

Sie hatten möglicherweise weitere Nachschublieferungen erwartet und deshalb nicht sofort auf die Aktivierung des Transmitters reagiert. Doch jetzt wurde ein mehrstimmiger, schriller Warnruf laut.

Das Klicken von Kieferzangen war zu vernehmen, dazu das Schaben der Chitinpanzer. Einige Insektoide richteten sich überrascht auf – und griffen nicht minder schnell zu ihren Waffen.

Für Simon gab es noch keinen Anhaltspunkt, ob er wirklich sein Ziel erreicht hatte. Aber das war in diesem Moment nebensächlich.

Gebündelte Thermostrahlen brachen aus seinen Armstümpfen hervor, während er scheinbar zur Statue erstarrte, ein Koloß aus rotem Tofirit, makellos und glatt und von humanoidem Äußeren, wenngleich sein Gesicht nichts anderes zu sein schien als eine gewölbte, ausdruckslose Fläche.

Er war Simon, einst ein Mensch, seit Jahren ein Wächter der Mysterious – der letzte Wächter. Und hoffentlich bald wieder der Mensch, der er einmal gewesen war. Endlos lange Jahre lag diese Existenz nun schon in der Vergangenheit.

Zwei Zyzzkt wurden von den Schüssen getroffen. Die Glut umloderte ihre dreigeteilten Leiber und ließ den Chitinpanzer verschmoren. Beißender Gestank breitete sich aus.

Simon feuerte weiter.

Einer der Käferartigen wurde im Sprung zur lodernden Fakkel. Er überschlug sich, wälzte sich zuckend herum und kam schrill zirpend wieder hoch. Mit letzter Kraft warf er sich dem Wächter entgegen.

Simon fegte den Zyzzkt mit einem wütenden Hieb zur Seite. Sein Schlag ließ den Körperpanzer aufbrechen und die Schreie verstummen. Es interessierte ihn nicht.

Er hatte sich in den letzten Wochen verändert. Das wußte er und akzeptierte das auch.

Simon war nicht mehr der als feinfühlig und zurückhaltend

geltende Mensch, der er einmal gewesen war und als der er sich wohl gefühlt hatte. Aus einiger Distanz betrachtet, hatte er sein altes Leben abgestreift wie eine Schlange ihre vertrocknende Haut. Leben, in welcher Form auch immer, war für ihn einer der höchsten Werte gewesen; er hätte nicht einmal eine Spinne zertreten können, ohne innerlich zu frösteln. Wahrscheinlich hätte er sie eingefangen und ihr an einem anderen Ort die Freiheit wiedergegeben.

Heute sah er das weit differenzierter.

Das Leben achtete er immer noch. Aber er hatte zu kämpfen gelernt. Gegen jene, die wie ein Schwarm gieriger Heuschrekken über andere Völker hergefallen waren und nichts als verbranntes Land zurückgelassen hatten. Die töteten, weil sie das für unumgänglich hielten, und die sich nie für das Leid und die Qualen ihrer Opfer interessierten.

Mit den Zyzzkt kann es keinen Frieden geben! dröhnte es in seinen Gedanken.

Er pauschalierte und ignorierte die Existenz von Rebellen in den Reihen der Zyzzkt ebenso wie die Tatsache, daß ihre Herrscherkaste aus mutierten, beinahe unsterblich gewordenen Worgun bestand.

Simon verdrängte diese Überlegungen und schritt auf den ersten Containerstapel zu.

Zehn Sekunden mittlerweile seit seiner Materialisation im Ringtransmitter...

Die Zyzzkt versuchten, ihn in die Zange zu nehmen. Von zwei Seiten schossen sie auf ihn, doch er reagierte nicht einmal, als sich das Tofirit seines Wächterkörpers an den Einschlagstellen verformte.

Vorübergehend erweiterte er seine Sinne auf Rundumerfassung.

Joker schwebte vor den Transmitterkontrollen, um den Rückweg offenzuhalten. Der Spindelroboter hantierte mit einer Vielzahl von Tentakelarmen an der Schalttafel. Zwischen ihm und den Zyzzkt hing ein Flirren in der Luft – ein Schutzschirm, der die Justierungseinheit vor Strahltreffern schützen sollte.

Hugo war bis halb zur Decke aufgestiegen und sicherte den

Zugang. Von seiner Position aus konnte er die Halle überblikken.

Hier sind mehr von diesen Wimmelwilden, als es den Anschein hatte! meldete er.

Hinter den Containern fluteten sie heran. Die meisten waren wohl als Arbeiter eingeteilt und kaum bewaffnet. Trotzdem konnten ihre Kieferzangen tödliche Wunden reißen.

Früher hätte Simon die Projektoren seiner Armstümpfe auf den lähmenden Strichpunktstrahl justiert. Inzwischen erschien ihm das angesichts der Opfer zyzzktischen Expansionsdrangs als Sentimentalität.

Im Salventakt feuerte er. Vor ihm stürzten brennende Insektenleiber übereinander, doch unverändert heftig drängten die anderen nach. Was mit ihresgleichen geschah, beachteten sie nicht. Blindwütig stürmten sie vorwärts.

Qualm wälzte sich über den Boden. Aber der befürchtete Alarm blieb aus.

Drei Zyzzkt sprangen Simon von der Seite an. Ihre Kieferzangen schnappten nach seinem Schädel oder umklammerten seine Arme, doch seiner Stärke hatten sie wenig entgegenzusetzen. Der Wächter wischte sie beiseite.

So schnell, wie er begonnen hatte, war der Kampf auch beendet. Simons Blick streifte die noch zuckenden Insektenleiber. Kein einziger Zyzzkt hatte zu fliehen versucht.

Wehe der Welt, die von diesen Wesen heimgesucht wurde. Nicht nur die Mysterious, die sich selbst Worgun nannten, waren den Wimmelwilden unterlegen. Die Menschheit auf der Erde hätte noch vor zehn Jahren eine Invasion nicht überstanden.

Und heute?

Ein erschreckender Gedanke. Simon wurde ihn nicht mehr los, seit er von der Millionenflotte der Zyzzkt erfahren hatte.

Simon, die Wimmelwilden versuchen, auf den Transmitter zuzugreifen! meldete Joker.

Ich verzeichne leicht ansteigenden Funkverkehr, fügte Hugo hinzu.

Simons hochgezüchteten Sinne tasteten nach dem Hyperkalkulator der Transmitterstation. Er bekam keinen Kontakt. Für einen Augenblick glaubte er, ins Leere zu stoßen... erst danach registrierte er den Widerstand. Der Superrechner war mit großer Akribie abgeschirmt worden.

Jemand nähert sich der Halle! ließ Hugo wissen.

Noch hatte Simon die benötigten Informationen nicht erhalten. Er suchte einen einzigen Datensatz oder wenigstens eine lapidare Bestätigung, daß er sein Ziel über den Transmitter erreicht hatte.

Als Wächter der Mysterious kannte Simon keine Ungeduld. Es war allein sein menschliches Erbe, das ihn zur Eile drängte.

Endlich spürte er die Datenströme auf. Der Hyperkalkulator stand über ein weitverzweigtes Netzwerk mit Hunderten peripherer Knoten in Verbindung.

Simon tastete weiter. Mit etwas Umsicht hatte er die Möglichkeit, sich unbemerkt an einen Randbereich anzuschließen. Ab dem Moment würde es einfacher sein, einzelne Datenpakete des Hauptspeichers abzufragen.

Jemand versucht, die Halle zu betreten!

Simon reagierte nicht.

Er benötigte nur noch wenige Sekunden...

Durch! Simon bekam Zugriff auf ein Redundanz-Ortungssystem und gab den Aktivierungsimpuls für die Schaltroutine. Energieversorgung der Sensoren, Abgleich der Speicherdaten mit den neu hereinkommenden Meßwerten...

Wie ein trockener Schwamm sog der Wächter die Streuimpulse in sich auf und setzte die Zyzzkt-Werte in Normmaße um.

Simon, ich gebe uns nur noch Sekunden! warnte Joker. *Dann werden die Zyzzkt herausgefunden haben, daß der Transmitter manipuliert wurde.*

Der Wächter schreckte auf. *Ich habe die Bestätigung!* Der Triumph in seiner Stimme war unverkennbar. *Wir sind am Zielpunkt angekommen!*

Ziehen wir uns sofort zurück? fragte Hugo.

Dumpfe Schläge hallten vom Schott herüber. Die Schleuse bildete neben dem Ringtransmitter den einzigen Zugang zu der Halle.

Simon, die Justierung ist umgepolt! funkte Joker. *Wir können den Sprengsatz holen.*

Der Wächter wandte sich wortlos um und schritt auf den Transmitterring zu. Wenn alles erwartungsgemäß ablief, existierte diese Station der Zyzzkt in einer Minute nicht mehr.

Aber das Entstofflichungsfeld veränderte seine Konsistenz. Innerhalb von Sekundenbruchteilen ließ es erst verwaschene Schlieren erkennen, dann brach es zusammen.

Der Wächter wurde nicht mehr entmaterialisiert.

Simon, totaler Energieausfall! Die Versorgung wurde von außen unterbrochen. Ein erneutes Hochfahren ist vorerst ausgeschlossen; wir kennen die räumliche Lage der Versorgungseinheit nicht.

Es war ein Fehler gewesen, den Fusionssprengsatz nicht sofort loszuschicken. Doch Simon hatte sicherstellen wollen, daß das hochbrisante Ei nicht durch einen Zufall Unbeteiligten ins Nest gelegt wurde. Solche Zufälle, das hatte er in seinem Leben längst gelernt, gab es mehr als genug.

Der Rückweg war den Spindelrobotern und ihm versperrt. Dennoch mußte er das gesteckte Ziel erreichen. Es war nach wie vor möglich.

Allerdings hatte Simon das eigene Ende bislang nicht einkalkuliert.

*

Eine Vielzahl von Zyzzkt war bereits damit befaßt, das Zugangsschott aufzubrechen. Aus weiter Ferne erklang ein schriller, anhaltender Ton.

»Interner Alarm wurde ausgelöst«, stellte Hugo fest und bediente sich plötzlich nur noch der akustischen Stimme. Wenngleich schon vorher die Funkreichweite nur auf wenige Meter justiert gewesen war. »Damit haben wir alles gegen uns, was hier kreucht und fleucht.«

»Ausschließlich Zyzzkt«, antwortete Joker.

Der leuchtende Energiering, der im oberen Drittel seinen Rumpf umfloß, ohne direkten Kontakt zum Metall zu haben, begann zu pulsieren – ein deutliches Anzeichen dafür, daß der Roboter bis an die Grenze seiner Leistungsfähigkeit belastet wurde.

Aus der unteren Rumpfhälfte hatte er weitere, sehr dünne Tentakel hervorgeschoben. Winzige Rauchwölkchen stiegen auf, als die Sensorarme in die Verkleidung der Transmitterkontrolle eindrangen.

Der pulsierende Energiering teilte sich und ließ den Eindruck entstehen, als bewege ein bizarres Lebewesen seine Lautbildungsorgane.

»Simon, die Restspeicher sind zu schwach. Ich kann sie auch dann nicht für einen Transmitterdurchgang auffüllen, wenn ich meine sämtlichen Reserven einspeise. Es tut mir leid.«

Für einen kurzen Moment hatte es den Anschein, als wollte sich der Wächterkörper in einen Menschen verwandeln. Eine kantige Nase formte sich, darunter volle Lippen und ein markantes, trotzig vorgerecktes Kinn. Die Augen in diesem Gesicht wirkten viel zu groß. Zudem starrten sie den Spindelroboter ungläubig an.

»Ich rechne durch, ob ein Verbund mit Hugos Energie den Transmitter aktivieren könnte. Simon, dann kannst du zurück und den Sprengsatz...«

»Falls das Feld vorher zusammenbricht, haben wir nichts erreicht«, widersprach Simon heftig. »Setzt eure Reserven sinnvoller ein!«

Die Umwandlung seiner Körperstruktur war wieder zum Stillstand gekommen. Es war eine seltsame Gestalt, die sich langsam von dem Transmitterring abwandte. Für jeden Außenstehenden wäre der Eindruck entstanden, daß ein unbekannter Künstler versucht hatte, einen kantigen Klotz zu bearbeiten. Dem Schädel hatte er mit groben Schlägen Kontur gegeben, auch Schultern und Arme waren proportional zutreffend angelegt. Die Hände endeten allerdings in kurzen Fingerstümpfen, und kraß im Gegensatz dazu stand der Leib vom Brustkorb an abwärts: noch unbearbeitetes, porenloses Material, unglaublich massiv und von zwei wuchtigen Beinen aufrechtgehalten.

So zerrissen, wie dieses Bild auf einen unbefangenen Beobachter gewirkt hätte, so zerrissen war Simon selbst: ein Mensch, den ein ungnädiges Schicksal zum Wächter gemacht hatte, der außer seinem Bewußtsein nichts mehr von dem besaß, was er einmal gewesen war.

Ein Heimatloser...

Nahezu unverletzlich einerseits. Zugleich in dieser Gestalt vielleicht unsterblich, zumindest sehr langlebig.

Wie faszinierend war doch die Vorstellung, Generationen zu überdauern und selbst Geschichte zu schreiben. Aber wie erschreckend andererseits. Er war zeitlebens ein Diener gewesen, getrieben von seiner eigenen Unruhe und auf der Suche nach etwas, von dem er selbst nie gewußt hatte, was es war.

Manchmal erschien es ihm, als sei er vor den Menschen davongelaufen. Dann glaubte er wieder, daß er sich das nur einredete, um eine Rechtfertigung zu haben. Für den Körper, in dem er steckte und dafür, daß er nicht mehr zurückkonnte, weil sein eigener Leib nicht mehr existierte.

Ein Diener...

Das war er immer gewesen, und das war er bis heute auch als Wächter – ein Diener der Worgun.

Er ging quer durch die Halle, hinüber zu dem Schott, das eine nicht mehr zu übersehende Hitze abstrahlte. Im Infrarotbereich glühten die ineinandergeschobenen Lamellen wie ein Leuchtfeuer. Noch eine Minute, längstens zwei, dann würden die Zyzzkt durchbrechen.

Hugo schwebte reglos über dem Boden. Seine Waffensysteme waren auf das Schott gerichtet.

Allmählich verfärbte sich der Stahl. Er glühte erst in dunklem Rot und wurde im Zentrum heller. Simon registrierte die ausstrahlende Hitze. Als Mensch hätte er zurückweichen müssen, dem Wächter machte die emporschnellende Temperatur nichts aus.

Eigentlich war es verrückt. Er sehnte sich nach seinem Körper aus Fleisch und Blut, obwohl es nichts Vollkommeneres geben konnte als den des Wächters. Und er war im Begriff, in die Milchstraße zurückzukehren. Was er brauchte, war seine DNS. Die INSTANZ von ARKAN-12 würde ihm daraus einen neuen

Körper erschaffen. Noreen Welean bewahrte eine DNS-Probe von ihm auf. Die Hochkommissarin hatte von jedem ihrer Mitarbeiter eine Genprobe genommen, auch von ihrem Diener. Nur für den Notfall, doch Simon bewunderte ihre Vorsorge.

Er sehnte sich nach Noreen. Manchmal, wenn der Wächterkörper inaktiv war, träumte er von ihr. Dann spürte er ihren Atem auf seiner Haut, und ihre Wärme ging ihm durch und durch. Dann fuhr er mit seinen Händen durch ihr Haar, ließ die Fingerspitzen suchend über ihren Leib abwärts wandern. Das waren schöne Träume. Seine Sehnsucht trieb ihn immer wieder vorwärts.

Heute war Noreen Welean nicht mehr seine Vorgesetzte. Vor allem hatte er begriffen, daß es falsch war, Gefühle zu verbergen. Für einen Menschen war jeder Tag kostbar.

Zischend tropfte der weißglühende Stahl ab. Einzelne Lamellen des Schotts wölbten sich nach innen.

»Wir müssen diese Station vernichten!« stellte Simon fest.

Zu lange hatte er sich schon ablenken lassen. Wieder tastete er nach dem Hyperkalkulator, registrierte die Datenströme, deren Fluß sich nahezu verdoppelt hatte – die Abwehreinrichtungen wurden aktiv, aber sie kannten den Gegner noch nicht – und versuchte, über die gefundene Schnittstelle erneut einzudringen.

Da war ein kurzer Widerstand, die Gefahr, als Eindringling identifiziert zu werden. Simon verharrte in diesem Zustand, kopierte eine Positivbestätigung und löschte den gegenläufigen Impuls. Vorsichtig und zielstrebig zugleich hängte er sich an ein unbedeutendes Datenpaket an, tastete nach den Impulsen des Peripherierechners, die er schon kannte, und fand sich tatsächlich Augenblicke später in einer Speicherbank wieder.

Eine Suchroutine...

Dringende Anfrage wegen der eingedrungenen Gegner. Kein Aufsehen erregen.

Das Schott platzte auf. Seine Ränder wölbten sich nach innen und tropften in zähen Fladen ab. Noch hielt die enorme Hitze die wartenden Zyzzkt zurück.

Hugo feuerte. Dust- und Thermostrahlen lösten das Schott weiter auf und trieben die herandrängenden Wimmelwilden auseinander. Vereinzelte Schüsse fauchten in die Halle herein, verloren sich aber irgendwo in den Wabenaufbauten.

Archivdaten... die Konstruktionsunterlagen der Station. Gierig sog der Wächterkörper die heranflutende Datenfülle in sich auf.

Deckstruktur und Raumaufteilung...

Lebenserhaltungssysteme für die Besatzung...

Alles noch zu banal. Ausreichend, sich in dem Areal zurechtzufinden, aber zu wenig, das Vorhaben zu Ende zu führen.

Waffenleitsysteme...

Für den Bruchteil einer Sekunde war Simon versucht, die Verteidigung lahmzulegen. Aber was wäre nur ein Teilerfolg gewesen. Vor allem wußte er nicht, wie schnell der Hyperkalkulator die Blockade beseitigen konnte.

Die Energieverteilung... dezentralisierte Reaktoren und Speicherbänke.

Sehr tief steckte Simon inzwischen in dem System, und genau hier konnte er ansetzen. Unglaublich viele Informationen flossen auf ihn über, mehr sogar als erhofft. Gleichzeitig wurde der Hyperkalkulator aufmerksam. Sperren schlossen sich und schränkten Simons Bewegungsfreiheit ein.

Im allerletzten Moment konnte er der völligen Isolation entfliehen, bevor er Schaden erlitten hätte.

*

»Simon«, fragte Joker, »was war mit dir los?«

»Du hast unsinnig reagiert und dich beinahe gegen uns gewandt«, stellte Hugo fest.

Er war beeinflußt worden.

Ein beängstigender Gedanke.

Der Stationsrechner hatte ihn zu manipulieren versucht. Auf eine Art und Weise, die Simon sich nicht erklären konnte. Andererseits hatte die Datenverbindung lange genug bestanden. Simon registrierte, daß er nahezu komplett über die Konstruktionsunterlagen der Station verfügte.

Die Transmitterhalle lag in einem eher unbedeutenden Sektor.

Lagerräume, Lebenserhaltungssysteme, Werkstätten – nichts, dessen Zerstörung nachhaltige Schäden hinterlassen hätte.

Vermutlich hatten die Zyzzkt deshalb nur halbherzig angegriffen.

»Wir müssen uns trennen«, stellte Simon fest. »Nur dann können wir effektiv genug vorgehen.«

»Ziel ist nach wie vor die Vernichtung der Station?«

»Daran hat sich nichts geändert. Ich überspiele euch die Pläne der Anlage.«

Hugo ließ ein Geräusch vernehmen, das einem menschlichen Lachen ähnelte. »Du meinst«, sagte er, »die Wimmelwilden müssen sich warm anziehen?«

»Was soll der Unsinn, Hugo?«

»Den Ausdruck habe ich von dir«, antwortete der Spindelroboter. »Habe ich ihn falsch verwendet?«

Ein rascher Blick durch das zerstörte Schott auf den angrenzenden Gang hinaus. Die Luft flirrte vor Hitze, und weit und breit war kein Zyzzkt mehr zu sehen.

... warm anziehen. Wenn ihn die Erinnerung nicht im Stich ließ, hatte genau das Noreen Welean zu ihm gesagt, vor knapp acht Jahren, auf Deluge, als etwas Unheimliches aus dem Dschungel die Gemüsebeete zerstört hatte. Wenig später waren sie beide im Boden versunken und in die bis dahin unentdeckte Station der Mysterious gelangt. Dort hatte er den Roboter gefunden, einen gewaltigen Koloß, gut drei Meter groß und von humanoider Grundkonstruktion.

Simon glaubte, immer noch seine Faszination von damals spüren zu können. Alles hatte er um sich herum vergessen und sich nur dem stählernen Leib gewidmet. Zögernd erst und furchtsam, aber dann sehr schnell sogar fordernd hatte er mit seinen Händen jeden Quadratzentimeter des reglosen Roboters abgetastet – und sich dabei in einem irrwitzigen Wachtraum verloren. Er hatte die Stärke der Roboters gespürt und sich den Gedanken hingegeben, wie es wohl wäre, wenn er als Mensch ebenso stark und scheinbar unverwundbar... und dann, jäh, hatte er sich in dem Koloß wiedergefunden, aufgesogen von dem Tofirit, ohne daß ihm klar geworden wäre, weshalb. Ein

Witz, ein verdammt schlechter Traum, aber eben doch die Realität. Ein Zurück hatte es nie gegeben.

Wie jetzt ebenfalls. Er fragte sich, ob seine Erinnerungen ein schlechtes Omen waren. Er sehnte sich nach der Milchstraße, nach dem eigenen Ich und Noreen Welean. *Weil der Mensch immer das will, was er gerade nicht haben kann, und weil er mit dem Erreichten nie zufrieden ist?*

»Zyzzkt!« Hugos Ausruf schreckte Simon auf. »Sie kommen von mehreren Seiten.«

Die Übertragung an die Spindelroboter war beendet. Bezüglich der Station verfügten sie nun über dasselbe Wissen wie er.

»Vielleicht sehen wir uns wieder, wenn alles vorüber ist«, bemerkte Simon.

»Bestimmt!« behauptete Hugo.

Joker war damit nicht einverstanden. »Simon, warum sagst du so etwas?« wollte er wissen.

Der Wächter schwieg dazu und schaute die beiden nur an. So seelenlos die Spindelroboter waren, er hatte sie dennoch längst ins Herz geschlossen. Vielleicht, weil sie ihm den Eindruck vermittelten, daß er in seiner Einsamkeit nicht allein war.

Eine neue Horde Zyzzkt stürmte die Halle. *Sie sind wie Lemminge*, erkannte Simon verbittert. *Sie achten ihr eigenes Leben nicht, weshalb sollten sie fremdes schonen?*

Er haßte diese Insektoiden.

Dabei war Haß eine Regung, die er früher nie akzeptiert hatte. *Es ist falsch*, hatte er geglaubt, *Haß zu den Sternen mitzunehmen. Wer die Raumfahrt beherrscht, ist intelligent – und Intelligenzen lassen sich nicht von niederen Instinkten leiten.*

Die Geschichte widersprach ihm. Intelligenz schien vor allem für die Konstruktion effektiver Waffensysteme mißbraucht zu werden.

Seit er wußte, wie die Wimmelwilden – einen zutreffenderen Namen für die Zyzzkt hätten die Worgun gewiß nicht finden können – auf Epoy und den anderen bewohnten Planeten in Orn gewütet hatten, haßte er sie.

»Verschwindet endlich!« herrschte er seine Roboter an. »Und laßt euch nicht erwischen.«

Ein knapper, lediglich bestätigender Impuls traf ihn. Wehmut schien sich darin auszudrücken, aber Simon achtete schon nicht mehr darauf.

Er sah beide Spindeln zur Decke emporschweben und zwischen den Waben verschwinden. Irgendwo dort oben mündeten die Schächte der Klimaanlage. Sie waren groß genug, den Robotern ein Durchkommen zu erlauben.

Die Zyzzkt stürmten heran.

Für wie viele Welten mochten diese wimmelnden, vielgliedrigen Insektenleiber zum Inbegriff des Untergangs geworden sein? Simon hob seine Waffenarme und feuerte...

*

Knirschend splitterten Chitinpanzer unter seinen wuchtigen Tritten. Er achtete nicht darauf. Unaufhörlich zuckten Energiestrahlen aus seinen Waffenarmen hervor und rissen schlaglichtartig den öligen Qualm auf, der sich erstickend ausbreitete.

Flammen loderten gierig in die Höhe, mitunter explosionsartig angefacht.

Simon war zur eiskalt reagierenden Kampfmaschine geworden, die keine andere Regung kannte, als die eigene Existenz zu schützen.

Der dichte Qualm, der die Zyzzkt zunehmend behinderte, stellte für ihn kein Problem dar. Er hatte seine Wahrnehmung aus dem Bereich des sichtbaren Lichts auf andere Frequenzen verlagert.

Zwei der Wimmelwilden nahmen ihn von der Seite unter Feuer. Irgendwie hatten sie es geschafft, zwischen die Containerstapel zu gelangen, und sie waren offensichtlich mit Ortungsgeräten ausgerüstet.

Simons Schüsse ließen die ersten Container aufglühen. Trotz des erbitterten Feuers der Zyzzkt, das ihm plötzlich von allen Seiten entgegenschlug, wich er nur zögernd zurück.

Die unteren Container platzten auf und wurden danach schier zusammengequetscht. Gleich darauf geriet alles ins Rutschen. Dumpf dröhnend schlugen die ersten Behälter auf, weitere krachten über sie hinweg, verkeilten sich. Das Feuer aus dieser Richtung brach unvermittelt ab.

Simon wandte den Kopf. Mehrere Zyzzkt hatten die Chance genutzt, durch das zerstörte Schott einzudringen. Aber noch ehe sie Deckung finden konnten, machte er ihrem Vordringen ein Ende.

Eine Vielzahl von Explosionen riß den Rauch auf. Für ein gutes Dutzend Zyzzkt, die sich im Korridor vor dem halb zerstörten Schott verschanzt hatten, mußte die auf sie zukommende massige Gestalt geradezu unheimlich wirken.

Simon feuerte bei jedem Schritt.

Der Stahl, noch immer nicht abgekühlt, wurde erneut glühend rot. Der Wächter ging unbeirrbar weiter. Mit der Wucht eines Bulldozers riß er die Überreste der Lamellen aus ihren Verankerungen und zerrte sie mit sich in den Korridor hinaus.

Mehrere Zyzzkt hatten bis zum letzten Moment ausgeharrt. Nun warfen sie sich doch herum und flohen in panischem Entsetzen. Sekundenlang hatte es den Anschein, als wollte Simon sie noch an der Flucht hindern, aber dann drehte er sich herum und feuerte mit allem, was er aufzubieten hatte, in die Transmitterhalle. Eine Feuersbrunst tobte durch den Raum. Erst als sie zurückflutete, lief Simon den breiten Korridor entlang tiefer in die Station der Zyzzkt hinein.

Die Zyzzkt wußten von ihm, denn er hatte den Hyperkalkulator angezapft. Alle, die außerdem die beiden Spindelroboter gesehen hatten, lebten nicht mehr.

Simon hoffte, daß Hugo und Joker damit ausreichend Bewegungsfreiheit erhielten.

*

Beinahe zwanzig Minuten lang lief Simon durch endlos anmutende Korridore. In regelmäßigen Abständen wurden sie von Antigravschächten unterbrochen und von Seitenstollen gekreuzt, doch er behielt stur die einmal eingeschlagene Richtung bei.

Wie ausgestorben lag dieser Teil der Station vor ihm, als hätten sich die Zyzzkt panikerfüllt zurückgezogen. Daß dies keineswegs der Fall war, bewiesen die Infrarotspuren, die Simon zunehmend häufiger registrierte. Doch es waren immer nur einzelne Gegner, die vor ihm flohen.

Jäh sah er sich den Robotern gegenüber – von den Zyzzkt umprogrammierte Kampfmaschinen der Worgun. Nur mehr wenige hundert Meter vor ihm endete dieser Sektor, dort öffnete sich eine gewaltige Höhle, eine Art Verteilerknoten auf einer Vielzahl von Ebenen.

Die Roboter, annähernd vier Meter hohe Kolosse, hatten ihn umzingelt. Trotz ihres humanoiden Äußeren wirkten sie wegen ihrer jeweils zwei Knie- und Ellenbogengelenke fremdartig. Simon war schon mehrfach mit diesem Typ konfrontiert worden.

Eine Energiebarriere riegelte den Korridor ab. Die Sperre war stark genug, ihn vorübergehend aufzuhalten. Auch hinter ihm, vor der letzten Einmündung, gab es eine solche Wand. Simon registrierte, daß die Prallfelder näherkamen. Offensichtlich wurden sie von mobilen Projektoren erzeugt.

Die Angreifer feuerten. Eine Glutwoge fegte durch den Korridor, war jedoch zu schwach, Simon wirklich zu gefährden. Die Waffen der Angreifer korrespondierten mit dem Prallfeld. Nur so konnte es möglich sein, daß sich den Robotern der Zyzzkt ein ungehindertes Schußfeld bot, während jede Gegenwehr an dem Prallfeld abfloß.

Etwa zweihundert Meter lagen die Sperren auseinander. Aber sie rückten enger zusammen. Simon blieben bestenfalls einige Minuten Zeit. Danach würden die Prallfelder so nahe beieinanderstehen, daß jede Salve den verbliebenen Raum zwischen ihnen in eine Hölle verwandelte.

Der Wächter reagierte mit Punktbeschuß auf eine der Sperren. Das Prallfeld erwies sich als extrem widerstandsfähig, die Schüsse verursachten noch keinen Überladungseffekt. Vielmehr flutete ein Teil der Waffenenergien zurück. Zugleich eröffneten die Zyzzkt-Roboter wieder das Feuer.

Konnten sie ihn zerstören?

Simon glaubte es nicht. Dazu mußten die Zyzzkt mehr aufwenden. Dennoch fühlte er die aufkeimende Furcht. Wenn er den Körper aus Tofirit verlor, würde das endgültig sein. Die Frage stellte sich, was dann mit ihm selbst geschah. Konnte er als menschliches Bewußtsein ohne eine stoffliche Hülle weiterexistieren? Oder würde er ebenfalls sterben?

Solche Überlegungen waren Gift und lähmten seine Entscheidungen. Doch je zorniger er versuchte, sie zu verdrängen, desto hartnäckiger hielten sich diese Gedanken.

Die Prallfelder rückten auf ihn zu. In ihrem Schutz, zumindest im Augenblick für Simon unangreifbar, marschierten die Roboter der Zyzzkt.

Noch waren sie zu wenige, ihn zu besiegen. Weil sie sich in größerer Zahl gegenseitig behindert hätten. Allerdings schränkten sie auch seine Bewegungsfreiheit ein.

Die Wände... Simon schalt sich in dem Moment einen verdammten Narren. Er mußte sich mit dem Duststrahl einen Weg freischießen... In dem angrenzenden Trakt erstreckten sich Labors und Produktionsanlagen.

Seine Überlegungen endeten, als er den Energiefluß anmaß. Die Zyzzkt hatten ihre Falle längst geschlossen und die benachbarten Bereiche ebenfalls mit Prallfeldern gesichert.

Hugo und Joker durfte er nicht zu Hilfe rufen. Alle Zyzzkt, die in der Transmitterhalle die Spindelroboter gesehen hatten, lebten nicht mehr. Jeder Funkspruch hätte also nur die beiden gefährdet.

Andererseits war Simon unklar, was geschehen würde, sobald ihn die Prallfelder hautnah einschlossen. Vernichten konnten sie ihn nicht, ihm aber wohl jede Chance nehmen, sich aus eigener Kraft zu befreien. Solange die Zyzzkt über ausreichend Energie für die Prallfelder verfügten, konnten sie ihn in diesem Gefängnis festhalten.

Bis auf knapp fünfzig Meter war jede der Sperren mittlerweile heran. Die Roboter schossen nicht mehr. Das bestätigte Simons Vermutung. Sie hatten keine Möglichkeit, ihn zu zerstören, aber sie konnten ihn unschädlich machen – und gewannen damit sehr viel Zeit, über seine Vernichtung nachzudenken.

Es lag an ihm, schnell zu handeln.

Simon feuerte und sprintete los. Punktbeschuß auf das Prallfeld. Zugleich setzten die Roboter der Zyzzkt ihre Waffen wieder ein, aber da warf er sich bereits in vollem Lauf gegen die Sperre.

Er schien gegen eine massive Mauer zu prallen. Es gab keine Schwächung des Prallfeldes, vielmehr spürte er eine unerträglich werdende Hitze.

Alles um ihn herum verwischte in einer unkontrollierbaren, wirbelnden Bewegung. Simon hatte keinen Einfluß mehr auf den Wächterkörper, der einem einprogrammierten Selbsterhaltungstrieb folgte.

Unaufhörlich von den Waffen der Zyzzkt-Roboter getroffen, feuerte er mit Duststrahlen auf eine Wand des Korridors. Feinster Staub wirbelte auf und verpuffte explosionsartig in der weiter ansteigenden Hitze. Diesmal stellten die Roboter ihr Feuer nicht wieder ein.

Das Prallfeld in der Wand absorbierte den Duststrahl weitestgehend und ließ nur eine schwache Reflexion erkennen.

Der Wächter feuerte aus allen Projektoren.

Augenblicke später ein Aufblitzen. Etwas in der Wand hatte sich aufgelöst. Der davon ausgehende Rückschlag verzweigte sich, als folge er einem nicht sofort erkennbaren Schaltschema.

In einem eng begrenzten Bereich wurde das Prallfeld schwächer. Der Lichtblitz hatte demnach winzige Projektoreinheiten zerstört.

Simon warf sich wieder vorwärts. Diesmal registrierte er nur einen schwachen Widerstand. Inmitten auseinanderbrechender, in ihrer Struktur durch den Duststrahl schon geschädigter Wandsegmente schlug er auf, kam sofort wieder hoch und hastete weiter.

Tankanlagen standen ringsum. Weder Zyzzkt noch Wartungsroboter waren zu sehen. Monströse Rohre, manche zu Bündeln zusammengefaßt, verliefen in alle Richtungen. Transparente Segmente ließen erkennen, daß Flüssigkeiten durch diese Pipelines gepumpt wurden. Wahrscheinlich Rohstoffe, deren Weiterverarbeitung oder Veredelung in den Werkstätten und Labors erfolgte.

In zwanzig Metern Höhe verlief eine erste Gitterdecke. Dort

oben erkannte Simon ausgedehnte Bandstraßen, und darüber erstreckten sich weitere Ebenen.

Die Zyzzkt-Roboter folgten ihm. Simon sah die ersten der gegnerischen Kolosse in der Wandöffnung, als er unter mehreren Pipelines hindurchtauchte.

Die Jagd auf ihn war eröffnet, und die Zyzzkt würden alles daransetzen, ihn zur Strecke zu bringen.

Der Auftrag von Margun und Sola hatte sich so einfach angehört und zugleich so vielversprechend. Der Transmittersprung hatte nur der Identifikation des Zieles dienen sollen. Was war einfacher, als durch den Ringtransmitter zu gehen, sich zu orientieren und mit einer eindeutigen Aussage zurückzukehren? Das hätte eine Angelegenheit weniger Minuten sein können. Sobald die Station der Zyzzkt eindeutig identifiziert war, wäre der Sprengsatz durch den Transmitter abgestrahlt worden, und dann... *Ein Problem weniger*. Der Gedanke war verlockend gewesen. Aber irgendwie schien er selbst nicht an die Realisierbarkeit geglaubt zu haben. Simon fragte sich, weshalb sonst er die Spindelroboter mitgenommen hatte. Oder warum die Akademiepräsidenten von Terra Nostra nicht lediglich einen Roboter durch den Transmitter geschickt hatten.

Ärgerlich auf sich selbst schüttelte er diese Überlegungen ab.

Noch war er ein Wächter der Worgun. Und er haßte die Zyzzkt. Bedurfte es einer anderen Motivation, sogar die eigene Sicherheit zu vernachlässigen?

Zudem gab es einen überaus wichtigen Grund für ihn.

Dieser Grund war sein eigener Körper aus Fleisch und Blut.

*

Simon lief an einer durchsichtigen Leitung entlang. Er hatte keine Ahnung, woher das dicke Rohr kam, in dem eine silberne, an Quecksilber erinnernde Flüssigkeit pulsierte. Über solche Details sagten die Konstruktionspläne der Anlage nichts aus.

Ins Detail gehen und sich erneut in die Datenströme des Hyperkalkulators einklinken? Simon blieb nicht die Zeit dafür; die Verfolger waren dicht hinter ihm.

Zweimal schon hätten sie wieder das Feuer eröffnen können. Daß sie es unterlassen hatten, verriet ihm, daß die hier lagernden Stoffe für die Zyzzkt entweder wertvoll oder gefährlich waren.

Oder, der Gedanke erschien ihm gar nicht mehr absonderlich, die Zyzzkt wollten inzwischen, daß er floh. Nachdem es ihnen nicht gelungen war, ihn in dem Korridor festzuhalten, lief er nun womöglich einer Gefahr entgegen, der er nicht mehr entrinnen würde.

Im Schatten zweier klobiger Zylindertanks, die hoch über die Gitterdecke aufragten, verharrte er und feuerte auf die Verfolger, als sie hinter den monströsen Rohrleitungen zum Vorschein kamen.

Die Roboter hatten Schutzschirme aktiviert, die Simons Thermoschüsse absorbierten. Sie erwiderten das Feuer nicht, fächerten vielmehr auf, wie er an ihren Energieechos erkannte, und versuchten, ihn in die Zange zu nehmen.

Simon hastete weiter. Wenn es ihm möglich gewesen wäre, hätte sein Gesicht ein grimmiges Lächeln gezeigt. Die Zyzzkt trieben tatsächlich den Teufel mit dem Beelzebub aus. Lange durfte er nicht mehr warten.

Zwei kugelförmige Drucktanks zu seiner Rechten, umgeben von einem Geflecht aus Rohrleitungen. Zusammen mit Kühlschlangen und Verstrebungen bildeten sie ein schwer zu überschauendes Dickicht. Simon registrierte dennoch, daß zwei meterdicke Rohre senkrecht aus der Tiefe emporführten. Sie mündeten in transparente Tanks, in die sich in dickem Strahl eine wäßrige Flüssigkeit ergoß.

Er hob die Waffenarme. Seine Schüsse trafen einen der hohen Zylinder, flossen glutend an der Stahlwandung auseinander und brachen sich in dem Gittergerüst, das den Tank wie ein engmaschiges Netz umspannte.

Wabernd breitete sich die Glut aus. Simon ließ den Fokus seiner Strahlschüsse langsam über den Tank wandern. Kleine Explosionen zerrissen die Knotenpunkte des Netzes; Stichflammen leckten über den Tank. Zweifellos zirkulierte in dem Gestänge brennbares Kühlmaterial.

Der Behälter barst. Erst entstand nur ein Leck knapp unterhalb der Decke, dann brach die Wandung entlang der vorgezeichneten Glutspur auf, und innerhalb eines einzigen Augenblicks, von schrillem Kreischen begleitet, entstand ein senkrechter, sich rasend schnell ausweitender Riß.

Schäumend ergoß sich die unter Druck stehende Flüssigkeit in die Halle. Das dumpfe Tosen schwoll zum ohrenbetäubenden Donner an, als eine hohe Flutwelle zwischen den Rohrleitungen hindurchbrandete, sie zum Teil sogar überspülte und an den anderen Tanks emporschwappte.

Zeitlupenhaft langsam kippte das Fragment des Zylinders, das Netzgeflecht wie dünne Fäden zerreißend. Dampfexplosionen verrieten, wo die Gitter mit der brennenden Kühlflüssigkeit in die Flut eintauchten.

Der Alarm aus der Höhe konnte das Lärmchaos schon nicht mehr übertönen.

Im Laufen zielte Simon auf einen der kugelförmigen Drucktanks. Bis zu den Knien umflutete ihn das zähe Naß, das seine erste zerstörerische Wucht schnell wieder verlor.

Zwei weitere Thermoschüsse, mitten hinein in die nachglutenden Energien der ersten Salven. Mehr als grellweiß aufbrodelnden Stahl sah Simon schon nicht mehr, weil er sich unter der Kugelwandung hindurch mit weiten Sätzen den Rohrleitungen näherte. Die in ihnen hochgepumpte Flüssigkeit schien wirklich nur Wasser zu sein, jedenfalls hielten die Rohre schon den ersten Schüssen nicht stand.

In der Höhe erklang ein gräßliches Fauchen. Aus dem Kugeltank entweichendes Gas hatte sich am glühenden Stahl entzündet. Jederzeit konnte der Tank explodieren und großräumige Verwüstungen anrichten.

Simon schwang sich in das mehrfach mannsdicke Rohr. Die Strömung flaute schon ab, die Pumpstation in der Tiefe reagierte sehr schnell auf das entstandene Leck.

Mehrere Kilometer unter den Labors lagen zwei Frachthangars. Simon konnte nur vermuten, daß die Rohrleitung wirklich von dort kam. Er fiel schnell in die Tiefe, während über ihm ein Inferno tobte.

Was er angerichtet hatte, war mehr als nur ein Nadelstich. Simon empfand eine wütende Genugtuung.

Früher hätte er anders reagiert. Menschlicher. Aber darüber dachte er nicht mehr nach. Seltsamerweise machte es ihm nichts aus, daß es heute anders war. Alles veränderte sich, auch er selbst.

*

Das Raumschiff war ein plumper Kasten, nichts anderes als ein Tank, der den Inhalt eines Binnenmeeres faßte und an den wie ein umlaufendes Band eine Kommandozentrale, Mannschaftsquartiere, Maschinenanlagen und natürlich die Triebwerke angeflanscht worden waren. Das Ganze gigantisch, groß genug, daß es den Hangar weitgehend ausfüllte. Im Vergleich hätte sich die POINT OF wie ein Beiboot ausgenommen.

Ungetüme von Rohrleitungen verbanden das Schiff mit den Reinigungs- und Pumpanlagen der Station. Mehrere Dutzend Zyzzkt waren mit Überwachungsarbeiten befaßt gewesen, als Simon oberhalb der Filtersysteme erschienen war. Sie hatten ihn sehr schnell entdeckt und angegriffen.

Die Hälfte der Zyzzkt lebte nicht mehr, die anderen versuchten, über die offenen Schleusen ins Schiff zu fliehen, aber Simon ließ sie gar nicht erst bis zur Rampe gelangen.

Ein warzenförmiger Auswuchs im unteren Rumpfdrittel, mehr war die Kommandozentrale des Frachters nicht. Simon erkannte die Bildschirmgalerien und etliche Zyzzkt. Zweifellos hatten sie nach seinem Erscheinen Alarm ausgelöst. In Kürze würde es im Umfeld des Hangars von Zyzzkt und ihren Robotern wimmeln.

Die Überlegung, den Frachter in seine Gewalt zu bringen und die Konverter und Speicherbänke zur kritischen Reaktion anzuregen, hatte Simon wieder fallengelassen. Die Explosion des Schiffes würde zwar schwere Zerstörungen auslösen, die Station in ihrer Funktionsfähigkeit aber kaum beeinträchtigen.

Vom Hangarbereich aus gab es für Simon mehrere Wege, sein eigentliches Ziel zu erreichen. Er wählte die Route, auf der er sich vor Entdeckung einigermaßen sicher fühlen durfte.

Seit knapp einer dreiviertel Stunde befand er sich in der Station der Wimmelwilden. Zwei, allerhöchstens drei Minuten hätten es der Planung entsprechend sein dürfen.

Er dachte an Margun und Sola. Die Präsidenten würden allmählich nervös werden.

Verdammt viel stand für sie auf dem Spiel.

Aber für ihn ebenfalls.

*

Kilometerlange, verlassene Korridore wechselten ab mit engen, durch gewachsenen Fels getriebenen Schächten. Manches erweckte den Eindruck von Primitivität und Unfertigkeit, aber vermutlich waren die Bauarbeiten noch längst nicht abgeschlossen.

Die Schätzungen, die Simon gehört hatte, wieviel von dem Asteroiden wirklich schon ausgehöhlt worden sei, klafften weit auseinander. Nach dem, was er mittlerweile wußte, war es mehr als die Hälfte des zerklüfteten, atmosphärelosen Felsbrockens, dessen äußere Form Simon an eine Kartoffel erinnerte. Die Schätzungen der Römer hatten zwischen einem Sechstel und einem Viertel geschwankt.

Simon bewegte sich innerhalb einer Probebohrung. Momentan schienen die Wimmelwilden seine Spur verloren zu haben.

Ahnten sie seine Absicht? Dann erwartete ihn erst der wirklich schlimme Teil.

Von den Spindelrobotern gab es keine Spur.

Ein schwacher energetischer Reflex ließ Simon aufmerken. Im ersten Moment befürchtete er einen Sensor, der seine Anwesenheit weitermeldete. Doch er hatte es lediglich mit einem in sich geschlossenen System zu tun. Ein schwaches, von einer atomaren Batterie gespeistes Dustfeld schloß den Schacht ab.

Der Desintegrator war jedoch zu schwach, um ihn gefährden zu können. Simon erreichte eine kristalline Blase im Gestein. Wie Spieße waren meterlange Quarze aus dem Fels herausgewachsen und vermutlich über Jahrmillionen hinweg in diesem Zustand unberührt geblieben. Ein pilzartig bleiches Gewebe überzog einen Teil der Kristalle. Dazwischen, beinahe wie aufgespießt auf der Nadel eines Käfersammlers, klebten die Überreste eines Zyzzkt. Das Myzeel hatte die Weichteile längst aufgefressen und nur den Chitinpanzer übriggelassen. Wie ein flockiger Kokon umspannte der Pilz den Kadaver.

Von der Höhle führten etliche Schächte weiter. Die Mehrzahl war mit Metallplastik ausgeschäumt worden.

Der Felsengang, den Simon auswählte, endete abrupt vor einer geräumigen Kammer – einem Mausoleum. Tausende Körperpanzer der Zyzzkt lagen hier aufgeschichtet, dazwischen ihre kantigen Gliedmaßen. In Regalreihen türmten sich Kieferzangen übereinander.

Ungläubig und überrascht zugleich, nahm Simon die Szenerie in sich auf. Beinahe widerwillig fragte er sich, ob die Wimmelwilden womöglich ihre Toten verehrten. Das setzte den Glauben an eine Weiterexistenz nach dem körperlichen Ende voraus, und gerade danach hätte er bei den Zyzzkt am allerwenigsten gesucht. Sie waren Insektenabkömmlinge, rücksichtslos gegen sich selbst und andere und nur besessen darauf, die eigene Macht zu beweisen.

Oder wurden hier vielleicht wertvolle Rohstoffe zwischengelagert? Bestand das Schicksal der Verstorbenen darin, weiterverarbeitet zu werden, in gewissem Sinn immer noch wertvoll für die Gemeinschaft?

Wir wissen so vieles nicht voneinander, sinnierte Simon. *Vielleicht finden wir eines Tages sogar eine gemeinsame Basis...*

Er mußte verrückt geworden sein. Nur weil sich der Eindruck bot, daß die Zyzzkt vielleicht ihre Toten bestatteten.

Wenn der Kannibale betet, bevor er die Mahlzeit hinunterschlingt, hilft das seinem Opfer auch nicht weiter, erkannte Simon betroffen.

Das einzige Schott des Raumes ließ sich von innen nicht öffnen. Simon gab mehrere Feuerstöße auf die Lamellen ab, dann stürmte er weiter.

*

Die Zyzzkt erwarteten ihn mit einem beachtlichen Aufgebot. Sie griffen an, als Simon seinem Ziel schon sehr nahe war.

Von tobenden Energien umflossen, durchbrach er die Front der Wimmelwilden mit verheerender Gewalt. Stickiger Qualm breitete sich wie ein Leichentuch aus.

Punktbeschuß aus Simons Waffenarmen durchschlug die Schutzschirme der Roboter und ließ die Maschinen von innen heraus verglühen.

Von allen Seiten drangen die Zyzzkt auf ihn ein. Er wehrte sie ab, ohne sich länger als nötig aufhalten zu lassen, aber auch ohne verhindern zu können, daß sich einige wie Kletten an ihn klammerten. Sie schlugen ihre Zangen in seinen Nacken oder versuchten, ihm die Arme abzubeißen.

Simon warf sich gegen den nächsten Aggregatblock und zerquetschte einige Gegner mit seinem Aufprall. Zugleich morphte er. Die Projektormündung des rechten Armstumpfs mutierte zum kantigen Stachel, aus dem Unterarm wuchsen mindestens eine Handspanne lange Stacheln hervor. Mit wütenden Hieben schmetterte er die Angreifer zur Seite und durchbohrte dabei ihre Chitinplatten oder riß sie regelrecht auf.

Dann blieb das alles hinter ihm zurück.

Simon fühlte sich mit einem Mal hundeelend. Der hautnahe Kampf setzte ihm zu. Zwischen seinem Haß und der Realität klaffte eben doch ein gewaltiger Abgrund.

Wie viele Käfer hatte er unbeabsichtigt allein im Dschungel des Inselkontinents Deluge auf Hope zertreten? Die prächtigsten Exemplare waren darunter gewesen. Er hatte jedesmal einen kurzen Schauder verspürt, wenn ein Panzer knirschend unter seiner Schuhsohle zersplittert war, aber danach hatte er schnell wieder vergessen. Weil sich kein Käfer der eigenen Existenz bewußt war, und weil der Dschungel sein eigenes Gesetz hatte. Fressen oder gefressen werden, hieß es. Derselbe Käfer, der eben unter seinem Absatz gestorben war, wäre vielleicht schon Minuten später qualvoll in den Fängen einer fleischfressenden Pflanze verendet.

Die Zyzzkt erinnerten ihn an diese Käfer. Mit eigenen Augen

hatte er gesehen, wie Hunderte einer faustgroßen Art Jagd auf ein verwundetes Tier gemacht und es noch lebend zerfleischt hatten.

Im Gegensatz zu ihren tierischen Geschwistern töteten die Zyzzkt nicht, um selbst zu überleben, sondern um Macht zu erlangen.

Simon hastete weiter.

Gestern hatten die Zyzzkt Orn verwüstet.

Morgen würden sie vielleicht mit ihrer Millionenflotte über die Milchstraße herfallen und wie ein Heuschreckenschwarm tote Welten hinter sich lassen.

Und übermorgen...? Simon fragte sich, ob dann überhaupt noch mehr als ein paar versprengte Menschen leben würden.

*

Er hatte es geschafft. Vor ihm lag das Herz des Asteroiden, eine domartige Halle mit dem gigantischsten Meiler, den er je gesehen hatte.

Der Tofiritreaktor ragte gut zweihundert Meter hoch auf. Er wurde von etlichen Nebengebäuden umgeben. Dazu eine Vielzahl von Ringbeschleunigern sowie die bizarren Umwandler.

Simon registrierte einen hohen Ozonanteil in der Luft, außerdem eine starke statische Aufladung. Aber das waren Nebensächlichkeiten, auf die Menschen geachtet hätten. Den Wimmelwilden schienen sie gleichgültig zu sein. Für das superstarke Intervallfeld, an dem sich die Römer bislang die Zähne ausgebissen hatten, brauchte man eine extrem hohe und vor allem konstante Energieerzeugung.

Andererseits machte die Anlage einen verlassenen Eindruck. Simon sah nur wenige Wartungsroboter zwischen den Umwandlern schweben und weit im Hintergrund, unmittelbar vor dem Hauptkomplex, standen drei Zyzzkt.

Simon hatte erwartet, hier von einer schwerbewaffneten Armee angegriffen zu werden. Statt dessen blieb alles ruhig.

Erst jetzt, das Ziel wirklich vor Augen, fragte er sich, ob er es überhaupt schaffen konnte, den Tofiritmeiler so zu manipulieren, daß seine freiwerdenden Energien den Asteroiden vernichteten. Das war das eine, das eigene Überleben das andere.

Er hatte die Anlage auf Schleichwegen erreicht, die Hauptzugänge waren breite Röhren, die auch übergroßen Gleitern und Antigravplattformen Platz boten. Außerdem mündeten hier mehrere Antigravschächte.

Simon beobachtete.

Die Zyzzkt lauerten auf ihn. Nach dem letzten Angriff konnte das gar nicht mehr anders sein.

Spätestens sobald er versuchte, in den inneren Reaktorbereich einzudringen, würde ihre Falle zuschnappen. Wahrscheinlich schon eher. Er mußte davon ausgehen, daß die Wimmelwilden gelernt hatten.

Vorübergehend zog Simon in Erwägung, jetzt die Spindelroboter herbeizurufen. Doch er verwarf diese Überlegung ebenso schnell wieder. Hugo und Joker hatten dasselbe Ziel. Womöglich befanden sie sich bereits in seiner Nähe und gaben sich nicht zu erkennen, um den Zyzzkt keinen Anhaltspunkt zu bieten.

Sie waren Roboter und würden ihre eigene Existenz bedenkenlos opfern.

Und ich? Simons Erregung wuchs. Es fiel ihm zunehmend schwerer, seine Gefühle unter Kontrolle zu halten.

Er schaltete das Wahrnehmungsvermögen auf Falschfarbenanalyse um. Was er brauchte, war eine Zugangsmöglichkeit außerhalb der üblichen Wege. Auf diese Weise hoffte er, sie leichter zu finden.

Zugleich wuchs der Impuls, sich herumzuwerfen und die eigene Existenz zu schützen.

Heute war er noch der Wächter, eingeschlossen in den variablen Körper aus Tofirit und Programmen, ein Goliath und zugleich ein Monstrum. Als Wächter war er beinahe unsterblich.

Aber diese Unsterblichkeit brauchte er nicht heute und nicht morgen. Sie hatte Zeit.

Die Alternative war sein eigener Leib aus Fleisch und Blut. Sechzig oder siebzig Jahre lagen als Mensch noch vor ihm. Nur als Mensch würde er Noreen Welean seine Gefühle eingestehen und sie in die Arme schließen können. Wie oft hatte er solche Gelegenheiten verstreichen lassen, weil sie, die Hochkommissarin, seine Vorgesetzte gewesen war und er nur ihr Diener.

Simon erkannte, daß er im Moment zu keiner Entscheidung fähig war. Der Zwiespalt drohte ihn zu lähmen. Mit der Folge, daß der Wächterkörper über kurz oder lang das Heft des Handelns an sich reißen und ihm keine Freiheit mehr lassen würde.

Vielleicht war er wirklich am Ende seines Weges angelangt.

Ich habe mehr Wunder und Bedrohungen dieses Universums gesehen und erlebt als Generationen vor mir, dachte Simon betroffen.

Er setzte sich wieder in Bewegung.

Einsam.

Zugleich entschlossen, seine Aufgabe zu Ende zu führen.

*

Die Zyzzkt ließen ihn gewähren. Selbst wenn er bedachte, daß der ausgehöhlte Asteroid keine Kampfstation der Wimmelwilden war, sondern allein ihrer Energieversorgung diente, verstand er das nicht.

Er hatte die Zyzzkt nicht gezählt, die vergeblich versucht hatten, ihn aufzuhalten. Mehrere Hundert. Aber sie konnten nicht die ganze Besatzung gewesen sein. Und ihre Kampfroboter? Wie viele mochten sich wirklich auf der Station befinden?

Andererseits wäre es verrückt gewesen, sich auf eine Entscheidungsschlacht im Umfeld des gigantischen Reaktors einzulassen. Aber das war menschliches Denken. Sich in die Zyzzkt hineinzuversetzen, hatte Simon nie geschafft. Sie waren zu fremdartig, eine ungestüme Flut, für die gerade das Unverhoffte die Norm darstellte. Keine Individualisten, sondern in der Masse stark.

Simon ging weiter. Schneller.

Seine Sinne lauschten nach allen Seiten. Nichts hatte sich verändert, seit er den Felsendom betreten hatte. Weit vor ihm schwebten zwei Lastengleiter ein, aber sie verschwanden schon nach wenigen hundert Metern hinter den Speicherbänken.

Ein dumpfes Dröhnen hing plötzlich in der Luft. Lichtbogen spannten sich zwischen den Umformern, hatten aber nur wenige Sekunden lang Bestand. Danach war alles wie zuvor.

Simon lauerte auf jede Bewegung. Er fiel in einen schnellen Laufschritt.

Noch hundertfünfzig Meter bis zu den ersten Umformern. Die Zufahrt führte geradlinig weiter bis zum Reaktorgehäuse.

Jäh eine Veränderung. Die Energieortung spielte verrückt. Eine aberwitzig hohe Verbrauchsspitze baute sich auf.

Die Ortung des Wächters zeichnete zehn grelle Reflexpunkte auf. In gleichen Abständen waren sie rund um die Anlage verteilt.

Projektorantennen, erkannte er.

Gedankenschnell baute sich eine energetische Kuppel auf. Ihr anfängliches Flimmern ließ die dahinterliegenden Anlagen verzerrt erscheinen, dann wurde das Feld unsichtbar.

Spontan löste Simon seine Waffen aus. Die Schüsse ließen das Energiefeld in eng begrenztem Bereich aufglühen und flossen auseinander.

Ein extrem starkes Prallfeld... selbst mit Punktbeschuß nicht zu durchbrechen. Dazu bedurfte es schwerer Waffen, über die Simon nicht verfügte. Dennoch war es nicht unmöglich.

Das redete er sich jedenfalls ein.

Im Schutz eines Intervallfelds hätten die Zyzzkt den Meiler jeglicher Bedrohung entziehen können. Allerdings hätten sie sich damit von ihrer eigenen Energieversorgung abgekoppelt. Im Innern eines Intervalls lag die Anlage quasi in einem eigenen, autarken Universum.

Simon blieb keine Zeit mehr. Sie kamen!

Über die Gleiterstraßen und aus den Seitenstollen näherten sich Tausende Zyzzkt. Das waren beileibe keine versprengten Truppen, die mehr oder weniger zufällig den Weg des Wächters kreuzten, sondern sie trugen rostrote Kampfmonturen.

Auch ihre Gleiter waren bewaffnet.

Blitzschnell warf sich Simon herum. Wo er eben noch gestanden hatte, schlugen schwere Thermostrahlen ein. Blasenwerfend glühte die Straße auf.

Die Halle, so riesig sie war, bot kaum Deckungsmöglichkeiten. Nahezu alle Gebäude und Anlagen befanden sich für Simon unerreichbar hinter dem Prallfeld.

Er hetzte über das Gelände, auf einen nur wenige Meter hohen Kuppelbau zu. Die Kuppel schien zum Lebenserhaltungssystem zu gehören, eine nur schwach wahrnehmbare Luftbewegung hatte es ihm verraten. Wahrscheinlich lagen unter der Abdekkung monströse Umwälzschächte.

Vor und neben ihm schlugen dicke Energiebündel ein. Simon schlug Haken wie ein fliehender Hase, feuerte dabei selbst unablässig. Ein mit Zyzzkt besetzter Gleiter explodierte in einer grellen Stichflamme, die Wrackteile regneten weit im Umkreis ab.

Simon wurde getroffen, ein armlanger Metallsplitter durchbohrte den Wächter. Der Schmerz war grauenvoll, ebbte aber sofort wieder ab, als der Körper sich veränderte.

Auch ohne es zu sehen, spürte Simon, wie der Tofiritverbund auseinanderfloß. Das immer noch glühende Metallstück löste sich und fiel zu Boden. Zugleich schloß sich die klaffende Wunde wieder.

Sekundenlang umloderte Simon die Höllenglut mehrerer Strahltreffer, dann schaffte er es, auszuweichen. Neben ihm brannte eine neue Salve im Meterabstand Glutlachen in den Boden.

Schreiend wirbelte Simon herum und feuerte dabei blindwütig auf alles, was sich in seiner Nähe befand. Er hetzte weiter. Vor ihm wurde die Kuppel aus mehreren Richtungen getroffen. Risse entstanden in ihrer eben noch glatten Hülle, und in einer Serie von Explosionen brach die Umwälzanlage in sich zusammen.

Der Ring der Kampfgleiter und Zyzzkt zog sich enger zusammen. Weitere Roboter fielen aus der Höhe herab.

Simon feuerte auf alles, was sich bewegte. Zwei weitere Gleiter wurden zu brennenden Geschossen, die mit hoher Geschwindigkeit aufschlugen und in einem Glutregen auseinanderbrachen.

Sekunden später spürte der Wächter einen mörderischen

Schlag. Er stürzte, rollte sich herum und wurde von einer unheimlichen Kraft vorwärtsgerissen. Zugleich erkannte er die Position des Zugfeldstrahlers. Aus der Drehung heraus feuernd, kam er wieder frei; die Plattform mit dem Projektor und etlichen Zyzzkt löste sich in ihre Bestandteile auf.

Dennoch zog sich der Würgegriff enger zusammen. Immer öfter wurde Simon von gegnerischen Strahlbahnen getroffen, dann spürte er, daß ihm die Gegenwehr schwererfiel. Er verausgabte sich, und letztlich kam der Moment, in dem er einsehen mußte, daß er allein auf verlorenem Posten stand. Er konnte seine Existenz nur noch so teuer wie möglich verkaufen.

Daß er endgültig verloren hatte, wurde ihm klar, als der Flash in die Halle einflog. Es war einer der großen Xe-Flash, der sich im Schutz seines Intervallfelds aus dem Boden hob. Achtunddreißig Personen fanden in einem solchen Boot Platz, doch die Anzahl der Passagiere war unerheblich im Vergleich zur Bewaffnung.

Zwei Meter über dem Boden verharrte der Flash in der Schwebe. Erst Sekunden nach seinem Auftauchen eröffnete er das Feuer.

*

Simon ist bestimmt schon tot. Joker hatte sich seinem Begleiter bis auf wenige Zentimeter genähert und die Funkreichweite entsprechend reduziert. Damit war sichergestellt, daß die Zyzzkt sie nicht anpeilen konnten.

Er hält Funkstille wie wir, antwortete Hugo.

Aber er ist allein. Was kann er schon ausrichten?

Schweigen. Wenig später: *Wir hätten ihn von diesem Wahnsinn abbringen müssen.*

Bislang waren sie unentdeckt geblieben und hatten sich vorsichtig und dementsprechend langsam durch das schier unüberschaubare Geflecht der Lüftungskanäle bewegt. Beide waren sie überzeugt davon, daß der Wächter Simon nur ein einziges Ziel haben konnte: den Gigantmeiler, dessen Leistung nicht nur den Asteroiden selbst, sondern vor allem die Flotte sicherte.

... nicht abbringen, sondern eher unterstützen, korrigierte Joker.

Hugo schickte ihm einen ablehnenden Impuls. *Wir gehen besser unsere eigenen Wege. Wie hat Simon gesagt? Mitgegangen, mitgefangen?*

Simon hat das nur bildlich gemeint.

Ich habe nicht vor, mich fangen zu lassen, fuhr Hugo unbeeindruckt fort.

Sie hatten die Verteilerstelle erreicht, an der sie das Schachtsystem verlassen mußten. Es gab keine Kontrollvorrichtungen. Die Zyzzkt hatten sich bislang in ihrer Asteroidenstation sehr sicher fühlen dürfen.

Der Raum, den sie erreicht hatten, war nicht sonderlich groß. Es gab zwei Arbeitsplätze, die aber nicht mit Zyzzkt besetzt waren.

Automatische Überwachung, stellte Joker fest.

Momentan ist nicht einmal dafür Bedarf, erwiderte Hugo. *Den Zyzzkt ist egal, was sich außen abspielt, sie haben den Gegner im Innern.* Der leuchtende Ring im oberen Spindelbereich wechselte in rascher Folge die Helligkeit. Das war ein Äquivalent menschlichen Lachens.

Joker schwebte hinüber zu einer Galerie kleiner Monitore. Die holographischen Wiedergaben waren die einzigen aktiven Systeme. Die Schirme zeigten überwiegend Außenansichten des Asteroiden. Der monströse Felsbrocken hing inmitten eines ausgedehnten Sternenmeeres.

Joker fuhr einen Tentakelarm aus und tippte geradezu triumphierend auf eines der Bilder.

Hugo schwebte zu ihm hinüber. *Er ist also noch da!* stellte er fest. *Wieviel Zeit steht uns zur Verfügung?*

Sobald wir eindringen, lösen wir Alarm aus. Dann bleiben uns bestenfalls Minuten, wenn überhaupt.

Falls sich einer von uns in die Sicherheitsschaltung einklinkt?

Simons Datenabruf hat den Hyperkalkulator gewarnt. Der Superrechner würde auf jeden Versuch prompt reagieren. Damit hätten wir noch weniger Zeit zur Verfügung.

Was ist mit unserem Freund? fragte Hugo.

Joker schwieg und zog sich wieder auf größere Distanz zurück. Damit war die Entscheidung gefallen. Ihre Aufgabe war es, unter den gegebenen Umständen effektiv zu handeln. Sentimentalitäten waren ihnen fremd.

Wo immer Simon sich im Moment aufhielt, es lag allein in seiner Verantwortung, dem Chaos zu entkommen.

Joker projizierte ein Hologramm der Hangaranlage. Von ihrer Position aus hatten sie knapp einen halben Kilometer zu überwinden.

Bereit! signalisierte Hugo.

Gemeinsam verließen sie den Raum der Hangarüberwachung.

*

Nadel- und Duststrahl zuckten auf ihn zu.

Es ist vorbei! war Simons einziger Gedanke. Er fühlte weder Bedauern noch falsche Hoffnung, nur eine grenzenlose Leere.

Die Schüsse verfehlten ihn um Haaresbreite. Ungläubig registrierte er, daß mehrere Roboter der Zyzzkt vernichtet wurden.

Der Flash beschleunigte. Sein Brennkreis zog eine glutende Spur durch die Reihen der Wimmelwilden und ließ mehrere Antigravplattformen explodieren.

Simon hatte zwar die Waffenarme gehoben, doch er feuerte nicht. Das erledigten die Zyzzkt für ihn, die voll Panik versuchten, den Xe-Flash abzuschießen. Das Intervallfeld konnten sie aber nicht durchdringen.

Simon fragte sich, ob die Römer es entgegen allen Vermutungen geschafft hatten, in den Asteroiden vorzudringen. Er wußte nicht, ob sie über diesen großen Flashtyp verfügten. Andererseits war jeder Gegner der Zyzzkt so etwas wie ein Freund.

Schlagartig hatte sich das Blatt gewendet, und Simon mischte kräftig mit. Dennoch waren es vor allem die Waffen des Flash, die in den Reihen der Wimmelwilden und ihrer monströsen Roboter wüteten.

Nach wenigen Minuten landete der Flash auf seinen dünnen Auslegern.

Das Intervallfeld erlosch. Langsam öffnete sich die große Personenschleuse. Simon warf einen raschen Blick in die Runde. Die Schlacht war geschlagen, nur wenige Zyzzkt schienen verwundet überlebt zu haben. Sie interessierten ihn nicht.

Simon, worauf wartest du? traf ihn ein Funkimpuls.

Joker?

... und Hugo. Hast du jemand anderes erwartet?

Die beiden gefielen ihm. Sie waren Roboter – aber zugleich überwältigend menschlich. Wenn er nur daran dachte, wie lange er benötigt hatte, Joker dazu zu bewegen, ihn mit Namen anzureden, und seither setzte der Spindelroboter unbeirrbar immer ein »Simon« voran.

Simon, wir haben eine Aufgabe zu erfüllen. Hast du das vergessen?

Nein, das hatte er nicht. Im Laufschritt eilte er auf den Xe-Flash zu.

Ein Strahlschuß zuckte an ihm vorbei und tobte sich an der Unitallwandung aus. Ein zweiter Schuß traf ihn in den Rücken. Simon wandte sich flüchtig um und jagte zwei Salven in die Richtung, in der er den Angreifer vermutete. Dann war er an Bord, die Schleuse schloß sich.

Simon, es tut gut, dich zu sehen. Wir sind gerade noch rechtzeitig...

Woher habt ihr den Flash? unterbrach Simon.

Die Zyzzkt waren so nett, ihn uns zur Verfügung zu stellen, antwortete Hugo.

Und Joker fügte hinzu: *Simon, wir haben nur deine Pläne ausgewertet. Der Xe-Flash war als Inventar eingetragen.*

Das hatte er versäumt. Wenn er es recht bedachte, ein unverzeihlicher Fehler.

Wir fliegen soeben in den Reaktorbereich ein, sagte Hugo.

Das Prallfeld konnte den wieder im Schutz des Intervalls fliegenden Flash nicht aufhalten. Quer durch zwei Umwandlerblöcke glitt das Zylinderschiff mit wenig mehr als Schrittempo. Nur der Brennkreis des SLE schnitt mit vernichtender Wirkung durch Mauern und Metall.

Entladungen zuckten auf. Lichtbögen setzten das Zerstörungswerk fort. Ein unheilvolles Prasseln, das an Bord des Flash nicht zu hören war, erfüllte plötzlich die Luft. Augenblicke später die erste Detonation. Hundert Meter und mehr stieg eine Glutsäule empor, glühende Trümmer regneten weit im Umkreis ab.

Gleich darauf der zweite Umwandler. Ein brodelnder, blutig roter Pilz wogte in die Höhe, gefolgt von einer nicht endenwollenden Kette weiterer Explosionen. Sie griffen auf einen der Beschleunigerringe über. Zähflüssiges Material wurde aufgewirbelt und stürzte in weitem Bogen zurück. Simon fühlte sich an Sonnenprotuberanzen erinnert.

Mehr konnte er nicht erkennen, weil der Flash in das Hauptgebäude eindrang.

Simon, der Meiler liegt jetzt vor uns. Das gibt ein Feuerwerk.

Das zylinderförmige kleine Raumschiff beschleunigte. Zu erkennen war kaum mehr als ein rascher Wechsel von Licht und Schatten.

Die volle Schubkraft riß den Flash vorwärts. Im Schutz seines Intervallums jagte er durch gewachsenen Fels und tangierte Bereiche der Zyzzkt-Station.

Für einen Außenstehenden, der zufällig den Asteroiden beobachtete, mußte es so aussehen, als würde der zylinderförmige Flugkörper von einem aufbrechenden Krater ausgespien.

Wobei diese Vorgänge keineswegs synchron abliefen, sondern sich nur im Nachhinein vermischten. Allein eine Bildaufzeichnung hätte unbestechlich die korrekte Abfolge festgehalten.

Sekunden nachdem der Flash die Felskruste durchstoßen hatte, viel zu klein und unbedeutend, um optisch wahrgenommen zu werden und lediglich wegen seiner Emissionen zu orten, zeichnete sich ein winziger glühender Fleck auf dem öden Felsbrocken ab, der seit Äonen, sich langsam um zwei Achsen drehend, seine Bahn durch den Weltraum zog.

Dieser Fleck schwoll an. Düster rot erst, nur ein vages Glimmen, jedoch sehr schnell hellerwerdend, im Zentrum beinahe weißglühend, breitete er sich aus – wie eine Amöbe, die sich auf der zerklüfteten Oberfläche festgesetzt hatte und ihre Pseudopodien ausstreckte.

Diese vermeintlichen Gliedmaßen wuchsen. Sie dehnten sich

entlang verschiedener Grabenbrüche aus, verzweigten sich, liefen zum Teil sogar wieder aufeinander zu und vereinten sich zu unruhig zuckenden Gebilden.

Auch an zwei anderen, dicht beieinanderliegenden Stellen glühte der Asteroid. Zähflüssige Lava quoll dort aus der Tiefe herauf, ergoß sich in eine langgestreckte Senke und schwappte brodelnd höher.

Zudem weiteten sich die Risse aus. Gewaltige Gesteinsschollen schwammen auf dem brodelnden Untergrund, aber das Feuer sprang auch auf diese Platten über und fraß sie auf.

Mit rasender Geschwindigkeit griff die Glut um sich, nur noch wenige dunkle Felsregionen ragten wie Klippen daraus hervor. Die Feuerflut brandete an ihnen empor, gischtete mit hohen Fontänen darüber hinweg…

… und dann explodierte der Glutball in einem gigantischen Aufflackern. Es sah aus, als würden in diesem Moment Milliarden von Galaxien in einem Mikrokosmos geboren.

Wie ein Urknall! schoß es Simon durch den Sinn.

Aber es gab Wichtigeres.

2.

Auftreffende Ortungsstrahlen von einigen hundert Schiffen! meldete Joker. *Simon, sie haben uns erfaßt!*

Wir reagieren nicht darauf! bestimmte der Wächter. *Nur Ausweichkurs, falls eine Kollision droht.*

Die Glutwolke des Asteroiden breitete sich weiter aus. Ihr Widerschein brach sich auf zigtausend unitallenen Rümpfen. Zwar hatte sich das Heer der vermeintlichen Sterne jäh verdoppelt, aber nach wie vor war nur ein Bruchteil der Raumschiffe wirklich optisch sichtbar, die sich hier im Randbereich der Galaxis Orn gesammelt hatten.

Mehr als eine Million Raumschiffe!

Das war eine aberwitzige Zahl und zugleich eine Armada, deren Eroberungsfeldzug nicht mehr zu stoppen sein würde, sobald sie sich erst in Bewegung gesetzt hatte.

Empfangen Funkanrufe von mehreren Ringraumern!

Ignorieren! erwiderte Simon.

Der winzige Xe-Flash mit seinen drei Passagieren befand sich inmitten der Millionenflotte der Zyzzkt.

Schon eine Handvoll dieser Schiffe hätte den Flash mit einem einzigen Feuerschlag vernichten können. Aber noch wußten die Besatzungen nicht, was wirklich geschehen war. Vor allem hatten sie genug damit zu tun, nicht in den Strudel des energetischen Infernos hineingezogen zu werden.

Mehrere Ringraumer kollidierten mit Fragmenten des Asteroiden und wurden vernichtet, bevor sie ihr Intervall aufbauen konnten. Andere Schiffe nahmen Fahrt auf, um aus dem Gefahrenbereich zu fliehen. Angesichts ihrer Beschleunigungswerte und der geringen Distanzen zwischen einzelnen Raumern waren Kollisionen unvermeidlich.

Der Xe-Flash jagte mit weiter wachsender Geschwindigkeit quer durch diese unglaubliche Flottenkonzentration.

Mehr als eine Million Raumschiffe...

Selbst wenn sie sich annähernd in Kugelformation zusammengefunden hätten, wären sie noch über ein enormes Raumvolumen verteilt. Um in Minutenschnelle den Gefahrenbereich hinter sich lassen zu können, war der Flash noch zu langsam.

Von allen Seiten wurde das kleine Schiff abgetastet.

Simon, wir werden ultimativ aufgefordert zu stoppen und uns zu identifizieren.

Sag ihnen... ach, nichts.

Der Wächter wußte, daß die Zyzzkt ohnehin in Kürze erkennen würden, was geschehen war. Mit Überlebenden aus dem Asteroiden an Bord hätte der Flash beigedreht. Jedes andere Manöver weckte zwangsläufig den Verdacht der Wimmelwilden.

Ringraumer auf Kollisionskurs!

Die Schiffe der Wimmelwilden flogen nur im Energiesparmodus. Aber auch der Flash war keineswegs voll aufgetankt.

Ringraumer gehen auf Zielerfassung...

Fluchtkurs! befahl Simon.

Gleichzeitig feuerten die Zyzzkt-Raumer. Ihre Nadelstrahlen verfehlten den wendigen Flash nur um eine geringe Distanz, aber weit gravierender war, daß damit das Signal für alle Schiffe gegeben wurde, sich an der Jagd zu beteiligen.

Mehrere Strahltreffer ließen die Belastungsanzeigen für das Intervall in den Warnbereich emporschnellen.

Joker flog das Schiff in einem wahren Schlingerkurs. In den Ortungen waren die Reflexe der Flotte nach wie vor Legion. Der Weltraum schien nur noch aus Ringraumern der Zyzzkt zu bestehen, aus einigen wenigen Arkan-Giganten, Erron-Riesen und klobigen Kästen, deren Äußerem nach zu schließen es sich um Frachter handelte.

Einem dieser kantigen Kolosse mit mehr als sechshundert Metern Seitenlänge konnte Joker nicht mehr ausweichen. Vielleicht wollte er das auch gar nicht. Jedenfalls jagte der Flash mit aktiviertem SLE-Brennkreis und weiterhin im Schutz des Intervalls durch den Frachter hindurch. Zwei Ringraumer folgten mit geringem Abstand. Sie feuerten im Salventakt und ohne Rücksicht auf die eigenen Schiffe.

Hinter ihnen verglühte der Frachter in einer Kettenreaktion einzelner Explosionen.

Mehrere hundert Ringraumer formieren sich auf Abfangposition! meldete Joker. Zum erstenmal seit langem verzichtete er darauf, Simon mit Namen anzusprechen.

Er zog den Flash hoch – wobei *hoch* im Weltraum ein relativer Begriff war – und zwang das Boot in eine extreme Kurve. Für einige Sekunden schlugen Andruckkräfte durch, weil die Absorber unterversorgt blieben. Ein Großteil der Energie wurde wegen des konzentrierten Feuers mehrerer Ringraumer für die Stabilisierung des Intervallfelds benötigt.

Keine Transition möglich! stellte Hugo fest.

Auch kein Sternensog, fügte Joker hinzu. *Simon, wir haben einige ungemütliche Minuten vor uns...*

Erneut eine Reihe schwerer Treffer. Die Zyzzkt schienen jedes Ausweichmanöver vorherberechnen zu können. Joker schaffte es nicht mehr, den Strahlbahnen zu entgehen.

Aber ihre Asteroidenstation haben wir geknackt, stellte Hugo fest. *Eines Tages wird man unsere Namen in einer Reihe mit anderen Helden nennen.*

Simon, Ortung! meldete Joker in dem Moment. *Unser Entsatz ist da!*

*

Die Schiffe waren transitiert. Überall fielen sie aus dem Hyperraum und eröffneten das Feuer.

Ovoid-Ringraumer waren es, Kampfschiffe aus der neusten Produktion der Römer. Im Notfall konnten sie von einer einzigen Person geflogen werden, doch schon ein zweites Besatzungsmitglied erhöhte die Schlagkraft um ein Vielfaches.

Sie griffen mit allem an, was sie aufzubieten hatten, und sie stießen auf völlig überraschte Zyzzkt.

In Sekundenabständen sah Simon inmitten der gigantischen

Armada der Insektoiden neue Sonnen aufflammen. Die Glutbälle gewannen gedankenschnell an Leuchtkraft, dehnten sich aus und erloschen so abrupt wieder, wie sie aufgeflammt waren. Jeder dieser kurzlebigen Sterne signalisierte das Ende eines Raumschiffs der Wimmelwilden.

Die Ovoid-Ringraumer kommen in zwei Hauptstoßrichtungen, stellte Hugo fest. *Die Transitionsschiffe sind so etwas wie eine Vorhut, die innerhalb der gegnerischen Flotte Verwirrung schaffen soll. Die Mehrzahl der Angreifer ist jedoch mit Sternensog geflogen, mittlerweile auf SLE reduziert. Und unter voller Tarnung.*

Wie viele sind es? wollte Simon wissen.

Genug! antwortete Hugo. Wollte man eine besondere Betonung in seine Gedankenstimme hineininterpretieren, dann hatte er dieses eine Wort im Brustton der Überzeugung ausgesprochen. Zufriedenheit hatte ebenfalls darin mitgeschwungen.

Simon, ohne die Vernichtung der Energiestation wären die Römer jetzt nicht hier.

... dann lebten wir auch nicht mehr, ging es dem Wächterbewußtsein durch den Sinn. *Dann wären wir entweder im Asteroiden gestorben oder im explodierenden Flash.* Die Römer waren quasi in letzter Minute erschienen. Seitdem beachteten die Wimmelwilden das kleine Raumschiff nicht mehr; verglichen mit der Schlagkraft der Ovoid-Ringraumer war der Xe-Flash unbedeutend.

Wie viele? wiederholte Simon seine Frage.

Die Auswertung ergibt etwa fünftausend Transitionen, verstreut über ein Gebiet von mehreren Lichtminuten Durchmesser. Dazu erfaßt die Ortung rund zwanzigtausend vom Umfeld abweichende Signaturen.

Mit »Umfeld« meinte Hugo die überwiegend im Energiesparmodus operierenden Raumer der Zyzzkt. Die Charakteristika der römischen Kampfschiffe waren auch wegen ihrer neuen Bewaffnung unverwechselbar.

Simon, unsere Sensoren erfassen aber nur einen Ausschnitt der tatsächlichen Situation. Wir sollten davon ausgehen, daß wesentlich mehr Ovoid-Ringe an dem Angriff beteiligt sind.

Wenige Millionen Kilometer vor dem Flash hatten sechs Zyzzkt-Ringraumer ein römisches Schiff in Bedrängnis gebracht. Ununterbrochen schlugen Nadelstrahlen und andere Waffensysteme der Zyzzkt in das gegnerische Intervallum ein – und ließen das Miniaturuniversum düster aufwallend zusammenbrechen.

Simon versteifte sich. Den nächsten Feuerschlag würde das römische Schiff nicht überstehen.

Kompaktfeldschirm übernimmt die Abwehr, teilte Hugo mit.

Simon hatte haardünne Tofiritfäden abgespalten und sich über sie mit dem Datenspeicher des Rechners verbunden. Damit war er nicht auf die Manuellsteuerung angewiesen, derer sich die Spindelroboter bedienten. Was Hugo übermittelte, registrierte er nur noch beiläufig.

Der neue KFS-Schirm hatte übergangslos die Funktion des ausgefallenen Intervallums übernommen und den letzten Feuerschlag der Zyzzkt abgewehrt. Die Römer setzten nun ihrerseits die enorme Schlagkraft der Wuchtkanonen ein. In Verbindung mit anhaltendem Nadelstrahlbeschuß und Mix-4 brachen die Intervallfelder dreier Zyzzkt-Raumer auf. Die Schiffe verglühten in einer Kettenreaktion.

Noch nicht einmal fünf Minuten waren seit der Materialisation des ersten Ovoid-Raumers inmitten der bislang von einem superstarken Intervallfeld geschützten Millionenflotte der Zyzzkt vergangen. Dennoch hatten die Insektoiden schon mehrere hundert Kampfraumer verloren. Dem standen lediglich zwei vernichtete römische Einheiten gegenüber – zumindest soweit die Ortungen des Xe-Flash das erfaßt hatten.

Wie jäh aufflammende Novae erschienen immer mehr Explosionen in der optischen Erfassung. Das Licht benötigte etliche Minuten, um von einem Ende der Flotte zum anderen zu gelangen.

Fünfzigtausend Ovoid-Ringraumer zeigte die Auswertung schließlich an. Alle waren erst vor kurzem fertiggestellte hochmoderne Schiffe im Vollbetriebsmodus. Simon ging davon aus, daß sich an Bord jeweils sechs Römer befanden, mehr waren nicht nötig für einen Dreischichtbetrieb rund um die Uhr.

Fünfzigtausend gegen eine Million. Das bedeutete zwar eine zwanzigfache Überlegenheit der Insektoiden, doch ihre Flotte war in technischer Hinsicht veraltet und litt unter der stetig wachsenden Energieknappheit.

Im Schutz des von der Asteroidenstation erzeugten Intervallfeldes, das ihre gesamte Flotte umschloß, hatten sich die Zyzzkt sicher gefühlt. Nun gab es dieses Intervall nicht mehr, und die Ovoid-Ringraumer hatten zu einem Vergeltungsschlag angesetzt, der in einem verheerenden Blutbad enden mußte.

Simon bezweifelte nicht, daß Ren Dhark mit allen Mitteln versucht hätte, dieses aggressive Vorgehen der Römer zu unterbinden. Für einen Augenblick glaubte er sogar, Dharks Stimme zu hören, der von einem furchtbaren Schlachten sprach. Die Wimmelwilden mochten sich des milliardenfachen Mordes schuldig gemacht haben, aber gab das ihren Richtern das Recht, gleiches mit gleichem zu vergelten?

Moral, dachte Simon, *ist immer und vor allem eine Frage des Standpunkts. Frage die Völker, die von den Zyzzkt ausgelöscht wurden, ob sie nur eine Sekunde lang zögern würden, auf ihre Rache zu verzichten.*

Rache war in diesem Fall Gerechtigkeit, und eine andere Gerechtigkeit konnte es nicht geben.

Allmählich schienen die Zyzzkt ihren Schock zu überwinden, den die Vernichtung des Asteroiden, der damit verbundene Ausfall des Intervallums und letztlich der Angriff der Römer verursacht hatten. Vielleicht sahen die Wimmelwilden ihre Chance weiterhin in ihrer extremen zahlenmäßigen Überlegenheit, vielleicht hatten sie auch noch gar nicht die Überlegenheit der gegnerischen Waffen erfaßt, oder sie beendeten ihre Existenz lieber im Glutball einer atomaren Explosion, als sich zur Flucht zu wenden und damit den eigenen Herrschaftsanspruch aufzugeben. Die Raumschlacht wurde jedenfalls zunehmend erbitterter geführt. Auf beiden Seiten stiegen die Verluste, die Zyzzkt gingen sogar dazu über, sich mit auf Resonanz geschaltetem Intervall auf ihre Gegner zu stürzen und die Ovoid-Schiffe in der Kollision zu vernichten. In einigen Fällen hatten sie damit Erfolg, doch die Römer reagierten sehr schnell darauf und schlossen sich zu kleinen, überaus schlagkräftigen Pulks zusammen. Wenn diese Schlacht bis zum bitteren Ende geführt wurde, würde sie tagelang toben.

*

Der Anruf kam selbst für Simon überraschend. Gisol meldete sich über Richtfunk.

Offensichtlich hatte der Worgun die Schiffsbewegungen analysiert und daraus geschlossen, daß der Xe-Flash keinesfalls von Zyzzkt geflogen wurde.

»Sehr gute Arbeit«, lobte Gisol knapp. »Aber der Flash ist extrem gefährdet. Deshalb wird die EPOY euch an Bord nehmen.«

Das war alles.

Kurz darauf erfaßte die Ortung des Flash den näherkommenden Ringraumer. Die EPOY glich ihre Geschwindigkeit an und schob sich bis auf wenige hundert Meter heran.

Der Xe-Flash war zu groß, um im Schutz des Intervallums in einen Hangar des Ringraumers einfliegen zu können. Joker, der nach wie vor die Kontrolle über alle Schiffsfunktionen ausübte, schaltete das eigene Intervall ab. Simon hatte sich ohnehin nur in die Überwachung eingeklinkt und nahm auf die Steuerung keinen Einfluß.

Sekunden später wurde der Flash vom Intervallum der EPOY umschlossen und näherte sich dem Ringraumer weiter.

Das Vakuum des Weltraums konnte Simon und seinen Robotern ebensowenig anhaben wie die Giftgasatmosphäre eines fremden Planeten. Nachdem sie den Ausstieg geöffnet hatten, brauchten sie sich nur abzustoßen, um die nächste Mannschleuse der EPOY zu erreichen. Der Flash wurde währenddessen am Rumpf des Ringraumers verankert.

Die Schleuse schloß sich hinter ihnen. Sauerstoff strömte ein, das Innenschott glitt zur Seite.

Ein junger Mann, Mitte Zwanzig, wartete bereits. Er salutierte, schlug die geballte Faust an seine linke Brust. »Willkommen auf der EPOY! Terra Nostra kann stolz sein, solche Helfer zu haben. Wenn ihr mir nun in die Zentrale folgen wollt! Gisol erwartet euch.« In seinen Augen stand ein beinahe ehrfürchtiges Leuchten. Er lachte, wandte sich um und ging vor Simon und den Spindelrobotern her.

Simon kannte den jungen Offizier. Salustus Aedilus gehörte zu den fünf Römern, die stolz darauf waren, daß sie auf Gisols EPOY Dienst tun durften. Nun hatten sie auch noch den Wächter und seine Begleiter an Bord. Flüchtig dachte Simon daran, wie er vor zehn oder fünfzehn Jahren in einer solchen Situation reagiert hätte. Wahrscheinlich keinen Deut anders. Er hätte alles für das Wohl des Schiffes und seiner Besatzung gegeben – sogar sein Leben.

Sie hatten die Zentrale erreicht. Aedilus blieb abrupt stehen, wich respektvoll zur Seite und gab den Durchgang frei. Er salutierte erneut. Das Lachen umspielte unverändert seine Mundwinkel, doch über seinem Blick lag ein feuchter Schimmer. Simon wußte das sehr wohl zu deuten.

»In diesem Krieg hat es schon Milliarden Tote gegeben«, sagte der Wächter verhalten. »Was wir jetzt erleben, könnte die letzte große Raumschlacht sein, die endlich eine Entscheidung herbeiführt.«

Gisol alias Jim Smith, der Rebell und Worgun in menschlicher Gestalt, hatte sich beim Eintreten der vier dem Hauptschott zugewandt. Hinter ihm tobte der Krieg in holographischer Distanziertheit in der Bildkugel. Simon sah zwei neue Sterne aufflammen und sich ausweiten.

»Wir haben große Erfolge zu verzeichnen!« rief Gisol freudig. In seiner Gestalt als Jim Smith war er ein Mensch mittleren Alters, ohne Besonderheiten, die ihn aus der Masse herausgehoben hätten. Schließlich war ihm vor nicht allzu langer Zeit noch daran gelegen gewesen, nicht aufzufallen. Das hatte ebenso für seine erste Identität als John Brown gegolten, den Mann, der nicht registriert gewesen war und im Februar 2058 einen schweren Unfall wider Erwarten überstanden hatte.

Gajus Julius und Livius Primus, die sich ebenfalls in der Zentrale aufhielten, erhoben sich aus ihren Sesseln. Ihre Blicke galten Simon, bevor sie zu den Spindelrobotern weiterwanderten. Wie auf ein geheimes Kommando hin klatschten beide Römer. Simon fühlte sich davon eigenartig berührt. Seinem ebenen Gesicht war jedoch nichts anzumerken. In Situationen wie dieser war er dankbar dafür, daß die glatte Fläche keine Regung zeigte.

Gisol streckte ihm die Hand entgegen, und Simon ergriff sie spontan.

»Ohne die Asteroidenstation wirkt sich der Energiemangel der Zyzzkt gavierend aus«, sagte Gisol. »Die Römer werden den Kampf siegreich führen – vor allem ohne große eigene Verluste.«

»Das hoffe ich«, antwortete Simon.

»Natürlich bleibt die EPOY dem Kampfgeschehen nicht fern!« Der unbändige Drang des Rebellen, rasch wieder einzugreifen und die Mörder seines Volkes zur Rechenschaft zu ziehen, war unüberhörbar. »Jedes einsatzfähige Schiff wird gebraucht, um ein schnelles Ende herbeizuführen.« Gisol wandte sich wieder der Bildkugel zu. »Wir beide, Simon, du und ich, sind dafür bestimmt, den Wimmelwilden ihre Grenzen aufzuzeigen. Und das ein für allemal.«

»Nicht nur wir beide«, erwiderte der Wächter.

Gisol bedachte ihn mit einem forschenden Blick. Er lachte. »Du hast recht. Die Besatzungen von fünfzigtausend gerade erst in Dienst gestellten Ovoid-Ringraumern brennen darauf, ihre Stärke zu beweisen.«

»Wenn das so ist, brauchen sie uns nicht«, sagte Simon bestimmt.

Er sah, daß Aedilus fragend die Stirn in Falten legte. Die beiden anderen Römer wirkten ebenfalls irritiert.

»Ein Schiff mehr oder weniger wird die Entscheidung nicht beeinflussen«, fuhr Simon fort. »Ich habe eine Verabredung getroffen und meinen Teil eingehalten. Die Intervallfeldstation der Zyzzkt existiert nicht mehr.«

»Und damit werden die Völker von Orn bald befreit aufatmen können…« bestätigte Gisol.

Simon war weitergegangen, wohingegen die beiden Spindelroboter beim Schott verharrten. Erst vor der Bildkugel blieb er stehen und ließ das Geschehen auf sich wirken.

Die Wiedergabe zeigte nur einen winzigen Ausschnitt dessen, was sich in diesem Raumsektor abspielte. Es war ein Massaker. Die Ovoid-Ringraumer, dank der neuen Tofiritquelle der Römer ausreichend mit Energie versorgt, nutzten ihre waffentechnische Überlegenheit in jeder Hinsicht. Wuchtkanonen und Nadelstrahlen durchbrachen die Intervalle der Zyzzkt reihenweise.

Simon sah das opalisierende Licht des Hy-Kon, das – zumindest optisch – die Raumstruktur veränderte und einen in sieben Segmente geteilten Ring erzeugte. Die Berührung mit diesem Ring ließ die Farben überspringen. Augenblicke später wurde das betreffende Raumschiff von einem undefinierbaren Nichts verschlungen.

Dazwischen flackerte der geisterhafte Schein von Mix-1, das den Raum schmutziggrau erscheinen ließ und vermutlich ebenso viele Zyzzkt-Ringraumer vernichtete wie das Hy-Kon.

Minutenlang nahm Simon die Eindrücke der Schlacht in sich auf. Gisol schwieg dazu. Wortlos gab er den Römern ein Zeichen, die EPOY zu beschleunigen.

Der Xe-Flash war verankert, das Intervallum in doppelter Projektion aufgebaut. Dieser künstlich erzeugte Zwischenraum hatte die Form zweier einander teilweise überlappender Kugeln, und inmitten dieser Überlappungszone befand sich die EPOY.

»Drei Zyzzkt-Raumer im Anflug!« meldete Gajus Julius. »Liegen auf Kollisionskurs!«

»Ausweichmanöver! Einsatz von Mix-4 und Wuchtkanonen!«

Nur Sekunden später wurde die EPOY schwer getroffen. Ihr Intervall hielt stand.

Nahezu gleichzeitig umflossen heftigste Entladungen eines der angreifenden Schiffe, sein Rumpf verformte sich zähflüssig. Auf den ersten Blick sah es so aus, als zerquetschte ein unsichtbarer Riese das Schiff zwischen seinen Händen. Die Ringstruktur wurde zusammengestaucht, als sei der Raumer trotz des aktivierten Intervallums gegen ein Hindernis geprallt. Wenige Sekunden hielt die Hülle noch stand, dann platzte sie auf. Das war auch der Moment, in dem die Konverter ihre Energie schlagartig freisetzten. Eine Gluthölle fraß sich durch den Schiffsriesen und ließ den mittlerweile undefinierbaren Unitallklumpen zusammenbacken. Die auf das Wrack einwirkende Schwerkraft stieg so extrem, daß es von den Energien in seinem Innern förmlich zerrissen wurde. Schnell erlöschende Glutbälle wirbelten wie ein Feuerwerk nach allen Seiten davon.

Einer der anderen Zyzzkt-Ringraumer raste quer durch die Explosionswolke, sein Intervall zeichnete sich als flackernde Aura ab. Blitzartige Entladungen sprangen innerhalb des künstlichen Zwischenraums auf den Ringraumer über, und sie verstärkten sich rasend schnell, als ziehe das Intervallum Energie aus einem anderen Kontinuum ab. Das Schiff war plötzlich nur mehr schemenhaft wahrzunehmen, es verblaßte innerhalb des immer noch bestehenden Intervallfelds.

Scheinbar eine Ewigkeit verging – tatsächlich waren es nicht mehr als zwanzig Sekunden – bis auch dieses Intervall erlosch.

»Kein Hinweis darauf, wohin der Zyzzkt verschwunden ist«, stellte Livius Primus fest. »Das Phänomen muß aus dem Zusammenwirken unterschiedlicher Kräfte entstanden sein.«

Der dritte Ringraumer drehte ab. Knapp zwanzigtausend Kilometer war er noch entfernt, als die EPOY aus allen Projektoren und den neu eingebauten Geschützen das Feuer eröffnete. Nur eine auseinanderdriftende Trümmerwolke blieb von dem Schiff.

Gisol nickte zufrieden, als Simon sich von der Bildkugel zu ihm umwandte.

»Ich habe keineswegs die Absicht, meine Verabredung mit den Akademiepräsidenten zu versäumen«, sagte Simon.

Der Worgun schaute ihn fragend an. »Dieser Raumsektor«, bemerkte er schleppend, »ist unsere Verabredung. Solange sich die Zyzzkt in völliger Verkennung ihrer Situation auf unsere Schiffe stürzen wie Fliegen in die blakende Flamme einer Fakkel...«

Simons Stimmodul ließ ein heiseres Ächzen vernehmen. »Sehe ich dich spätestens morgen mit der Lyra in der Hand Verse über den Untergang einer Armada schmieden?«

»Ich verstehe nicht...«

Simons Blick schweifte durch die Zentrale, die in den meisten Details dem Leitstand der POINT OF glich. Lediglich das Kontrollpult des Checkmasters fehlte in Gisols EPOY.

Epoy – das war der Worgun-Name für Heimat.

Für einen Moment fragte sich Simon, ob Ren Dhark und die anderen schon die heimatliche Milchstraße erreicht hatten. Es mußte so sein. Zehn terranische Ringraumer, an ihrer Spitze die neue BUDVA II, waren schon im Oktober des letzten Jahres zu ihrem weiten Flug aufgebrochen. Etliche Monate waren seitdem vergangen.

Die Heimat...

Simon sehnte sich danach, die Erde wiederzusehen. Und Noreen Welean. Seit Jahren wartete sie auf seine Rückkehr. Er spürte das. Sie wußte, daß er nicht tot sein konnte. Sie war dabeigewesen, als sein Geist von dem reglosen Roboterkörper aufgesogen worden war, und sie hatte seine Stärke erkannt.

Du wirst nie einen besseren Diener bekommen als mich, Noreen, dachte Simon.

Er spürte, daß der Worgun ihn durchdringend musterte. Ahnte Gisol, was in ihm vorging? Heute war er seinem Traum jedenfalls einen großen Schritt nähergekommen.

Sein eigener menschlicher Körper war verbrannt. Doch er würde ihn zurückbekommen. Weil Noreen von allen ihren Mitarbeitern Genproben aufbewahrte.

Und dann? Was wollte er sein? Mensch oder Wächter der Worgun? *Vielleicht beides!* hoffte Simon. *Das eine zurückgewinnen, aber das andere nicht aufgeben müssen...* Er war der letzte Wächter – es mußte möglich sein.

Gisol hatte die Stirn in Falten gelegt. Seine Augen waren schmal geworden, sie ließen Simon nicht los. Die Lippen hatte der Worgun fest zusammengepreßt, seine Wangenknochen und das Kinn traten markant hervor. Es war offensichtlich, daß er über Simons Anspielung nachdachte.

»Ich hoffe nicht, Gisol, daß du wie jene Menschen bist, die sich am Untergang anderer ergötzen«, sagte Simon.

»Das ist doch Unsinn«, wehrte der Worgun ab.

Der Wächter achtete nicht darauf. »Ich denke an das Jahr 64 unserer Zeitrechnung. Ob es nur ein Gerücht ist, kann ich nicht beurteilen – aber die Flammen, die damals Rom verzehrt haben sollen...«

»Was willst du damit sagen, Simon?« fragte Gisol schroff.

»Margun und Sola erwarten mich auf Terra Nostra. Die EPOY soll mich zu ihnen bringen, das ist alles. Ich habe die Entscheidungsschlacht gegen die Zyzzkt ermöglicht, aber ich werde nicht daran teilnehmen.«

»Wir werden keine Ewigkeit brauchen, die Wimmelwilden zu besiegen...«

»Verstehst du nicht, Gisol?« unterbrach Simon den Worgun. »Ich will endlich zurück nach Terra. Ist das zuviel verlangt?«

*

Mit Sternensog raste die EPOY der noch fernen Materiewolke Gardas entgegen. »Bastion« lautete die Übersetzung des Worgun-Namens, und eine Bastion war die 370 Lichtjahre durchmessende Wolke lange Zeit gewesen.

Die Zentralebesatzung hatte für den Flug nach Terra Nostra gewechselt. Die jungen römischen Offiziere Romulus Quadratus und Publius Cornelius hatten ihre Freiwache beendet und sich über Simons Anwesenheit an Bord ebenso erfreut gezeigt wie ihre Kameraden. Was spielte es da für eine Rolle, daß die Schlacht gegen die Millionenflotte der Zyzzkt für sie momentan in weite Ferne rückte?

»Ich bin nicht versessen darauf, die Insektoiden zu vernichten«, hatte Cornelius spontan zu verstehen gegeben. »Sie haben dasselbe Recht zu leben wie wir – solange sie im Gegenzug unser Recht und das aller Völker achten.«

Das war vor zweieinhalb Stunden gewesen. In der Zentrale der EPOY hatte seitdem Routine Einzug gehalten.

Es gab wenig zu tun. Im Schutz ihres Intervallums raste die EPOY mit zigtausendfacher Lichtgeschwindigkeit der Welt der Römer entgegen. Das Schiff entmaterialisierte nicht, sondern blieb trotz Überlichtgeschwindigkeit im Normalraum. Das Intervallfeld verhinderte gleichermaßen den Masseanstieg ins Unendliche wie extreme Dilatationseffekte.

Unter terranischen Wissenschaftlern hatte die sogenannte Mysterioustechnik für manch aufgeregten Disput gesorgt. Kurz vor seinem Aufbruch mit Noreen Welean zum Planeten Hope war das Thema der Zeitveränderung durch die Medien gegangen. Simon erinnerte sich noch gut daran; manchmal hatte er den Eindruck, als sei das erst gestern gewesen.

Etwas mehr als sieben Jahre lag das alles zurück. Die Kapazitäten hatten sich in einen Grundlagenstreit hineinmanövriert, in dem die Fronten sehr schnell verhärtet waren. Eigentlich ein Streit um des Kaisers Bart, aber angefacht vom Sternensog der Ringraumer.

Bleibt die Zeit für die Besatzung nur stehen, wenn ein Raumschiff im Normalraum Überlichtgeschwindigkeit erreicht, oder läuft sie sogar rückwärts? Die Vision des greisen Raumfahrers, der nach einem solchen Flug als Zehnjähriger wieder auf der Erde landete, war in den Wirren des Jahres 2052 oft strapaziert worden. Für viele Menschen mochte sie zugleich etwas wie ein Hoffnungsschimmer gewesen sein, wenigstens das Jahr, das ihnen die Giants gestohlen hatten, zurückzubekommen. Übersehen hatten alle dabei, daß den Ringraumern ein Überlichtflug ohne Transition nur möglich war, weil das Intervallfeld ein eigenes Kontinuum schuf, quasi eine Pufferzone zu den Gesetzen des Normalraums.

Oder wird alles, was denkbar ist, eines Tages auch machbar sein?

Simon war selbst versucht, sich in solche Hoffnungen zu flüchten. Er brauchte sie, wollte er nicht im eigenen Zwiespalt versinken.

Vielleicht wäre es besser gewesen, hätte er sich klar entscheiden können.

Für den eigenen Körper aus Fleisch und Blut und ein Leben in der Milchstraße.

Oder für sein Dasein als Wächter, für die Wunder des Universums und Dinge, die sich heute noch kein Mensch träumen ließ. Die Unsterblichkeit des Wächterkörpers nutzen, um den Geheimnissen des Weltraums nachzuspüren. Wie armselig mutete dagegen sein früheres Leben an…

… aber wie vertraut war es doch gewesen, eine Konstante, die ihm heute fehlte.

Simons Blick schweifte von der optischen Wiedergabe in der Bildkugel zu den Ortungsanzeigen.

»Nichts Außergewöhnliches!« meldete Cornelius sofort, als hätte Simon die entsprechende Frage gestellt. »Die EPOY liegt auf Kurs, keine anderen Raumschiffe im Erfassungsbereich.«

Die Schlacht zwischen Römern und Zyzzkt war aus der Distanz von mehreren zehntausend Lichtjahren bedeutungslos geworden. Menschenabkömmlinge führten sie stellvertretend für die Worgun und viele andere Völker, mit einer Technik, die überwiegend von den Worgun stammte.

Mysterious, dachte Simon, *ist auch heute die zutreffendere Bezeichnung. Wir wissen vieles noch nicht.*

»Du wirkst unruhig.« Gisols Stimme durchbrach die bedrükkend gewordene Stille. Sein Jim-Smith-Gesicht schaute zerknirscht in die Runde. »Wovor fürchtest du dich?«

Simon lachte verhalten.

»Ich meine die Frage ernst«, fügte Gisol hinzu. »Du scheinst mir mitunter mehr Mensch zu sein als Wächter.«

Simon schwieg geraume Zeit. Der Worgun drängte auch nicht weiter.

»Vielleicht...« sagte Simon endlich wie aus heiterem Himmel, »fürchte ich mich vor mir selbst.«

Gisol nickte und wischte sich mit dem Handrücken über die Lippen. »Genau das habe ich zu hören erwartet. Dich quält ein Zwiespalt, den schon viele Wächter vor dir durchstehen mußten. Nur traten diese Selbstzweifel nicht schon in den ersten Jahren auf, sondern, wenn überhaupt, erst in der dritten oder vierten Periode ihres Dienstes.«

Jede Periode entsprach einem Zeitraum von 98 Erdenjahren. Simon wußte das, weil die INSTANZ von ARKAN-12 es ihm erklärt hatte.

Wächter zu sein war einst eine hohe Auszeichnung für Angehörige fremder Völker gewesen. In vier Galaxien waren Wächter verehrt und geachtet worden.

Für mindestens eine Periode hatten sich junge Leute als Helfer verdingt. *Als Diener der Worgun*, rückte Simon den Begriff in Gedanken zurecht, obwohl er wußte, daß dem nicht so war.

Worgun-Bewußtseine hatten sich nie dazu geeignet, einen Wächterkörper zu steuern.

Wer immer Wächter geworden war, sein Körper hatte während dieser Zeit in ARKAN-12 gelegen, zeitlos konserviert. Erst mit der Rückkehr des jeweiligen Bewußtseins hatte der biologische Zellverfall wieder begonnen.

Eine zweite Transformation in einen Wächterkörper, zu einem späteren Zeitpunkt, war danach nicht mehr möglich. Deshalb hatten viele Wächter sich ohne Unterbrechung für weitere Perioden entschlossen. Sie hatten Gefallen an der vermeintlichen Unsterblichkeit und ihrem Ruhm gefunden und dieses Dasein ihrem früheren Leben vorgezogen.

Sie alle existierten nicht mehr.

*

Die EPOY raste mit unverändert hoher Überlichtgeschwindigkeit durch das Sternenmeer von Orn.

Die Heimatgalaxis der Worgun zeigte ihr friedliches Gesicht. Es war ein unermeßlich erhabenes Gefühl, nahe Sonnen vorbeihuschen zu sehen, während sich das Bild der Galaxis selbst kaum veränderte.

Nicht einmal mehr die Ortungen erfaßten die mörderische Schlacht noch.

Das Leben und Sterben von Abermillionen Intelligenzwesen ist unbedeutend, stellte Simon fest. Er fragte sich, ob es Betroffenheit war, die er spürte. Viele der winzigen, verwaschenen Lichtpunkte in der Bildkugel waren fremde Galaxien. Einige hundert Milliarden solcher Sterneninseln erfüllten das Universum mit Licht und Leben. Die ersten waren sehr bald nach dem Urknall entstanden. Wie mochte es sein, weit da draußen, an der Grenze zum Nichts? Wieviel Leben wartete darauf, entdeckt zu werden? Unglaublich fremdes Leben, das womöglich niemand als solches erkennen würde. Freund ebenso wie Feind.

Bedeutungslos war angesichts dieser gigantischen Weite alles, was in Orn geschah. Die Geschichte würde die Zyzzkt ebenso vergessen wie die Worgun.

Es gab keinen Stillstand, kein Verharren auf alten Werten. Was geschah, war Teil einer umfassenden Evolution.

Eines Tages, glaubte Simon, *werden Menschen irgendwo da draußen stehen und die letzten Geheimnisse lösen.*

Vielleicht erst in Jahrmillionen.

Wie mochte sich die Menschheit bis dahin verändert haben? Er wußte es nicht. Alles war möglich, sobald Menschen immer weiter von ihrer Heimatwelt entfernt siedelten und sich an neue Umweltbedingungen anpassen mußten. Dieser Prozeß hatte gerade erst begonnen.

War er selbst nicht das beste Beispiel dafür? Ein menschliches Bewußtsein, geborgen in einer perfekten Maschinerie. Unempfindlich gegen vieles, was normalem Leben sofort den Tod brachte.

»In fünfundvierzig Minuten erreichen wir Terra Nostra!« sagte Cornelius.

»Danke«, erwiderte Simon über die akustische Stimmausgabe.

Das war der letzte Schritt, der ihn nach Hause führen würde, zu seinem neuen alten Körper und zu Noreen Welean.

Tief lauschte er in sich hinein. O ja, er wollte ihr Haar zwischen seinen Fingern spüren, wollte ihr Parfüm riechen – mit der eigenen Nase und nicht mit den Sensoren des Wächters – und er wollte endlich das tun, was er früher stets aus seinen Gedanken verbannen mußte, wenn er Noreen nur angesehen hatte: Sie in den Arm nehmen, die Hände über ihren Körper gleiten lassen und mit ihr schlafen, die Liebe in allen Nuancen auskosten. Er wußte, daß Noreen das auch wollte. Es hatte sich nur nie die Gelegenheit dazu ergeben, nie war mehr als eine flüchtige Berührung möglich gewesen. Weder die Zeit noch ihre Arbeit hatten es erlaubt.

Er dachte an Noreens Kuß, in der ersten Nacht im Dschungel von Deluge. Als schlammige Wassermassen nach einem sintflutartigen Wolkenbruch ihren Iglu mitgerissen und er sie in Sicherheit gebracht hatte. Nur wenige Dutzend Meter eine Anhöhe hinauf, aber er hatte Noreens bebendes Verlangen gespürt und die Wärme ihres Körpers, obwohl sie beide bis auf die Haut durchnäßt gewesen waren.

Vielleicht hätte er sich nicht wie ein Diener zurückhalten sollen. Aber die Stunden unter den Baumriesen, von unaufhörlich zuckenden Blitzen der Finsternis entrissen, waren ihm nicht als der richtige Zeitpunkt erschienen. Damals, in der Panik, hatten sie beide nur ans Überleben gedacht.

Es war immer noch Zeit, das Versäumte nachzuholen. Noreen Welean war jetzt siebenunddreißig und wahrscheinlich noch schöner geworden, als er sie in Erinnerung hatte – ganz die reife Frau, nach der er sich sehnte.

»Simon.«

Er hörte Gisols Stimme, aber er reagierte nicht darauf.

Jederzeit konnte er sein Wächterdasein beenden und wieder der Mensch werden, der er einmal gewesen war. Die INSTANZ von ARKAN-12 hatte ihm versichert, daß sie nicht auf einer Dienstzeit von 98 Jahren bestehen würde. Sie brauchte nur seine DNS-Probe, um seinen Körper klonen zu können.

Und dann...? Simon wußte es noch nicht. In seinen Gedanken spukten nur Bruchstücke herum. Fragmente, die er vor sich herschob in der Hoffnung, alles würde sich von selbst ergeben.

Er träumte von einem Leben mit Noreen.

Und er träumte von den Sternen.

Vielleicht konnte er beides haben. Gemeinsam mit Noreen alt werden und sich danach wieder in den Wächter transformieren lassen. Es war nicht das Bewußtsein, das alterte, sondern der Körper. Eine zweite Transformation mußte bei ihm möglich sein, immerhin war er damals ohne sein Zutun in den Roboter versetzt worden. Niemand hatte ihn gefragt.

»Simon.« Gisol stand jetzt dicht neben ihm und legte ihm eine Hand auf den Arm. »Ich weiß nicht, was mit dir los ist, aber dein Schweigen gefällt mir nicht. Du starrst seit einer halben Stunde in die Bildkugel und nimmst nichts mehr um dich herum wahr. Wir fliegen bald in die Wolke ein.«

»Ich habe nachgedacht«, antwortete der Wächter und fügte nach einer vielsagenden Pause hinzu: »Über die Zukunft.«

Gisol nickte zögernd. »Die Spindelroboter sagen, daß sie dich so nicht kennen.« Er deutete Simons leichte Seitwärtsdrehung richtig, der Wächter entsann sich erst jetzt der Roboter. »Sie haben die Zentrale vor wenigen Minuten verlassen.« Über seiner Nasenwurzel entstanden zwei steile Falten. »Du hast wirklich vor, uns zu verlassen?«

Das klang weder vorwurfsvoll, noch schien der Worgun Simon zurückhalten zu wollen. Trotzdem herrschte plötzlich eine angespannte Atmosphäre.

»Ich kann nicht anders«, sagte Simon endlich.

Gisol kaute auf seiner Unterlippe. Er mußte zu dem Wächter aufschauen. »Wenigstens bist du ehrlich. Vielleicht werde ich dich eines Tages sogar verstehen, wenngleich ich dein Weggehen niemals gutheißen werde.«

»Soll ich wiederholen, was du gesagt hast?«

Der Gestaltwandler verstand nicht, worauf sein Gegenüber anspielte.

»Wortwörtlich«, stellte Simon fest. »Mit deinen eigenen Worten, Gisol: *... daß der Krieg in Orn nicht eure Sache ist. Damit kommen wir allein klar, und ich bin zuversichtlich, daß wir ihn in absehbarer Zeit beenden können. Die Allianz aus Römern, Worgun und zahlreichen anderen Völkern, die es endlich wagen, sich gegen die Unterdrücker zu erheben, ist auf einem guten Weg.*«

Der Mann, der einem Menschen so täuschend ähnlich sah, zögerte. »Ich habe mit Dan Riker darüber geredet«, entsann er sich endlich. »Weil ich wußte, daß ich Dhark und seine Schiffe nicht zurückhalten konnte.«

»Der Commander und seine Besatzungen sind Menschen – ich bin ebenfalls ein Mensch.«

»Zugleich aber auch ein Wächter der Worgun. Dieser Krieg ist also auch dein Krieg, Simon. Du hast das immer wieder bewiesen.«

»Ich habe mein Versprechen erfüllt, das ich Margun und Sola gab. Jetzt sind die Akademiepräsidenten an der Reihe, ihren Part einzuhalten.«

»Also meinst du es wirklich ernst? Wie kann ich dich überzeugen, Simon...?« Schweigen.

Augenblicke später: »Vielleicht ist es in der Tat so, Gisol, daß niemand seinem Schicksal entrinnen kann. Mein Weg ist vorgezeichnet, das weiß ich seit der Schlacht im Zentrum der Macht, als die Römer langsam aber sicher zu unterliegen drohten.«

Der Rebell von Orn nickte zögernd. An Bord der POINT OF hatte er, wie auch Margun und Sola, den Flug ins Zentrum der Macht mitgemacht, begleitet von einer Flotte von 8000 römischen Schiffen.

Unter heftigen Angriffen der Zyzzkt hatte die POINT OF die Zentralwelt der Insektoiden erreicht. Margun und Sola, von denen nur wenige Eingeweihte wußten, daß sie in Wahrheit mutierte und für alle Zeiten in Menschengestalt gefangene Worgun waren, und die für alle anderen die römischen Akademiepräsidenten Nauta und Laetus waren, hatten sich zu erkennen gegeben und damit die Reaktion eines Herrschers namens Gangol und die Landung von Ren Dharks POINT OF erreicht.

Natürlich hatten die Zyzzkt-Herrscher, bei denen es sich ebenfalls um mutierte Worgun handelte, versucht, Margun und Sola auf ihre Seite zu ziehen. Aber als dieses Vorhaben scheiterte, waren mehrere hundert Schwerbewaffnete erschienen...

Gisol erinnerte sich noch, daß er unter Waffeneinwirkung bewußtlos geworden war und seine menschliche Gestalt verloren hatte. Daß der Checkmaster der POINT OF in letzter Sekunde eingegriffen und ein neuronales Blockadefeld errichtet hatte, war ihm erst später berichtet worden. Ebenso, daß Dharks Verhandlungsteam von den Flash geborgen worden war.

Nahezu gleichzeitig hatte der Goldene, in dessen Nähe das denkwürdige Zusammentreffen erfolgt war, ein Transmitterfeld aufgebaut. Von Bord seiner heranrasenden NOREEN WELEAN hatte Simon die POINT OF zum Alarmstart aufgefordert und war unmittelbar darauf im Transmitter in der Zentrale von Dharks Flaggschiff materialisiert.

»... ich sah nur eine einzige Chance, die Herrschaft der mutierten Worgun zu brechen«, erklärte Simon. »Eine zweite Möglichkeit, den Planeten Morpok zu zerstören, hätte sich nie wieder geboten. Deshalb aktivierte ich die Transmitterfalle des Goldenen und opferte die NOREEN WELEAN. Eine große Zahl von Zyzzkt-Ringraumern befand sich schon im Anflug auf mein Schiff. Als ich durch den Transmitter zur POINT OF floh, konnte ich weder Hugo noch Joker mitnehmen. Sie wurden mit der NOREEN WELEAN in der Falle vernichtet.«

»Falls du glaubst, dich für deine Entscheidung entschuldigen zu müssen...«, sagte Gisol.

Simon unterbrach ihn schroff. »Ich will, daß du verstehst, was mich bewegt, das ist alles.«

Der Worgun ließ sich in den nächsten Sessel sinken. Er lehnte sich zurück und schaute den Wächter von unten herauf forschend an. »Was ich sehr schnell unter Menschen gelernt habe ist, daß sie für alles eine Erklärung suchen. Oder sie glauben, jede Handlungsweise erklären zu müssen. Warum nehmen sie die Dinge nicht, wie sie sind, ohne ihre Kraft zu verschwenden?«

»Ich sagte bereits...«

»Du hast Schuldgefühle? Weil du nicht länger der letzte Wächter sein willst?«

Der letzte Wächter... Wie unmißverständlich und herausfordernd Gisol das betonte. Sekundenlang war Simon versucht, einfach zu gehen und den Worgun sich selbst zu überlassen. Andererseits brauchte er ihn vielleicht eines Tages. Er wußte es nicht. Er wußte wirklich nicht, wie seine Entscheidung ausfallen würde. Konnte er als Mensch mit der Erinnerung leben, die Millionenflotte der Zyzzkt dem Untergang ausgeliefert zu haben?

In der Bildkugel wogte die Farbenpracht der Materiewolke. Viel Zeit blieb nicht mehr bis zur Landung auf Terra Nostra.

»Das einzige, was ich von Bord der NOREEN WELEAN retten konnte, waren die Speicherdaten der Spindelroboter«, fuhr Simon fort. »Ich ließ sie mir vor dem Transmitterdurchgang übertragen.«

»Das allein kann nicht mit deiner Entscheidung zusammenhängen«, wandte Gisol ein. »Mir ist bekannt, daß du nach Ren Dharks Abflug zur Milchstraße bei Margun und Sola erschienen bist und verlangt hast, daß sie dir zwei neue Roboter bauen. Exakt nach dem Vorbild der zerstörten. Was ich in dieser Handlungsweise erkenne, Simon, sind Gefühle, die ein Wächter nicht haben sollte.«

»Hugo und Joker sind mir ans Herz gewachsen. Indem ich die

neuen Roboter mit ihren Daten speiste, erhielt ich die beiden unversehrt zurück.«

»Gefühle treiben einen Wächter in die Abhängigkeit, Simon. Nichts im Kosmos hat ewig Bestand. Wenn das deine Erklärung ist, akzeptiere ich sie.«

Vorübergehend war Simon versucht, es genau dabei zu belassen. Aber letztlich machte er doch eine heftig ablehnende Bewegung.

»Ich weiß nicht, was Margun und Sola dir berichtet haben, doch über eines werden sie Stillschweigen bewahrt haben, weil ich sie ausdrücklich darum bat.«

Der Worgun in der Gestalt des Jim Smith richtete sich steif auf. Das erwachende Interesse war ihm anzusehen.

»An Bord der NOREEN WELEAN befand sich mein wertvollster Besitz«, erklärte Simon, »der Arkan-Sender, den ich von der INSTANZ auf Arkan-12 erhalten habe. Ich bat die beiden Konstrukteure, mir auch einen neuen Arkan-Sender zu bauen, mit dessen Hilfe ich zur INSTANZ zurückkehren kann. Aber die Möglichkeit dazu haben sie angeblich nicht.«

»Ein Arkan-Sender«, murmelte Gisol. »Du verlangst viel…«

Simon überging den Einwand. »Die beiden wollen mir nun helfen, einen vergessenen Sender in Betrieb zu nehmen. Diese Zusage verbanden sie mit ihrer Forderung, den Zyzzkt den größten noch verbliebenen Machtfaktor zu nehmen, die Millionenflotte. Obwohl deren Schiffe wegen des Tofiritmangels ohnehin nur eingeschränkt kampffähig waren.«

»Ein solcher Zustand ist nichts weiter als eine Momentaufnahme«, wandte Gisol ein. »Die Zyzzkt sind wegen ihrer Energieprobleme am Flug in andere Galaxien gehindert. Aber niemand kann sagen, ob ihnen nicht morgen schon eine neue Quelle für Ala-Metall* zur Verfügung steht. Und morgen oder in einem Jahr, was macht das letztlich für einen Unterschied, solange die Gefahr latent weiterbesteht.«

---

* Worgun-Bezeichnung für Tofirit

»Margun und Sola hätten mich nicht für diesen Einsatz gebraucht«, erwiderte Simon.

»Die Tatsachen sehen anders aus.«

Simon überging den Einwand. »Den Zugangscode für einen der Transmitter auf der Asteroidenstation zu knacken, wäre ihnen auch ohne mich möglich gewesen. Nein, Gisol, ich vermute, daß den beiden nur daran gelegen war, den Wächter in ihren Kampf gegen die Zyzzkt einzubinden. Für sie ist das, als könnten sie die alten Zeiten wieder heraufbeschwören...«

»... als die Worgun noch mächtig waren und in vielen Galaxien präsent...« Ein Hauch von Wehmut schwang in Gisols Stimme mit.

Nachdem er an Bord der EPOY gekommen war, hatte Simon die Waffenstümpfe zurückgebildet und normale menschliche Hände aus der Tofiritsubstanz des Wächterkörpers entstehen lassen. Scheinbar gedankenverloren betrachtete er jetzt diese Hände. Er krümmte die Finger, öffnete und schloß die Fäuste immer schneller und schlug mit der geballten Rechten in die linke Handfläche.

»Die INSTANZ hat mich als ihren Diener angesehen, als sie mich nach Orn schickte, um Informationen über das Schicksal der Worgun und die Lage in ihrer Heimatgalaxis zu beschaffen.« Simons künstliche Stimme klang erregt. »Der Lohn für meine Hilfe soll die Erschaffung eines neuen menschlichen Körpers sein. Geklont aus meiner DNS.« Zögernd tastete er über den Tofiritleib. Er dachte dabei an Noreen Welean. »Es gibt Unterschiede«, stellte er fest. »Sehr gravierende sogar für einen Mann in meinem Alter. – Margun und Sola sehen mich ebenfalls nur als Diener, über den sie bestimmen können. Aber ich akzeptiere auch das, wenn sie mir helfen, zur INSTANZ zurückzukehren. Es ist offenbar mein Schicksal, zeitlebens irgendjemandes Diener zu sein.«

»Als Wächter bist du ein Diener aller Worgun«, stellte Gisol unumwunden fest.

Hätte Simon ein menschliches Gesicht gehabt, er hätte sein Gegenüber jetzt wütend angestarrt. Das merkte der Worgun sehr wohl. Vermutlich deshalb fügte er rasch hinzu:

»Du glaubst also, dich besser zu fühlen, sobald du dein Schicksal in die eigenen Hände nimmst.«

»So ist es.«

»Du willst zurück in die Milchstraße, auf deine Heimatwelt Terra, zu Noreen Welean…«

Simon rang sich ein gequältes »Ja« ab.

»Warst du nicht, bevor der Wächter deinen Geist an sich gerissen hat, der Diener dieser Frau?«

Gisol sagte das wie beiläufig, aber die Wirkung seiner Frage war extrem. Die jähe Stille hatte etwas Bedrohliches. Für einen Moment sah es sogar so aus, als wolle Simon sich auf den Worgun stürzen.

»Du verstehst nichts!« stieß der Wächter endlich hervor. »Wie soll ich auch von einer Amöbe auf Verständnis hoffen.«

Ausgerechnet in diesem Moment wechselte die Wiedergabe in der Bildkugel. Die EPOY hatte ihr Ziel erreicht. Eine Sonne des G2-Typs schälte sich aus den grellen Materieschleiern der Wolke heraus und wurde rasend schnell größer. Sie wurde von zwölf Planeten umlaufen. Die Nummer zwei war Terra Nostra.

*

Die Zahl der Ortungsreflexe im Umfeld des Planeten ging in die Hunderte. Den Schiffstypen und ihren energetischen Signaturen nach zu schließen, war eine Vielzahl der raumfahrenden Völker von Orn vertreten.

Da waren Schiffe, die an bauchige Fässer erinnerten. Andere wirkten so schlank und grazil wie Fische.

Langsam näherte sich die EPOY dem Planeten. Publius Cornelius stand mit der Landeüberwachung in Funkverbindung. Simon hörte den Neurömer lautstark dagegen protestieren, daß dem Ringraumer nur eine Parkbahn zugewiesen wurde.

»Das ist Gisols Schiff!« wiederholte der Mann zum dritten Mal. »Außerdem haben wir den Wächter an Bord. Du kannst einwenden, was du willst, Appius Augustus, ich werde beim ordo senatorius Beschwerde einlegen.«

»Wenn du das für richtig und angemessen hältst, Publius,

dann kann und werde ich dich nicht daran hindern«, klang die Antwort auf. »Aktuell ist kein geeignetes Landefeld für die EPOY verfügbar. Ich bemühe mich, diesen Umstand möglichst schnell zu ändern.«

»Tu das!« riet der Offizier. »Kaum ist man einige Wochen im Raum unterwegs, verändert sich das Gewohnte radikal. Woher kommen alle diese Schiffe?«

»Sie gehören zum Heerzug der Heimatlosen«, antwortete Augustus. »Seit wir begonnen haben, Kämpfer aus allen Völkern auszubilden, herrscht auf Terra Nostra ein Kommen und Gehen. Man könnte meinen, die Barbarenhorden aus Gallien wollten bis ans Ufer des Tiber vordringen.«

»Wenn ich mich recht entsinne, wurde Vercingetorix in der Schlacht bei Alesia gefangengenommen, und ein Jahr später beendete Caesar den Gallischen Krieg. Also erspare uns deine Ausreden, Appius Augustus.«

»Wie du wünschst, Veteranus!«

Die Verbindung wurde von der Bodenkontrolle aus unterbrochen, bevor der Offizier auf der EPOY aufbrausen konnte. Bislang hatte es noch niemand gewagt, ihn als ausgedienten Soldaten zu bezeichnen.

*

Endlich erhielt die EPOY die Landeerlaubnis.

Terra Nostra war eine schöne, in mancher Hinsicht paradiesische Welt, die den Vergleich mit dem Millionen Lichtjahre fernen Terra nicht zu scheuen brauchte.

Während der Ringraumer in der Atmosphäre tiefer sank, zeichneten sich die Umrisse großer Kontinente inmitten tiefblauer Meere ab. Lockere Wolkenbänder hingen vor allem über den Küstengebieten.

Der überschaubare Ausschnitt schrumpfte schnell.

Ein Gebirge mit schneebedeckten Gipfeln, Wälder, weite Steppen, Flüsse und Seen – und in Minutenschnelle die Silhouette einer großzügig angelegten Stadt: Nova Roma, einst die erste Stadt auf diesem Planeten und immer noch seine Metropole.

Eine von weißen Palästen und blühenden Pflanzen geprägte Schönheit, die dem alten Rom in nichts nachstand.

Nur hatte das ehrwürdige Rom von einst nie Raumschiffe vor seinen Toren gesehen. Nirgendwo sonst begegneten sich die alte, mitunter beschauliche Welt und die Moderne so nahe wie hier. Zwischen reichverzierten Säulen, auf Podesten thronenden Denkmälern und den kühn geschwungenen Bögen der Viadukte hindurch bot sich der *plebs urbana*, der stadtrömischen Bevölkerung, ein faszinierender Ausblick auf die gelandeten Raumschiffe. Mehrere vor den westlichen Stadttoren aufragende Pyramiden waren keine für die Ewigkeit gebauten Grabmale, sondern hatten Tausende Angehörige eines kleinwüchsigen humanoiden Volkes gebracht, die letzten freien Kyrorer, deren Heimatwelt erst vor Jahresfrist von den Zyzzkt okkupiert worden war.

Weit entfernt, fast schon am Horizont, reihten sich Kugelraumer wie die Perlen einer Kette aneinander. Im Widerschein der Nachmittagssonne funkelten die Schiffe wie Rubine. In der Nähe warteten Ovoid-Ringraumer auf ihren Einsatz.

Eine Abfrage über die Ortung verriet Simon, daß die Kugelraumer beachtliche 800 Meter durchmaßen.

»Was Pompejus, Caesar und Octavian verwehrt geblieben ist, holt das neue Rom nach«, verkündete Romulus Quadratus stolz. »Der Griff nach den Sternen ist uns geglückt. Diese Kugelraumer sind erst wenige Wochen alt; wir werden sie als Truppen- und Materialtransporter nutzen.«

Sanft wie eine Feder setzte die EPOY auf.

»Und jetzt?« fragte Gisol.

Im ersten Moment verstand Simon nicht. »Ich werde mich so schnell wie möglich mit den Akademiepräsidenten in Verbindung setzen«, erwiderte er. »Ich denke, daß Laetus und Nauta schon darauf warten, von mir zu hören.«

Natürlich hätte er sich während des Fluges über Funk anmelden können. Aber das war ihm unnötig erschienen. Zudem wollte er beiden Worgun gegenüberstehen und ihre Reaktion sehen, wenn er sie um den Arkan-Sender bat. Erneut würde er sich nicht hinhalten lassen.

Gisol schüttelte den Kopf. »In längstens einer Stunde bricht die Nacht über Rom herein. Ich glaube nicht, daß du die Präsidenten jetzt noch erreichen kannst.«

»Dann eben morgen früh. Auf einige Stunden mehr oder weniger kommt es mir nicht an.«

»Mir schon!« sagte Gisol betont. »Die EPOY hat dich nach Terra Nostra gebracht...«

»Du willst damit sagen, daß du nicht mein Diener bist, Rebell?«

Der Worgun schüttelte den Kopf. »Ist es wirklich so unerträglich, der letzte Wächter zu sein?« wollte er wissen.

»Wahrscheinlich liegt es an mir«, antwortete Simon ausweichend. »Ich habe meinen Entschluß gefaßt und werde nicht von neuem darüber nachdenken. Ich bin ein Mensch – und ich bin ein Wächter.«

»Beides kannst du nicht gleichzeitig sein.«

»Das wird sich zeigen.«

Ruckartig hob Gisol den Kopf. Er starrte Simon an. Ungläubig, wie es schien. Aber er schwieg. Und Simon dachte nicht daran, seine Hoffnungen vor dem ehemaligen Worgun-Rebellen auszubreiten. Das ging niemanden etwas an außer ihn selbst und die INSTANZ.

»Ich lasse einen Gleiter für dich rufen«, sagte Gisol.

»Nicht nötig«, bemerkte der Wächter.

»Du brauchst ein Quartier für die Nacht.«

»Sehe ich so aus, als wäre ich darauf angewiesen?«

Eine eigenartige Spannung baute sich zwischen ihnen auf. Sie waren beide intelligente Geschöpfe und kamen dennoch nicht auf das zu sprechen, was sie wirklich bewegte.

»Ich würde gerne Martinus Flavius in seiner Villa aufsuchen«, sagte Gisol. »Aber dazu fehlt mir momentan einfach die Zeit. Daß es Juanita in seiner Familie gutgeht, weiß ich...«

»... aber du möchtest dich dennoch davon überzeugen«, warf Simon ein.

»Falls Juanita erfährt, daß die EPOY auf Terra Nostra gelandet ist und ich sie nicht besucht habe, wird sie mir die Augen auskratzen.«

Das aus dem Mund eines Gestaltwandlers zu hören, hatte etwas Irreales – Simon hätte es nicht in Worte kleiden können. Ein Hauch von Zukunftsvision schwang darin mit. Völkerverständigung über den noch vor kurzem unendlich scheinenden interstellaren Abgrund hinweg. Mehrere Galaxien trennten Orn und die Milchstraße voneinander, dennoch waren ein Worgun und ein Straßenkind aus Rio enge Freunde geworden. Welcher Mensch hätte so etwas unmittelbar nach der Invasion der Giants überhaupt für denkbar gehalten?

Hier der in seiner Heimat vor kurzem noch berüchtigte Worgun, dessen Zivilisation schon von Galaxis zu Galaxis geflogen war, als sich die Menschen noch mit Steinäxten die Schädel eingeschlagen hatten. Auf der anderen Seite das knapp zwölf Jahre alte Mädchen, das sich nach dem Tod der Mutter mit Diebstählen mehr recht als schlecht über Wasser gehalten hatte. Wie so viele andere Kinder auch in Rio de Janeiro.

Simon war überzeugt davon, daß Gisol zuallererst nur Juanitas besondere Fähigkeiten gesehen hatte. Sie mußten ihm wie ein unverhofftes Geschenk erschienen sein. *Er hat das Mädchen ausgenutzt*, argwöhnte der Wächter. Aber irgendwann hatte sogar der *Schlächter von Orn* der mitreißenden Natürlichkeit der Kleinen erliegen müssen. Deshalb hatte er sie vor seinem Kampfeinsatz bei einer Pflegefamilie zurückgelassen.

»Ich werde Juanita von dir grüßen«, hörte Simon sich sagen.

Warum hätte er das nicht tun sollen? Es machte ihm nichts aus. Außerdem freute er sich selbst, das Mädchen wiederzusehen. Juanita konnte ihm von der Erde erzählen. Wenn vielleicht auch nicht viel – es tat einfach gut, zu wissen, daß er nicht allein hier war.

»Sehen wir uns wieder?« fragte Gisol.

»Ich weiß es nicht«, antwortete Simon wahrheitsgemäß.

Der Worgun streckte ihm die menschliche Hand des Jim Smith entgegen. »Danke«, sagte er. »Mögen sich deine Wünsche erfüllen, Wächter Simon.«

Simon griff mit seiner Tofirithand zu. Vorsichtig, um Gisol nicht die Finger zu zerquetschen. »Eines Tages wird dein Zorn gestillt sein«, sagte er. »Dann findet auch dein Kampf ein Ende.

Paß auf dich auf, Worgun.« Er ging und hob grüßend die Hand, als er an den beiden diensttuenden Römern vorbei zum Schott schritt.

Hugo, Joker, rief er währenddessen über Funk. *Ich habe mich einmal fast von euch trennen müssen, und es ist mir schwergefallen.*

Simon, bist du krank? antwortete Joker spontan.

Ich gehe zurück.

Von Terra Nostra nach Terra – wir begleiten dich. Wir sind deine Freunde. Wir sind sofort bei dir. Von der Waffensteuerung West bis in die Zentrale…

Nein! entschied Simon. *Den Weg, den ich gehen werde, kann ich nur allein gehen.*

Simon, wir kapern ein Raumschiff und folgen dir in deine Milchstraße. Am besten gleich die EPOY, sie ist ein gutes Schiff.

Untersteh dich, Joker! Dann werde ich dich eigenhändig kurzschließen.

Warum gibst du uns keine Chance? drängte Hugo.

Ich verlange, daß ihr Gisol so zuverlässig dient, wie ihr mir gedient habt. Damit ist die Diskussion beendet.

Simon, wir werden dich nicht vergessen.

Was Joker sagt, stimmt. Wir werden überall, wohin wir kommen, vom letzten Wächter der Worgun berichten, von einem Menschen namens Simon.

Verdammte Kerle, dachte Simon. *Warum müßt ihr es mir so schwermachen? Ich hätte euch auf der NOREEN WELEAN verglühen lassen sollen.*

Er antwortete nicht mehr. Gleich darauf verließ er das Schiff und lief über das Landefeld auf die nahe Stadt zu. Die letzten Sonnenstrahlen geisterten über den Himmel. Im Osten stieg bereits die Nacht herauf und mit ihr die grelle Farbenpracht der Gas- und Materieschleier. Das war ein Anblick, wie ihn kaum eine andere Welt zu bieten hatte.

Hinter ihm startete die EPOY.

Simon sah das Schiff mit hoher Beschleunigung im Zenit verschwinden. Gisol brannte darauf, den Kampf gegen die Zyzzkt fortzusetzen. Er hatte sein Leben lang nichts anderes getan.

*

Die Dunkelheit senkte sich schnell über Nova Roma und offenbarte den Gegensatz zwischen Antike und Raumfahrtzeitalter krasser als zuvor. Fackeln brannten entlang der Stadtmauer, die Viadukte waren in ein romantisches Zwielicht getaucht, aber nur wenige Kilometer entfernt stachen grelle Scheinwerferfinger in den Nachthimmel und flossen an den dichterwerdenden Wolkenbänken auseinander.

Sternschnuppen zogen von Ost nach West ihre Bahn. Sie verglühten nicht, sondern wurden größer, entpuppten sich als bizarr konstruierte Raumschiffe, die letztlich minutenlang in wenigen Kilometern Höhe verharrten, bevor sie nacheinander landeten.

Simon ließ sich Zeit. Ihm war es egal, wo er die Nacht verbrachte. Dafür brauchte er weder ein Hotelzimmer noch irgendeine andere Unterkunft. Ein Platz, an dem der Wächterkörper stehen konnte, genügte ihm. Dann konnte sein Bewußtsein für einige Stunden entspannen.

Die Nacht war angenehm warm. Das Programm des Wächters registrierte jede Temperaturschwankung, ebenso die hygroskopischen Werte und vieles mehr. Wenn er es wollte. Wenn nicht, waren das die nebensächlichsten Daten überhaupt.

Auch früher hatte er die von einem nahen Fluß heraufziehende Feuchtigkeit riechen können. Er hatte die klamme Nässe auf der Haut gespürt und gefröstelt.

Erinnerungen...

Von irgendwoher trug der Wind helles Lachen heran. Eine Männerstimme antwortete, doch Simon konnte nicht verstehen, was sie sagte.

Gleich darauf entdeckte er das Paar. Sie liefen an der Stadtmauer entlang. Ihre hellen Togen zeichneten sich nur vage gegen den Hintergrund ab, aber Simons Wahrnehmungsvermögen registrierte weitaus mehr als ein menschliches Auge.

Augenblicke später hatte der Mann die vor ihm hereilende junge Frau eingeholt. Das Lachen steigerte sich und brach ab, als die beiden gemeinsam in das hohe Gras sanken, das am Rand eines Wassergrabens besonders üppig wucherte.

Simon dachte an Noreen Welean. Die römische Frau hatte ihr zumindest auf die Distanz ähnlichgesehen.

»Nicht so hastig, Julius! Laß dir Zeit... die Nacht hat erst begonnen.«

Er wollte nicht lauschen. Es waren die feinen Sinne des Wächters, die ihn hören ließen, was die Römerin halblaut hervorstieß.

»Ich habe so lange gewartet, Felicitas; jede Minute, die ich dich vermissen mußte, war eine endlose Qual. Deine Haut...«

Simon versuchte, nicht mehr hinzuhören – er konnte es nicht. Geradezu schmerzhaft vermißte er sein Menschsein.

»Was ist mit meiner Haut?« flüsterte Felicitas. »Bin ich... eine Aussätzige?«

»Unsinn! Du bist wie blanker Marmor...«

»Du Wüstling siehst in mir nichts anderes als einen Block aus den Steinbrüchen von Luni?«

»Du bist für mich wie die Statue der Venus von Eryx.«

Das Lachen der jungen Frau klang heller. Es ging in eine Reihe kurzer, spitzer Schreie über.

»Wenn uns jemand hört«, ächzte Julius.

»Hier draußen ist niemand. Sie feiern... den Sieg über die Zyzzkt.«

»Noch haben wir... nicht... gewonnen.«

»Komm schon.«

»Ich will jetzt nichts von den verdammten Zyzzkt hören.«

»Dich meine ich. Jetzt... ja...«

Simon wandte sich um. Er floh. Vor sich selbst, seinen Erinnerungen, seinen Wünschen. Die Vergangenheit hatte ihn endgültig eingeholt. Er konnte sich nicht dagegen sträuben, vielleicht wollte er das nicht einmal.

Er mußte sich den Zwiespalt eingestehen. Seine Verwirrung war stärker als alles andere.

Es ist verrückt, erkannte er. *Ich habe alles, was ich mir wünsche, aber statt damit zufrieden zu sein, quäle ich mich selbst. Warum vergesse ich nicht einfach, was früher war?*

Er hatte es versucht. Zu vergessen war alles andere als einfach. Seine Erinnerungen überschlugen sich. Sie waren wie ein Zeitraffer, eine Endloswiederholung.

Terra...

Hope...

Noreen...

Der verfluchte tofiritfarbene Koloß... regungslos hatte er vor ihm gestanden, das Symbol einer anderen Zeit und einer fremden Technik, unheimlich und verlockend zugleich.

Warum konnte ich mich nicht beherrschen? Meine verdammte Neugierde, jeden Quadratzentimeter des Roboters erforschen zu müssen...

Vor ihm erstreckte sich nur noch die Nacht. Überrascht verlangsamte Simon seine Schritte, blieb schließlich stehen. In seiner Erregung mußte er mehrere Kilometer weit gelaufen sein, ohne das bewußt wahrzunehmen. Düster entsann er sich einiger von blakenden Fackeln erleuchteter Portale. Ihre stumme Einladung hatte er ignoriert.

Hoch über ihm huschten irrlichternde Entladungen über den Nachthimmel. Die grellen Gasschwaden vermischten sich zu einem gigantischen Wirbel, als wollten sie Terra Nostra und die übrigen Planeten des Systems verschlingen, aber schon lösten sie sich in flackernden Eruptionen auf. Danach leuchtete der Himmel in einem nahezu einheitlichen, fast lichtlosen Gelborange und ließ nur wenige weit verstreute Sterne sehen.

In dem Moment zuckte Strahlfeuer auf. Kampfgeschrei ertönte. Der Lärm kam näher – und urplötzlich befand sich Simon zwischen den Fronten.

*

Socrates Laetus wischte sich den Schweiß von der Stirn und schlüpfte aus den Sandalen. In der *palaestra* hatte er sich diesmal mehr als verausgabt und war immer noch außer Atem.

Für einen kurzen Moment hielt er inne, sog die mit dem Duft des Olivenöls geschwängerte Luft tief in seine Lungen – und stieß den Atem schnaubend wieder aus.

»Du bist nicht mehr der jüngste«, wandte Marcus Gurges Nauta ein. Es klang amüsiert. Er hatte soeben die leichte Tunika abgestreift.

»Wer sich wie du in der Sportstätte vornehm zurückhält, bleibt untrainiert und träge«, erwiderte Laetus vorwurfsvoll.

Gemeinsam schritten sie die roh zugehauenen Stufen hinab in das warme Wasser des *tepidarium*.

Mehrmals in der Woche besuchten beide die zur Akademie gehörende öffentliche Therme, doch an diesem Abend hatten sie das eigene Bad vorgezogen. Es gab Dinge, die nicht für jedermanns Ohren bestimmt waren.

Sie blieben nicht lange im *tepidarium*.

»Die Bedrohung durch die Zyzzkt wird zunehmend überschaubarer«, sagte Laetus unvermittelt.

»Ich habe nie daran gezweifelt, daß der Wächter Erfolg haben wird«, behauptete Nauta.

»Darum geht es mir gar nicht.«

»Sondern?«

»Simon durchlebt seine erste kritische Phase.«

Schweigend rieben sie sich trocken. Laetus griff mit beiden Händen in die bereitstehende Schale mit Duftöl und massierte sich die Arme damit ein.

»Ich glaube nicht, daß es so schlimm wird, wie du befürchtest«, bemerkte Nauta wie beiläufig.

»Du kennst die Aufzeichnungen so gut wie ich. Nicht wenige junge Wächter haben die Trennung ihres Bewußtseins vom Körper mit psychischen Problemen bezahlt. Und sie waren darauf vorbereitet, was sie erwartet.«

»Du fürchtest, daß Simon die Kontrolle verlieren wird?«

Laetus hob die Schultern – und ließ sie langsam wieder sinken. In seinem Gesicht stand Ratlosigkeit zu lesen.

»Ich weiß nicht, ob ein menschliches Bewußtsein anders reagiert.«

Sie ließen ihre leichten Tuniken vor dem Wandmosaik hängen, das in grellen Farben eine Szene aus einer altrömischen Taverne zeigte: Männer, die sich mit Wein und beim Hahnenkampf die Zeit vertrieben.

Der Kontrast des Mosaikbodens, über den sie ins angrenzende *caldarium* gelangten, konnte größer nicht sein. Der Boden zeigte eine bis ins Detail nachgebildete Flotte von Ringraumern vor dem Hintergrund einer Spiralgalaxis.

Der Ofen hatte das *caldarium* schon vor Stunden beheizt. Die Luft in dem Raum war dampfender Nebel.

»Der Wächter ist sehr schnell nach Terra Nostra zurückgekehrt«, sagte Laetus unvermittelt.

Nauta, hinter dem sich kein anderer verbarg als der Worgun Margun, wedelte mit beiden Händen, um den Dampf aufzureißen.

»Woher willst du das wissen?« fragte er. »Ich glaubte, Simons Zorn auf die Wimmelwilden spüren zu können. Er wird die Schlacht gegen die Millionenflotte bis zum Ende verfolgen wollen. Weil er weiß, daß seine Heimatgalaxis Nal das Ziel der Zyzzkt war.«

»Simon wurde von der EPOY nach Terra Nostra gebracht. Gisol hat mich über To-Funk informiert.«

»Warum erfahre ich davon erst jetzt?« Nauta reagierte hörbar verärgert.

»Hätte das etwas verändert?« fragte Laetus. »Du weißt, was das bedeutet?«

Der andere nickte zögernd.

»Wir werden Simon verlieren«, antwortete er nach einer ganzen Weile. »Der Terraner träumt von seiner Vergangenheit.«

»Wir müssen ihn ablenken.«

»Was versprichst du dir davon?«

»Daß er seinen Zwiespalt begreift. Es ist sinnlos, der Vergangenheit nachzulaufen.«

»Sag ihm das!«

»Es würde wenig nützen, solange er das nicht selbst erkennt.«

»Wir brauchen ihn als Wächter«, sagte Nauta. »Es gibt keinen anderen mehr. – Was ist, warum starrst du mich so an?«

»Ich frage mich...« Laetus fröstelte plötzlich trotz der dampfenden Hitze im Raum. »... ob wir selbst nicht ebenfalls der Vergangenheit nachlaufen.«

*

Das Wesen schoß vor ihm aus dem Boden empor, Simon hatte seine Annäherung überhaupt nicht bemerkt.

Auf den ersten Blick erinnerte es ihn an einen terranischen Leguan. Es war mindestens drei Meter groß, hatte einen langen, schlanken und kantigen Schädel, der sehnige Hals ging in einen muskulösen und ebenfalls sehr schlanken Körper über. Auf seinen kräftigen Hinterbeinen schnellte sich dieses Geschöpf in die Höhe.

Erde und lockeres Geröll spritzten nach allen Seiten. Dieses Wesen hatte sich tatsächlich aus dem Erdreich in die Höhe katapultiert.

Metallene, breite Gurte spannten sich um seinen Leib. Aber das war kein Beweis für Intelligenz. Ebensogut konnte es sich um ein entlaufenes Tier handeln, und die Gurte stellten eine Art von Zaumzeug dar.

Simon hatte ein solches Wesen jedenfalls nie zuvor gesehen – und nicht einmal das Programm des Wächters konnte ihm darüber Auskunft geben.

Auf zwei kräftigen Hinterbeinen stand ihm das Geschöpf gegenüber. Sein Schwanz, der von den Metallbändern am Ansatz umschlungen wurde, peitschte ruckartig über den Boden.

Zwei kugelförmige Augen wölbten sich Simon entgegen. Ihr Blick schien ihn durchbohren zu wollen.

Sekundenlang starrten sie einander an. Dann streckte Simon einen Arm aus, und im selben Moment zuckte der Leguan zurück. Er stieß ein durchdringendes Fauchen aus, als er auf allen Vieren aufkam und sich mit atemberaubendem Tempo in die Erdkrume wühlte.

Schreie ringsum. Militärisch knappe Befehle.

Simon verstand nicht, was sie bedeuteten, weil sie in einer ihm fremden Sprache gegeben wurden.

Strahlschüsse zuckten über ihn hinweg. Mehrere Thermobahnen schlugen in den Boden ein, ungefähr da, wo der Leguan eben wieder verschwunden war, und ließen das Erdreich aufglühen.

Eine Hundertschaft Bewaffneter hatte den Wächter umzingelt. Simon nahm sie nur als vage Schemen wahr, nicht einmal im Infrarotbereich zeichneten sie sich in ihrer Umgebung ab. Es war die ruckartige Bewegung, die auffiel, ansonsten verschmolzen diese Wesen nahezu übergangslos mit dem Untergrund.

In einer nahezu perfekten Mimikry paßten sie sich ihrer Umgebung an.

Suharten waren das. Die Daten erschlossen sich Simon ohne sein Zutun.

Ein Intelligenzvolk, das nahezu gleichzeitig mit den Worgun die Raumfahrt entdeckt, diese aber nie mit ähnlichem Nachdruck betrieben hatte. Ihre Heimat lag im Zentrumsgebiet von Orn, ein Doppelsternsystem mit achtundvierzig Welten.

In ihrer Blütezeit hatten die Suharten ein kleines Sternenreich von elf Sonnensystemen verwaltet, aber das lag lange zurück. Mittlerweile bewohnten sie nur mehr acht Planeten in drei Systemen.

Suharten galten als genügsame Philosophen, die an eine Vergeistigung glaubten, sobald ihre Entwicklung weit genug vorangeschritten war. Sie hofften, eines Tages allein mit Gedankenkraft Raum und Zeit überwinden zu können.

Kriegerisch waren sie nie gewesen. Doch jetzt hielten sie großkalibrige Strahlwaffen in ihren seitlich aus der Körperschale hervorwachsenden Handlungsarmen. Zudem wirkten sie überaus nervös und gereizt. Simon zweifelte nicht daran, daß die Suharten das Feuer eröffnen würden, sobald sie den geringsten Anlaß dafür sehen würden.

»Ein Spion der Zyzzkt!« knarzte einer von ihnen in der lingua franca. »Nehmt ihn fest und führt ihn ab. Er soll das Recht haben, sich zu verteidigen.« An Simon gewandt, wobei seine Stielaugen weit unter der Schale hervorzuckten, stieß er hervor: »Jeder Versuch einer Gegenwehr bedeutet deinen Tod. Es täte mir zwar leid…«

»… aber?« fragte Simon.

»Es herrscht Krieg!«

Gleich ein Dutzend der flach gebauten, auf ihren sechs Beinen extrem schnellen Amphibienwesen stürmten auf den Wächter ein und rammten ihm Waffenmündungen in den Körper. Simon registrierte die Nässe auf ihren Panzern. Sie mußten aus dem nahen Fluß gekommen sein.

»Wartet!« Der Anführer verharrte unvermittelt, machte sogar einige Schritte zu Seite. »Die anderen haben sich noch nicht zurückgezogen.«

Es war verblüffend zu sehen, wie die Suharten mit ihrer Umgebung verschmolzen. Simon hatte weit über hundertfünfzig Bewaffnete gezählt, nicht einen einzigen außer seinen Bewachern hätte er auf Anhieb wiederentdeckt.

An einer Stelle bewegte sich das kniehohe Gras, ohne daß eine Ursache dafür erkennbar wurde. Ein Stück davon entfernt veränderte ein metergroßer Findling seine Position. Simon registrierte eine Wolke von Blütenstaub, obwohl der Wind inzwischen eingeschlafen war. Das alles waren Hinweise auf die Suharten, die ein anderer wahrscheinlich gar nicht registriert hätte.

Simon fragte sich, was hier ablief. Daß die Römer nichts von diesem Geschehen wußten, konnte er nicht glauben.

In dem Moment hob sich das Erdreich an etlichen Stellen. Mindestens zwanzig Leguane wühlten sich aus dem Boden hervor und griffen fauchend an.

Ihre Schwänze peitschten durch das Gras. Simon sah zwei Suharten meterweit durch die Luft fliegen und dabei ihre Dekkung vernachlässigen. Deutlich konnte er erkennen, wie diese Wesen ihre Gliedmaßen in den Panzer zurückzogen. Sie prallten hart auf, überschlugen sich, wurden von den Angreifern auf den Rücken gerollt.

Die anderen eröffneten das Feuer. Erst in dem Moment erkannten die Leguane, daß sie selbst eingekreist waren. Es gab viel mehr Suharten in dem Gelände zwischen dem Fluß und der Stadt, als Simon registriert hatte. Auf mindestens vierhundert schätzte er jetzt ihre Zahl.

Thermoschüsse fielen von allen Seiten. Die Strahlbahnen wirkten seltsam fahl, aber sie mähten die Angreifer reihenweise nieder. Die ersten suchten bereits ihr Heil im Rückzug.

»Vorwärts!« Ein unmißverständlich wuchtiger Hieb traf Simon in den Rücken.

Er dachte nicht daran, dem Befehl nachzukommen. Er hatte über Funk versucht, Kontakt zur Akademie oder dem Senat aufzunehmen. Beides vergeblich. Nicht einmal die Raumhafenkontrolle konnte er erreichen. Extrem starke Störfelder lagen über dem Gelände.

Er wirbelte herum, ergriff den Waffenlauf und riß dem überraschten Suharten das Gewehr aus der Hand. Mit der anderen Hand wischte er zwei seiner Bewacher zur Seite. Schreiend überschlugen sie sich, kamen aber ebenso schnell wieder auf die Beine und stürzten sich erneut auf ihn.

Eine Serie von Detonationen erklang. Meterhohe Erdfontänen stoben auf. Die Explosionen hatten am Flußufer begonnen und zogen sich in drei parallelen Linien im Abstand von jeweils mehreren hundert Metern heran. Zwischen ihnen brachen die Leguane aus dem Boden hervor. Offenbar völlig desorientiert, wurden sie von den Suharten mit gezielten Salven niedergestreckt.

»Tod den Freunden der Zyzzkt!« skandierten immer mehr Kehlen.

Fünf Suharten hingen inzwischen wie Kletten an ihm. Ihre mit Widerhaken besetzten Fußklauen fanden in der Tofirithaut zwar keinen Halt, aber sie schlangen ihre Beine um seinen Hals und die Arme und versuchten gemeinsam, ihn mit sich zu Boden zu zerren.

»Es reicht!« dröhnte Simon mit Donnerstimme. »Seid ihr alle verrückt geworden? Auf Terra Nostra gibt es keine Privatfehden.«

Offensichtlich trugen zwei Raumschiffsbesatzungen ihre Streitigkeiten vor den Toren Roms aus. Dabei benahmen sie sich schlimmer als germanische Barbaren.

Simon erhielt keine Antwort. Mit einem wütenden Ruck schüttelte er die Suharten ab. Sie waren Verbündete der Worgun, deshalb widerstrebte es ihm, sie härter anzufassen als unbedingt nötig. Andererseits fragte er sich, weshalb die Römer nicht einschritten. Hatten sie am Ende noch gar nicht registriert, was sich vor ihrer Stadt abspielte?

»Bleib stehen!« brüllte jemand.

Simon dachte nicht daran. Härter als zuvor schlug er mehrere Suharten zurück. Sie schrien vor Schmerz, aber sie griffen sofort wieder an.

Dann trafen ihn die Thermoschüsse. Zwei Dutzend scharf gebündelte Energiestrahlen umflossen seinen Oberkörper.

Simon morphte. Sekunden später verschossen seine Armstümpfe Lähmstrahlen. Er machte keinen Unterschied zwischen den Leguanen und Suharten.

»Den Kampf beenden!« ertönte eine Lautsprecherstimme aus der Höhe.

Simon richtete seine Sinneserfassung nach oben. Die Stimme war etwa aus einem halben Kilometer Entfernung erklungen, höchstens dreihundert Meter über dem Boden. Aber da war nichts.

Die von seinem Strichpunktfeuer Getroffenen würden nach ihrem Erwachen über starke Kopfschmerzen und Übelkeit klagen. Aber das war ihm egal.

»Wächter Simon!« Die akustische Verstärkung dröhnte nun aus unmittelbarer Nähe. »Hör sofort auf damit!«

Ein Flash stieg im Schutz seines Intervallfelds aus dem Boden empor und landete auf seinen dünnen Spinnenbeinen. Das Akustikfeld war offenbar projiziert worden.

Es handelte sich um ein Beiboot römischer Bauart. CARMEN SAECULARE prangte in großen Lettern auf der Hülle des drei Meter langen Zylinderkörpers. Irgendwann hatte Simon diesen Namen schon gehört. Eine Hymne des Horaz zu irgendwelchen Säkularfeiern, möglicherweise im Zusammenhang mit Augustus. An mehr erinnerte er sich beim besten Willen nicht. Er wunderte sich ohnehin, daß er das behalten hatte. Weder Latein noch römische Geschichte waren seine Stärke gewesen.

Ein hochgewachsener, hagerer Mann entstieg dem Flash. Er trug bis über die Waden reichende Flechtsandalen, eine reich bestickte Toga und auf dem schütteren Haarkranz eine Art Lorbeerzweig.

Simon hatte Senator Septimus Antonius Gracchus erst einmal gesehen, und das war nur eine flüchtige Begegnung gewesen. Er wußte jedoch, daß Gracchus als Berater für das militärische

Kommando fungierte. Der Senator blieb drei Schritte vor dem Wächter stehen. Sein Blick taxierte Simon, seine Lippen wurden dabei zu schmalen, blutleeren Strichen, dann schüttelte er mißbilligend den Kopf.

»Wieso bist du auf Terra Nostra?« Ohne die Antwort abzuwarten, sprach er in ein kleines Funkgerät. Er forderte Hilfstruppen an, die die Bewußtlosen einsammeln und sich bemühen sollten, ihnen ein möglichst schmerzloses Erwachen zu ermöglichen.

»Noch schlimmer: Warum greifst du ein, Simon?«

»Der Senat duldet diese Auseinandersetzung?« fragte der Wächter irritiert.

»Er fördert sie sogar«, erklärte Gracchus. Sein überaus vorwurfsvoller Blick galt Simons Armstümpfen. Aber Simon dachte noch nicht daran, die Veränderung zurückzunehmen.

»Ich war der Ansicht, daß Gladiatorenkämpfe dem Kolosseum vorbehalten sind«, sagte er.

»Gladiatoren...?« Der Senator schüttelte den Kopf. »Was derzeit geschieht, hat nichts mit Schaukämpfen zu tun. Wir haben eine schier unüberschaubare Aufgabe vor uns.«

»Andere Völkern das römische Kriegshandwerk zu lehren?«

Septimus Antonius Gracchus ignorierte den aggressiven Tonfall. »Wenn es Völker sind, die nicht wissen, wie sie sich verteidigen sollen – ja. Millionen Kämpfer aus dem Heerzug der Heimatlosen müssen ausgebildet werden. Wir haben die Aufgabe, aus ihnen disziplinierte Raumlandetruppen zu machen.«

»Um sie gegen die Zyzzkt einzusetzen?« Simon wußte selbst nicht zu sagen, weshalb er derart gereizt reagierte. Vielleicht, weil der Senator sich nur noch mühsam beherrschte. »Das erledigen die Ovoid-Ringraumer weitaus effektiver.«

Etliche Gleiter näherten sich von der Stadt her. Die meisten der Leguane und Suharten kümmerten sich um ihre bewußtlosen Gefährten. Nur wenige standen verwirrt herum, als warteten sie auf Anordnungen, die sie aber nicht erhielten.

Der Senator wandte sich kurz um.

»Ich bin zufrieden mit euren Leistungen.« Seine Stimme hallte weit über die hügelige Ebene. »Was geboten wurde, war noch nicht perfekt, aber es ist eine gute Basis für Steigerungen. Ich bin überzeugt davon, daß jeder von euch das Beste geben wird, um seine Heimatwelt zu befreien.«

Senator Gracchus drehte sich wieder zu Simon um. »Jeder von ihnen ist ein Geschlagener, Heimatloser, Entwurzelter. Kaum einer, der nicht Familienangehörige oder Freunde verloren hat. Die Zyzzkt haben ihre Welten überfallen und für sich in Besitz genommen. Wer dort noch lebt, ist nichts anderes als ein Sklave.«

»Rom bildet alle diese Bedauernswerten zu Kämpfern aus?« Die Frage war eigentlich überflüssig. »Dann sind sie nichts anderes als Sklaven der Römer?«

»Sie sind *coloniae latinae* – verbündete Gemeinden.« Gracchus machte ein säuerliches Gesicht. »Ich frage mich allmählich, weshalb ich mit dir darüber diskutiere.«

»Ich könnte dem Treiben ein Ende bereiten.«

Der Senator starrte ihn entgeistert an.

»Weiter!« drängte Simon.

Gracchus schwieg jetzt beharrlich. Wortlos ging er zu den ersten landenden Gleitern hinüber.

Simon hatte ihn indes schon nach wenigen Schritten eingeholt und hielt ihn am Arm zurück.

»Laß mich los!« sagte der Senator scharf.

»Ist das der Dank für meinen Einsatz gegen die Millionenflotte der Zyzzkt?«

»Du bist ein Wächter der Worgun. Du bist verpflichtet...«

»Ich bin kein Diener mehr«, unterbrach Simon. »Ich kann frei entscheiden.«

Septimus Antonius Gracchus streifte die Hand ab. Er erteilte seine Befehle. Mediziner verabreichten den Bewußtlosen Medikamente gegen den Schock. Einige Suharten kamen kurz darauf schwankend wieder auf die Beine, die anderen wurden mit Antigravunterstützung in die Gleiter verladen.

Simon beschränkte sich nur noch aufs Beobachten. Nach beinahe einer halben Stunde kam der Senator wieder auf ihn zu.

»Es tut mir leid, ich habe wohl etwas überreizt reagiert«, sagte Gracchus. »Derzeit liegen alle Nerven blank. Keiner von uns hat den Krieg herbeigesehnt, aber wenn wir wirklich Erfolg haben wollen, müssen wir an vielen Fronten gleichzeitig kämpfen. Die Wimmelwilden regenerieren sich schnell.«

»Ihr vergeßt den Energiemangel der Zyzzkt, Senator.«

»Keineswegs. Das betrifft die Flotte, aber nicht im selben Umfang die Truppen auf den eroberten Welten. Sie haben alles, was ihnen die jeweilige Infrastruktur bietet, und werden sich zumindest dort ungehemmt vermehren.«

»Ein Einsatz der Kampfraumer wird dem Spuk ein Ende bereiten.«

Gracchus biß sich auf die Unterlippe. Er wiegte den Kopf. »Um welchen Preis?« wollte er wissen. »Wir können diese Welten nicht einfach bombardieren. Damit würden wir den Vertriebenen jede Hoffnung auf eine Rückkehr nehmen, von den unzähligen Opfern einer solchen Vorgehensweise ganz zu schweigen.«

»Ich verstehe«, sagte Simon. »Operation gelungen, Patient tot.«

»Bitte? Ja, doch, das ist zutreffend. Jede von den Zyzzkt besetzte Welt kann nur von Bodentruppen gesäubert werden. Allein ein solches Vorgehen garantiert den optimalen Erfolg. Aber auch nur dann, wenn wir Römer nicht daran teilnehmen. Wir wären Fremde auf jedem Planeten. Flora und Fauna sind uns unbekannt, wir haben von der jeweiligen Topographie nicht mehr Ahnung als die Zyzzkt und vor allem ist dies auch nicht unser Kampf. Wenn die Vertriebenen ihre Welten zurückhaben wollen, müssen sie das schon selbst in die Hand nehmen.«

»Bodenkampf also.« Simon nickte. »Eine verdammt langwierige und verlustreiche Angelegenheit.«

»Aber ohne Alternative. Zumindest für den Anfang. Danach werden wir sehen, was geschieht. Ein nahezu unzerstörbarer Wächter wäre eine nicht zu unterschätzende Unterstützung.«

»Nein«, sagte Simon. »Vor mir liegt ein anderer Weg.«

Gracchus zeigte ein gequältes Lächeln. »Die Akademiepräsidenten nannten mir erst gestern deinen Namen. Der Beistand eines Wächters würde auf vielen Welten dem Freiheitskampf Auftrieb geben.«

Simon mochte den Gedanken nicht, daß Nauta und Laetus wie selbstverständlich über ihn verfügten. Er war nicht wie die früheren Wächter, die sich jeweils für 98 Jahre in den Dienst der Worgun gestellt hatten. Das mußten die beiden einsehen.

»Ich werde mit den Präsidenten darüber reden«, sagte er.

Senator Gracchus machte eine zustimmende Geste. »Nichts anderes habe ich erwartet.«

Ein Pulk von Raumschiffen zog über den Nachthimmel hinweg. Augenblicke später war das Donnern ihrer Triebwerke zu hören, gleich darauf fegte ein warmer Sturm über das Land und Neu-Rom hinweg.

»Manche Technik ist hoffnungslos veraltet«, stellte der Senator fest. »Wir bilden die künftigen Raumlandetruppen aus, so gut es unter den gegebenen Umständen eben möglich ist, wir versorgen sie auch mit hochwertigen Waffensystemen. Unsere unterirdischen Fabriken produzieren rund um die Uhr. Zeit ist dennoch das, was wir am wenigsten haben.«

»Und Zeit dürfen wir den Zyzzkt keinesfalls lassen«, pflichtete Simon bei.

Der Senator lachte verhalten. »Ich wußte, daß du nicht ablehnen kannst. Die Aufgabe, die vor uns liegt, bewältigen wir nur dann, wenn alle nach Kräften mit anpacken.«

3.

Den Rest der Nacht verbrachte Simon mit einer ziellosen Wanderung durch die Stadt.

Immer wieder zogen Raumschiffe wie Sternschnuppen über den farbenprächtigen Himmel. Terra Nostra war innerhalb kürzester Zeit zum Treffpunkt sehr vieler raumfahrender Völker geworden.

Waren die Neurömer im Begriff, sich als Schutzmacht dieser Galaxis zu etablieren und damit die Nachfolge der Worgun anzutreten? In gewisser Weise war das längst geschehen. Der Stapellauf von täglich 600 Ovoid-Ringraumern zeigte ihre Leistungsfähigkeit.

Zugleich wuchs ihre Präsenz an allen Brennpunkten. Das neue Rom war gezwungen, sich Freunde zu schaffen, wollte es nicht in den Ruch der Hegemonie geraten.

Ohne es beabsichtigt zu haben, war Simon in einen Stadtteil geraten, der absolut nichts von der Moderne der Raumfahrtnation erkennen ließ. Hier gab es keine Villen mit gepflegten Gärten. Eine breite Pflasterstraße führte geradlinig auf einen aus Granitstein errichteten Tempel zu. Simon wußte, daß die alten römischen Götter ihre Bedeutung verloren hatten und heute von vielen Neurömern nur noch als angenehme Erinnerung gesehen wurden. Dennoch machte die Anlage einen gepflegten Eindruck.

Zu beiden Seiten der Straße erstreckten sich langgezogene, aus Formsteinen errichtete Bauten. Ihren Zweck konnte Simon nicht erkennen. Daß trotz vorgerückter Nachtstunde aus vielen Fenstern Licht fiel, war nicht ungewöhnlich. Die Säulenarkaden warfen verzerrte Schatten.

Das Stampfen vieler Schritte erklang. Es steigerte sich zum

Donnerhall, verstummte, begann von neuem. Eine verzerrt klingende Stimme gab unverständliche Befehle.

Simon eilte weiter.

Der Lärm kam aus dem großen Bau zur Rechten. Obwohl keineswegs schmucklos, wirkten die Mauern doch anders als die reichverzierten Fassaden der Stadthäuser.

Eine Kaserne, erkannte Simon, als sich ihm ein Blick ins Innere öffnete. Er sah eine mehrschiffige Pfeilerhalle, die sich zum Tonnengewölbe emporreckte. Die Mauern waren verputzt, aber der Putz wirkte längst grau und brüchig. Vor allem an den hohen Bögen trat das Mauerwerk hervor. Göttergesichter und Dämonenfratzen vermischten sich an den Wänden zu einem Sammelsurium römischer Mythologie.

Das alles war alt, vermutlich eine der ältesten Anlagen der Stadt und einst eine der ersten Befestigungen, als der Troß der 48. Legion des Tertius Commodus mit fast 6000 Männern und halb so vielen Frauen an Bord worgunscher Ringraumer Orn erreicht hatte. Das war nun mehr als 2000 Jahre her.

Im einen Moment schienen die trampelnden Füße näherzukommen, im nächsten verstummten die Geräusche bis auf ein gleichbleibend dumpfes Rumoren.

Torbogen reihte sich hinter Torbogen. Der Schall brach sich zwischen den Mauern, wurde in die Höhe geworfen und reflektierte verzerrt aus dem Gewölbe.

Keine Wachen hinderten Simon daran, als er eindrang.

Von irgendwo erklang metallisches Klirren. Begleitet von Schreien. Dann Anfeuerungsrufe. Ein heranbrausendes Donnern wie aus hunderten Kehlen.

Selbst Simon konnte nicht erkennen, woher der Schall wirklich kam. Doch sein Interesse war geweckt. Im Laufschritt eilte er durch das Labyrinth schmaler Gewölbe, Nischen und Torbögen.

Ein Windstoß trug ihm Fackelrauch entgegen.

Unvermittelt stand er auf dem oberen Rund einer Arena. Es gab nur fünf umlaufende Sitzreihen aus groben Steinblöcken.

Unten wurde gekämpft.

Ein Geräusch ließ Simon herumfahren.

Hinter ihm standen, wie aus dem Boden gewachsen, zwei Wachen. Sie hielten hochmoderne Strahlgewehre in den Armbeugen. Simon kannte die Männer nicht. Ihnen war er jedoch kein Fremder.

»Salve, Wächter. Morituri te salutant.«

Er wollte fragen, wieso sie sich als Todgeweihte bezeichneten, doch erneut erklang das Stampfen vieler Füße. Auf der anderen Seite der Arena exerzierte eine Zenturie.

Die Standarte mit dem Adler, dem Symbol der römischen Staatsgewalt, hing von einer Säule herab. Die Männer trugen alt aussehende Helme aus Metall mit einer Verstärkung im Stirnbereich und abstehendem Nackenschutz. Dazu Kettenhemden, die aber schon zum Teil durch einen Lederpanzer mit brustseitigem Schnallenverschluß ersetzt waren. Außerdem halblange, aus Lederplatten und Metallbeschlägen zusammengesetzte Waffenröcke.

Schulterumhänge, überwiegend in einem verblichenen Rot, und die unverzichtbaren Sandalen mit eisernen Beschlagnägeln an den Sohlen, die am meisten Lärm verursachten, vervollständigten die Bekleidung.

Simon vermutete, daß es sich bei dieser Ausrüstung noch um Originale aus der Zeit der 48. Legion handelte. Was zumindest für die an den Armen getragenen Schilde und die Speere nicht mehr galt. Der Wächter registrierte einen schwachen Energiefluß und folgerte, daß die Speere ebensogut als Thermostrahler zu gebrauchen waren wie die ovalen Schilde Projektoren für Prallfelder bargen.

Das Kampfgeschehen in der Arena war beendet. Im blakenden Fackelschein und unter den düsterer werdenden Leuchterscheinungen der Materiewolke, angetrieben von einer befehlsgewohnten Stimme, fanden sich die unterschiedlichsten Geschöpfe, die eben noch in Gruppen gegeneinander gekämpft hatten, in Viererreihe zusammen.

»Abmarsch in den Versammlungsraum zur Trainingsanalyse!« befahl der Zenturio.

Einer der Römer mit den Strahlgewehren trat auf Simon zu. »In der Rufus-Arena wird die Elite der Raumlandetruppen ausgebildet«, erklärte der Mann stolz. »In erster Linie geht es um die körperliche Ertüchtigung und um Erfahrungen im Kampf Mann gegen Mann. Jetzt haben alle noch die Chance, Fehler auszubügeln und zu lernen – sobald sie auf ihren Heimatwelten den Zyzzkt gegenüberstehen, wird jeder Fehler tödlich sein.«

»Was ist das?« Simon deutete in die Arena hinab. »Ein Grundlehrgang?«

Der Zenturio hatte mehrere Offiziere zusammengerufen. In Reihe standen sie nebeneinander, die Speere in den Boden gerammt, während ihnen gegenüber ein Trupp von Neulingen Aufstellung nahm.

Es war ein martialischer Anblick, die Römer in ihren Harnischen zu sehen, die so gar nicht dem Raumfahrtzeitalter entsprachen. Auf der anderen Seite, fand Simon, erinnerten ihre Rüstungen tatsächlich ein wenig an die Chitinpanzer der Zyzzkt.

»Angriff der ersten Gruppe, Mann gegen Mann! Versucht euer Glück!«

Der Römer neben Simon grinste breit. »Es ist jedesmal dasselbe«, murmelte er halb im Selbstgespräch. »Die Neulinge haben keine Ahnung. Viel zu zaghaft.«

»Das Schicksal hat ihnen übel mitgespielt«, erinnerte Simon.

»Gerade dann müssen sie zuschlagen, sobald sich die Möglichkeit dazu bietet.«

Das Bild, das sich in der Arena bot, war Chaos pur. Angehörige der unterschiedlichsten Völker versuchten, jeder auf seine Weise, die Offiziere zu überwältigen. Keiner hatte auch nur den Hauch einer Chance. Bevor sie sich versahen, lagen sie vor den Römern im Sand.

»Ihr seht selbst, wie wichtig es ist, zu lernen!« rief der Zenturio. »Wer von euch das Pech gehabt hätte, an einen Zyzzkt zu geraten, wäre jetzt tot. – Die zweite Gruppe Aufstellung nehmen!«

Simon wollte sich schon abwenden, als seine Aufmerksamkeit auf ein krakenartiges Geschöpf fiel. Das Wesen war zwischen einem und eineinhalb Meter groß, so genau ließ sich das nicht bestimmen. Wie es sich bewegte, war überhaupt nicht zu erkennen, aber seine Arme peitschten ruckartig durch die Luft.

Einem der Offiziere wurde der Speer entrissen, während er zum Stoß ansetzte. Der eigene Schwung ließ ihn vorwärts taumeln, zugleich wickelten sich zwei Fangarme um seine Beine. Der Römer landete im Sand, wollte sich sofort aufrichten, aber zwei weitere Arme drückten ihn unnachgiebig nieder.

Zudem griff das Wesen zur Seite und zerrte einen zweiten Offizier herum, der eben einen schuppenhäutigen Gegner auf die Knie zwang. Vergeblich versuchte der Offizier, sich aus dem Griff zu befreien, aber auf einmal war der Schuppenhäutige über ihm, zerrte ihm die Hände auf den Rücken und fesselte ihn mit den eigenen Gurten. Das krakenartige Wesen hatte den Speer hochgewirbelt und führte die Waffe über dem Boden im Halbkreis um sich herum. Das augenscheinlich mit enormer Kraft, denn ein weiterer Römer, den der Schaft in die Kniekehlen traf, brach gurgelnd zusammen.

»Ist es richtig so?« dröhnte es in dumpfem Baß. Ein fahles Flirren brach aus der Speerspitze hervor und lähmte mehrere Personen.

»Die Waffe weg!« befahl ein Offizier. Augenblicke später sackte er schlaff in sich zusammen.

Das Krakenwesen stieß nicht endenwollende glucksende Laute aus. Es hatte einen zweiten Speer an sich gebracht, die Fangarme mehrmals um den Schaft gewickelt und jagte Schuß um Schuß aus der Projektorspitze.

Allem Anschein nach fand es mehr als nur Gefallen an dieser neugewonnenen Art von Stärke. Zwei Römern, die es schafften, im Schutz ihrer Schilde nahe genug heranzukommen, zog es im letzten Moment die Beine weg.

Unvermittelt wurde der Krake in die Höhe gezerrt. Simon war in die Arena hinabgesprungen. Daß sich die mit Saugnäpfen bedeckten Fangarme um seinen Oberkörper wanden, beachtete er nicht einmal. Mit beiden Händen hatte er zugepackt.

Nach Atem ringend, wälzten sich die Offiziere zur Seite. Einer wurde erneut von Fangarmen getroffen, dann hatte Simon es irgendwie geschafft, das widerstrebende Geschöpf so zu umklammern, daß es weitgehend bewegungsunfähig war.

»Eine beachtliche Leistung, Morcatl«, wandte sich der Zenturio an das Krakenwesen. Zwischen den üppigen Hautfalten tauchte ein kantiger Schnabel auf, der jede Bewegung des Offiziers lauernd verfolgte. »Sie müssen sich selbst nur wesentlich besser unter Kontrolle halten.«

»Ich werde den Zyzzkt die Beine einzeln ausreißen und...«

»Dafür bilden wir Sie nicht aus, Morcatl! Haben Sie das verstanden? Wir wollen Ihnen helfen, Ihre Heimatwelt zu befreien...«

»Wir sind fünftausend Morussea. Wir werden den Sieg davontragen oder wie alle anderen unseres Volkes sterben.«

»... aber nicht, um Grausamkeiten zu begehen«, fuhr der Römer unbeirrt fort. »Das ist die Voraussetzung, Morcatl.«

»Die verfluchten Eroberer haben keinen von uns schonend behandelt...«

»Sie kennen unsere Vorgaben! Entweder Sie akzeptieren, oder keine Schiffsbesatzung wird sich bereit finden, Sie zu Ihrer Heimat zu fliegen.«

»Das ist Ihr letztes Wort, Römer?«

»Das allerletzte! Andernfalls können Sie Terra Nostra sofort verlassen.«

»Gut, gut«, schnarrte das Krakenwesen und versuchte mit mehreren Armen, sich von Simon abzustoßen. »Sie können jede Bestätigung haben, die Sie wollen, Römer. Alle Ihre Vorschriften... natürlich haben wir sie gelesen.«

»Das allein genügt nicht. Ich verlange, daß Sie unsere Vorgaben befolgen, Morcatl.«

»Ich... wir... können wir das nicht verschieben? Wir sollten so schnell wie möglich losfliegen.«

»Du kannst ihn freilassen«, wandte sich der Zenturio an den Wächter. »Er geht jetzt zu seinem schrottreifen Raumschiff zurück und startet. In spätestens zwei Stunden will ich keinen Morussea mehr auf Terra Nostra sehen.«

Das Krakenwesen machte einige Schritte – und sackte schlaff in sich zusammen. Seine Haut verfärbte sich vom Dunkelblau hin zu einem fahlen Grau.

»Ich akzeptiere«, ächzte Morcatl. »Wir alle sind einverstanden. Natürlich sind wir das. Wir brauchen eure Hilfe.«

»Das Gemüt dieser Burschen ist so vielfältig wie ihre Arme«, schimpfte der Römer mit dem Strahlgewehr. »Heute so, morgen so und übermorgen wieder anders. Die geborenen Krämerseelen, alles ausreizen bis zum letzten.«

»Immerhin hat Morcatl euch kräftig aufgemischt«, sagte Simon.

Der Römer nickte eifrig. »Ich möchte nicht im Panzer der Zyzzkt stecken, die Wesen wie ihm über den Weg laufen. Vor allem dann nicht, wenn sie wirklich ausgebildet sind.«

*

Die Sonne stand schon im frühen Vormittag, als Simon die weitläufige Gebäudetrakte der römischen Akademie erreichte. Harmonisch gliederten sich die Bauten, die zugleich Regierungssitz waren, in die Natur ein. Ausgedehnte Parks, Teiche, Blumenwiesen und schattenspendende Alleen machten das Gelände nahezu unüberschaubar.

Statuen aus Marmor, aber auch aus farbigem Stein zogen den Blick auf sich. Sie stellten Persönlichkeiten aus der neurömischen Geschichte und dem alten Rom dar. Simon beachtete sie ebensowenig wie die Gleiter, die lautlos über die Baumwipfel schwebten und sich letztlich auf den weitverstreuten unterirdischen Landeplätzen verloren.

Studenten bedachten ihn mit forschenden Blicken. Simon glaubte, ihre Neugierde spüren zu können, doch keiner wagte, ihn anzusprechen.

»Ich denke, die Präsidenten erwarten mich«, sagte er am Empfang.

Der weißhaarige Römer taxierte ihn lange und nachdenklich. »Die Nachrichtenkanäle haben stundenlange Berichte über den Fall der Millionenflotte gebracht«, sagte er schließlich. »Ist es wahr, daß die Insektoiden bald keine Gefahr mehr bedeuten?«

»Ich hoffe es«, antwortete Simon. »Die Präsidenten...«

Bedauernd schüttelte der Mann den Kopf. »Beide weilen derzeit nicht in der Akademie. Sie haben sogar den Planeten verlassen.«

Die Enttäuschung war Simon nicht anzumerken. »Wann...?«
»In zwei Tagen wollen sie wieder in der Akademie sein. Soll ich den Präsidenten etwas bestellen?«
»Nein, nicht nötig.«
Simon fühlte eine grenzenlose Enttäuschung. Wieder wurde er hingehalten, wie schon so oft in seinem Leben. Er hatte geglaubt, in Kürze die INSTANZ von ARKAN-12 erreichen zu können und danach sehr schnell die heimische Milchstraße.
Irgendwie hatte er plötzlich das Gefühl, die Zeit könnte ihm davonlaufen.
Er ging wortlos.

*

»Noreen«, würde er sagen, *»ich war lange fort. Aber noch größer war die Entfernung. Ich bin zurückgekommen, weil ich... weil...«*
Nicht einmal in Gedanken brachte er den Satz zu Ende. Zu vieles ging ihm durch den Sinn.
»Ich bin hier, weil ich Euch bitten will, meine DNS-Probe zurückzugeben. Ich kann meinen Körper wiederbekommen.«
Ungläubig würde sie ihn anschauen, vielleicht sogar die Luft anhalten, weil sie genau das nicht vorhergesehen hatte.
»Deinen Körper, Simon? Nur deswegen?«
Er hörte förmlich die Enttäuschung in ihrer Stimme.
»Wenn es nur das ist, was ich für dich tun kann, Simon, dann nimm die Probe und geh!«
»Noreen... Noreen Welean, das allein...«
»Ich habe schon verstanden. Sieben Jahre haben dich verändert. Du bist längst ein anderer, ich hätte es wissen müssen.«
Er verhielt seine Schritte im Schatten hoher Bäume. Von irgendwo trug der auffrischende Wind das Bellen eines Hundes heran. Die 48. Legion hatte einst auch Tiere mitgebracht. Das machte den Planeten erst recht zur zweiten Erde.
Er mußte es anders anpacken: »Noreen, in all den Jahren habe ich Euch am meisten vermißt.«
Das war Unsinn. Noreen Welean war nicht mehr seine Herrin.

Die distanzierte Anrede hatte der Hochkommissarin für Agrarfragen gegolten, aber nicht ihr als Frau.

»Noreen, ich habe dich vermißt.«

Kurz und bündig klang das. Zu wenig nach sieben Jahren?

»Ich empfinde mehr für dich, als du vielleicht glaubst.«

Sie würde ihn anschauen. Ungläubig erst, dann verständnislos. Ihr Blick würde seinen düster roten Körper taxieren.

»Ein Roboter... du bist ein Roboter, Simon. Hast du das wirklich vergessen?«

Es war schrecklich, diese Gefühle in sich hineinfressen zu müssen.

Ich kann nicht mehr warten! Jeder Tag macht es nur noch schlimmer. Wie haben die Wächter vor mir 98 Jahre überstanden? Oder gar weitere Perioden.

Hatten sie das wirklich? Seine Zweifel wuchsen.

Er stand in der Nähe eines Teiches. Schwarz wie Blei schimmerte die unbewegte Oberfläche im Schatten der Bäume.

Simon trat bis ans Ufer.

Dann machte er den nächsten Schritt. Das Wasser reichte ihm sofort bis an die Waden, Schlamm wirbelte auf. Er verharrte regungslos und wartete, bis die Wellen sich beruhigt hatten.

»Simon, was ist mit dir?«

Er glaubte, ein leises Flüstern zu hören. Aber da war niemand außer ihm.

Sein Abbild spiegelte sich nur noch leicht gekräuselt im Wasser. Er war ein Roboter, humanoid zwar, aber größer als ein Mensch. Sein nackter, muskulöser Oberkörper hätte jedem Sportler zur Ehre gereicht. Auch die Muskelpakete an den Beinen und den Oberarmen waren nicht zu auffällig, wenngleich immer noch gut proportioniert.

Trotzdem fiel die künstliche Struktur sofort auf. Seine Haut war so ebenmäßig glatt und porenlos wie lackierter Kunststoff.

Instinktiv versuchte er, ein Gesicht zu formen. Sein altes Gesicht, wie er es in Erinnerung hatte und wie er es vor sich zu sehen glaubte. Oder ließ er sich von einer verklärten Vorstellung täuschen?

Das Tofirit veränderte sich, kontrahierte in ruckartigen Bewegungen von der Schädeldecke bis zum Halsansatz. Zähflüssig schien das Material abzutropfen.

»Warum tust du das?«

Da war die flüsternde Stimme wieder. Simon erstarrte innerlich. »Mir gefällst du, wie du bist, großer roter Mann.« Das leise Lachen im Unterton klang ehrlich.

Simon drehte sich um, ohne seinen Standort zu verändern. Er war allein. Lediglich einige Vögel flatterten erschreckt kreischend aus dem Unterholz auf.

Er versuchte, sich zu konzentrieren. Doch zum erstenmal fiel es ihm wirklich schwer. Zu viel schoß gleichzeitig durch seine Gedanken.

»Hier bin ich!« Das Lachen wurde lauter.

Sein Spiegelbild hatte sich durch die Bewegung verzerrt. Aber das interessierte ihn plötzlich nicht mehr, denn die Sinne des Wächters signalisierten ihm eine menschliche Gestalt, die nur zwei Schritte entfernt stand.

Da ist niemand, behauptete sein Bewußtsein.

Die Antwort, die in ihm entstand, war erschreckend: *Ohne mich bist du blind, taub und stumm, nur ein Geist, der unfähig ist, sich in dieser Welt zurechtzufinden.*

Was ist los mit mir? fragte er.

Du sträubst dich und willst deine eigenen Wege gehen. Wege, die du für richtig hältst. Erkennst du nicht, wie verwirrt du reagierst? Es gibt für dich kein Zurück, aber du willst das nicht wahrhaben.

Da ist niemand! beharrte Simon. *Ich weiß, was ich sehe.*

Du siehst das Mädchen, antwortete das Worgun-Programm des Wächterkörpers. *Du nimmst jedoch nicht wahr, was du siehst.*

Juanita? – Warum hatte er sich nicht sofort an ihre besonderen Fähigkeiten erinnert?

Weil er in Gedanken schon halb auf Terra weilte. Weil ihm seine Sehnsüchte vorauseilten und mit jedem Tag unerträglicher wurden.

Das ist so nicht wahr. Ich sträube mich nur nicht mehr dagegen.

Jetzt sah er sie. Juanita Gonzales blinzelte ihm zu. »Ich wollte dich nicht erschrecken«, sagte sie.

Simon suchte nach den richtigen Worten, aber er fand sie nicht. Das Mädchen hatte ihn, den Wächter, nicht erschrecken wollen. Was sollte er dazu sagen?

»Was machst du hier, auf dem Gelände der Akademie?« fragte er. »Das kann doch kein Zufall sein.«

»Doooch«, antwortete Juanita gedehnt. »Auch wenn die Präsidenten Frauen nicht aufnehmen, kann ich mich schon mal umsehen. Weiß man, was sich in den nächsten Jahren ändern wird? Hast du Jim gesehen, Großer?«

»Jim... Gisol?«

»Du weißt schon, wen ich meine. Er wollte mich besuchen...«

»Dann kommt er bestimmt«, versicherte Simon.

Juanita winkte großzügig ab. »Gratuliere!« sagte sie im nächsten Moment.

»Wozu?«

»Hast du die Station dieser Insekten geknackt, oder hast du nicht?«

»Ich...«

»Klar hast du!« Die Kleine griff nach seiner Hand und zerrte mit aller Kraft daran. »Komm schon!« drängte sie.

»Wohin?«

»Wir machen uns einen schönen Tag.«

»Das geht nicht, Juanita.«

»Wieso geht das nicht?« Auf einmal wurde sie ernst. »Du bist auch nicht anders als alle. Was hast du vor?«

»Ich warte auf die Akademiepräsidenten.«

»Hier?«

»Was gibt es dagegen einzuwenden?«

Das Mädchen schüttelte den Kopf. »Mann, sind alle Wächter so kompliziert wie du?«

»Es gibt keinen mehr außer mir.«

»Wundert mich nicht!« platzte Juanita heraus. Sie hielt sich noch den Mund zu, aber es war bereits zu spät.

»He.« Respektlos stieß sie den Zeigefinger in Simons Seite. »Ich will, daß du mit mir kommst. Ins Haus von Martinus Flavius und seiner Frau. Lydia hat einen richtigen Robothund zusammengebaut. Ohne fremde Hilfe, sagt sie.«

»Und dann?«

»Vielleicht kommt Jim auch.«

»Gisol?«

Juanita nickte eifrig. Ein freudiges Aufblitzen lag in ihren Augen. »Ich mag ihn. Jim war immer wie ein Vater zu mir.«

»Ich soll dich von ihm grüßen«, sagte Simon endlich.

Juanita starrte ihn entgeistert an. »Das sagst du jetzt erst. Wann hast du mit Jim gesprochen? Er war seit Wochen nicht mehr auf Terra Nostra.«

»Gestern. Ich denke, er wird bald kommen. Morgen vielleicht schon.«

Juanita strahlte über das ganze Gesicht. »Na also«, platzte sie heraus. »Die Präsidenten sind nicht da, und...«

»Wieso weißt du das?«

Sie stutzte. »Du hast das gesagt«, stellte sie endlich fest.

»Nicht mit diesen Worten.«

Juanitas Miene wirkte plötzlich ärgerlich. Unruhig blickte sie um sich. »Du hast gesagt, daß du wartest«, sprudelte es aus ihr hervor. »Also sind sie nicht da.«

Mit beiden Händen umklammerte sie seinen Arm. Sie war nicht gerade schmächtig, aber sie hätte den Wächter ohne sein Zutun keinen Millimeter weit bewegen können.

»Vergiß doch die dumme Vergangenheit!« drängte sie. »In Orn gibt es so viel zu tun. Wir können uns ein Paradies aufbauen. Und das werden wir auch machen. Du, und Jim und ich.«

»Ohne mich.« Simons Stimme klang bedrückt. »Denn ich werde dann nicht mehr in Orn sein. Ich kehre in die Milchstraße zurück.«

»Niemand zwingt dich dazu.« Juanita sagte das so bestimmt, daß Simon sich nur wundern konnte. »Bleib hier!« fügte sie hinzu. »Hier wirst du gebraucht – und hier ist unsere neue Heimat. Ich gehe doch auch nicht zurück.«

Du hast niemanden, der auf dich wartet, dachte Simon voll Bitternis, jedoch hütete er sich, das auszusprechen. *Ich schon...*

*

Gisol war allein, als er den To-Richtfunkspruch entgegennahm. Das Hologramm mit dem Abbild des Akademiepräsidenten Nauta stabilisierte sich.

Natürlich war dem Worgun, den viele ehrfürchtig *Schlächter der Wimmelwilden* nannten, die wahre Identität des Erbpräsidenten bekannt.

Marcus Gurges Nauta bediente sich der Worgunsprache, nicht zuletzt, um seinem Respekt Ausdruck zu verleihen. »Sie haben den Wächter Simon nach Terra Nostra gebracht...«

»Er bestand darauf.«

»Simon will nach Nal zurück.«

»Das ist mir bekannt.«

»Wenn es nur das wäre. Er wird uns als Wächter verlorengehen.« Nauta, der seiner vor tausend Jahren angenommenen menschlichen Gestalt nicht mehr entfliehen konnte, weil er wie Sola die Fähigkeit des Gestaltwandelns verloren hatte, schaute Gisol herausfordernd an. »Wir haben großen Respekt vor dem Wächter und würden alles tun, ihm seine Wünsche zu erfüllen...«

»Aber?« fragte Gisol, als eine ungewöhnlich lange Pause eintrat.

»Wir müssen vor allem die Zukunft unserer Sterneninsel im Auge behalten. Dafür brauchen wir den Wächter.«

»Wir können nicht so einfach auf ihn verzichten«, wandte Sola aus dem Hintergrund ein, ohne in der Projektion sichtbar zu werden.

»Simon will über ARKAN-12 in seine Heimatgalaxis zurückkehren«, sagte Gisol.

»Wenn einer es schaffen kann, ihm das auszureden, dann Sie.«

Gisol lachte hell. »Verzeiht, aber das ist ein Ding der Unmöglichkeit. Warum redet ihr nicht selbst mit ihm?«

»Das können wir nicht mehr, jedenfalls nicht so direkt.«

»Wir lassen uns verleugnen, um Zeit zu gewinnen«

»Bei allen Sternengeistern!« entfuhr es Gisol. Er wollte plötzlich eine ganze Menge sagen, aber Nauta/Margun schnitt ihm mit einer knappen Handbewegung das Wort ab.

»Das ist unverzeihlich«, gestand Nauta ein. »Wir wissen das. Aber wir handeln nicht aus Eigennutz so.«

»Ich soll also die Kastanien aus dem Feuer holen?« fragte Gisol.

»Was sind Kastanien?« wollte Nauta sofort wissen.

»Und aus welchem Feuer?« fügte Sola hinzu.

»Das ist eine terranische Redensart«, erklärte der Worgun-Rebell. »Sie bedeutet ungefähr, daß jemand eine unangenehme Aufgabe übernimmt.«

»So ist es nicht«, widersprach Sola.

»Um so besser. Ich kann mich also wieder dem Kampf gegen die Zyzzkt widmen. Ihre Flotte ist noch nicht vollständig vernichtet.«

»Wir haben Juanita gebeten, den Wächter auf andere Gedanken zu bringen«, sagte Margun.

Gisol zuckte sichtlich zusammen.

»Ihr habt was…?«

»Wir sind davon überzeugt, daß am besten ein Mensch einen anderen Menschen überzeugen kann. Juanita ist außer dem Bewußtsein des Wächters der einzige Mensch in Orn, der auf Terra geboren wurde.«

»… sie ist noch ein Kind!« Gisols Gesicht färbte sich dunkel. In seinen Augen stand eine unausgesprochene Drohung, die nicht einmal vor den beiden Worgun-Mutanten Halt machte: *Laßt die Finger von Juanita!*

»Dieses Kind, wie Sie das Mädchen nennen, ist die Vertreterin einer neuen Art von Mensch«, berichtigte Margun. »Sie ist über ihr Alter weit hinaus.«

»Juanita will natürlich, daß Simon bleibt«, stellte Sola fest. »Sie hat uns angehört und sehr wohl verstanden, um was wir sie gebeten haben. Für sie ist das ein Spiel.«

»Ich komme nach Terra Nostra!« entschied Gisol in dem Moment. »Umgehend!«

»Aber… die Wimmelwilden?«

»Bei allem, was mir heilig ist«, Gisols Stimme war lauter geworden, geradezu undespektierlich, »mit den letzten tausend Schiffen werden die Römer auch allein fertig. Ich werde mit dem Wächter reden – in dem Bewußtsein, daß die Akademiepräsidenten ihr Wort brechen, das sie ihm gegeben haben.«

»Nein!« sagte Margun scharf. »Wir brechen unser Versprechen nicht. Wenn Simon den Arkan-Sender haben will, dann wird er ihn bekommen.«

»Aber wir müssen auf ihn einwirken, damit er aus eigenem Entschluß seine Meinung ändert«, fügte Sola hinzu. »Das sind wir schon der Geschichte der Wächter schuldig.«

Die Funkverbindung erlosch.

Gisol tat etwas ganz und gar Menschliches: Mehrmals schlug er mit der zur Faust geballten Rechten in die geöffnete linke Handfläche. Die Akademiepräsidenten hatten ihn dazu gebracht, daß er die Schlacht gegen die Zyzzkt verließ. Noch vor einer halben Stunde hätte er jeden ausgelacht, der ihm das prophezeit hätte. *Gisol, der Schlächter, verzichtete auf die Genugtuung, die letzten Raumschiffe einer Invasionsflotte der Wimmelwilden aus dem Raum zu blasen.*

War ihm Juanitas Wohlbefinden wirklich wichtiger? Er konnte das selbst nicht verstehen.

*

»Vermißt dich niemand?« wollte Simon wissen.

Ausgelassen, die Arme angewinkelt, wirbelte Juanita im Kreis herum. »Alles dreht sich um mich«, jubelte sie. »Ist das immer so, wenn man im Mittelpunkt steht?«

Simon zögerte mit der Antwort. »Ich weiß nicht«, sagte er schließlich.

»Du... mußt es... doch wissen.« Juanita taumelte, kam ins Stolpern und fiel ihm geradewegs in die Arme. »Gut, daß du da bist, Simon. Niemand sonst hätte mich aufgefangen.«

Er reagierte nicht, entließ sie nur rein mechanisch wieder aus seinem Griff.

Juanita rückte ihre Toga zurecht, die langsam über die Schulter rutschte. Sie seufzte und blickte mißmutig an sich hinab.

»An die Kleidung gewöhne ich mich einfach nicht. Ich vermisse meine abgeschnittenen Jeans.«

Ihr Blick huschte in die Runde. Sie standen auf der Via Flavio, an der Einmündung zu einem der zentralen Plätze von Nova Roma, auf halbem Weg zwischen der Akademie und der Villa des Konsuls Flavius. Der Gleiterverkehr floß schon am frühen Vormittag dichter als gewöhnlich. Aber kaum jemand schien davon Notiz zu nehmen.

Die Grünfläche im Zentrum wurde von Wasserspielen und üppig blühenden Blumenbeeten geprägt. Der Weg bis zur nächsten Fußgängerbrücke war mit Kies aufgeschüttet. Steinbänke luden zum Verweilen ein.

Juanita setzte sich.

»Simon!« rief sie, als der Wächter keine Anstalten machte, ihr zu folgen. »Woran denkst du gerade?«

Er reagierte nicht.

»Simon!«

Zögernd wandte er sich um. Juanita schaute in sein glattes Nichtgesicht. Sie fragte sich, wie Simon in Wahrheit aussehen mußte, wie er ausgesehen hatte. Irgendwie verwirrte es sie immer noch, in dem Worgun-Roboter einen Menschen zu sehen, ein menschliches Bewußtsein zumindest.

Einerseits dachte sie sich nichts dabei – in den Slums von Rio hatte sie verlernt, sich überflüssige Gedanken zu machen –, denn in einer Welt, in der überlichtschnelle Raumfahrt so alltäglich war wie Gestaltwandler, galt ein Bewußtseinstransfer keineswegs als Wunder. Andererseits hatte sie gehört, daß es keine anderen Wächterroboter mehr gab. Nur noch Simon.

Er war also etwas Besonderes.

Er stand im Mittelpunkt.

Und er war ihr Freund, wenngleich anders als Jim Smith. Nicht so intensiv. Sie würde Simon niemals wirklich ihr Herz ausschütten, dafür hatte sie ihn einfach noch nicht richtig kennengelernt. Allerdings war er wie sie auf der Erde geboren.

»Denkst du an Terra?« drängte sie ungeduldig.

Wenn sie sich in der glatten, gewölbten Fläche zwei Augen vorstellte, eine markante Nase und einen ebenfalls nicht zu kleinen Mund… nein, so richtig stimmig erschien ihr das dennoch nicht.

»Du bist schon sehr lange von der Erde fort, Simon, nicht wahr?«

Sie glaubte, daß er sie anschaute. In diesem Moment ging sein Blick durch sie hindurch. Er nickte langsam.

»Ich versuche, alles zu vergessen«, platzte Juanita heraus. »Das solltest du auch tun. Die Erde war schön, Simon, als ich noch keine anderen Welten kannte. Aber in Orn gefällt es mir besser. Ich will hierbleiben. Und ich wünsche mir, daß du mich hin und wieder besuchst.«

»Ich werde bald weggehen«, sagte Simon verhalten.

»Wohin?« Juanita verzog die Lippen. Sie rutschte ein Stück zur Seite und klopfte mit der flachen Hand auf die Bank. »Setz dich zu mir, roter Mann.«

»Du willst doch etwas von mir?« argwöhnte der Wächter.

Das Mädchen schüttelte den Kopf. »Vielleicht will ich mich mit dir unterhalten. Weil…« Sie schluckte schwer. »Gewissermaßen sind wir beide die einzigen unserer Art in dieser Galaxis.«

Simon beugte sich nach vorne. »Und?« fragte er.

»Bleib hier! Geh nicht fort!«

Simon zögerte. »Es ist seltsam, daß mich jeder zurückhalten will.«

Mehrere Römer kamen näher. Sie schauten Simon an, hörten ihn reden und zögerten. Schließlich wichen sie ihm in einem weiten Bogen aus.

Simon blickte ihnen hinterher. »Was soll das?« fragte er irritiert. Dann begriff er. »Das warst Du!« herrschte er das Mädchen an. »Du hast diese Männer beeinflußt, daß sie dich nicht wahrnehmen! Sie glauben jetzt, daß ich Selbstgespräche führe.«

Juanita wischte sich mit dem Handrücken über die Lippen. »Sie sehen mich nicht, du hörst nicht auf mich… wo ist da der Unterschied?«

*

»Salve!« plärrte der Roboterdiener mit einer rostigen Stimme, die Besucher eher verjagte, als sie freundlich willkommen zu heißen.

»Salve, Julius!« erwiderte Juanita. »Was ist mit dir passiert?«

Der Roboter reagierte nicht auf ihre Frage. »Ihr seid mir unbekannt, Bürger«, wandte er sich an Simon. »Ich benötige Eure Reputation.«

»Das ist Simon, du Blechkiste. Er ist ein Wächter.«

Mit beiden Händen, jeweils nur zwischen Daumen und Zeigefinger, zupfte Julius seine Toga zurecht. Sie paßte zu dem metallenen Rumpf wie die Faust aufs Auge.

»Ich bin der Wächter über dieses Anwesen«, schnarrte der Diener. »Wir sind also gleichberechtigte Sklaven, Simon.«

Juanita zog die Mundwinkel breit. Zusätzlich zu diesem höchst unschuldigen Grinsen zuckte sie mit den Schultern. »Ich habe nur ein bißchen an seiner Programmierung verändert«, gestand sie ihrem Begleiter. »Ich konnte doch nicht wissen...«

»Was gibt es?« erklang eine markante Stimme aus einem Lautsprecher. Gleich darauf näherten sich Schritte.

»Juanita, da bist du ja. Wieso bist du nicht mit Lydia und meiner Frau...?«

»... heute morgen nach Herculaneum geflogen? Es ergab sich anders.«

Konsul Martinus Flavius stand jetzt vor ihnen. Tadelnd schüttelte er den Kopf und wandte sich an Simon. »Verzeiht. Ich, äh, bin mir nicht sicher, aber Ihr...«

»Das ist Simon«, platzte Juanita dazwischen. »Der Wächter Simon. Er ist mein Freund.«

Flavius legte die Hand an die Brust. »In meinem Haus seid Ihr willkommen, Wächter Simon. Ich bin es schon gewohnt, daß unsere Pflegetochter hochgestellte Freunde hat. Die Terraner...«

»Simon stammt ebenfalls von Terra.«

Martinus Flavius bedachte das Mädchen mit einem tadelnden Blick, schwieg aber zu ihrer vorlauten Art. Mit einer angedeuteten Verbeugung wies er Simon den Weg.

»Willkommen im Haus, Wächter Simon!« plärrte der Empfangsroboter hinter ihnen her. Hundegebell mischte sich hinein.

Aber die vierbeinige Kreatur, die schwanzwedelnd heranhumpelte, war eher das blecherne Zerrbild eines Hundes.

»Kusch!« herrschte Juanita den mit einem Stück synthetischen Fells beklebten Roboter an, der sich daraufhin winselnd zurückzog.

Konsul Flavius persönlich führte sie in einen großen Salon. Marmor war das vorherrschende Bauelement. Dicke, in Leder gebundene Bücher beherrschten eine Wand. Davor stand die geräumige Sitzgruppe.

»Jim!« Juanita stieß einen gellenden Schrei aus und rannte los. »Jim, du bist zurück!« Mit einem wilden Satz sprang sie auf das Sofa und warf sich Gisol an den Hals. »Ist alles vorüber? Nimmst du mich wieder mit dir? Die EPOY ist hier gelandet, nicht wahr?«

»Natürlich.« Gisol hielt das Mädchen fest, doch sein Blick suchte Simon. »Die Flotte der Zyzzkt ist weitgehend aufgerieben«, sagte er. »Meine Mitwirkung war nicht mehr nötig.«

Konsul Flavius kam mit zwei Karaffen voll Wein, die er vor seinen Besuchern abstellte. Er holte große Zinnpokale und schenkte ein. »Normalerweise macht das unser Robotdiener, doch er ist heute... unpäßlich. Ich denke, meine Tochter Lydia und Juanita haben zu viel an der Programmierung verändert.«

Die Unterhaltung blieb zäh und wollte nur schleppend in Gang kommen. Der blonde Konsul stand dem Wächter noch unschlüssig gegenüber. Sobald er sich unbeobachtet fühlte, fiel sein Blick auf das glatte Gesicht des Wächters.

Juanita nahm offensichtlich an, daß Jim Gisol nur wegen ihr gekommen war, um sie abzuholen. Vor knapp einem Jahr hatte er ihr das geschworen, bei allem, was dem Worgun heilig war.

Gisol suchte weit mehr die Unterhaltung mit Simon. Wiederholt kam er auf die latent vorhandene Bedrohung durch die Zyzzkt zu sprechen. Ebenso auf die anderen Gefahren, an denen es nie gemangelt hatte, die in Zukunft kaum weniger häufig auftreten würden. Er sprach davon, daß die Wächter stets treue Freunde der Worgun gewesen waren.

»Was liegt näher, als daß wir beide uns zusammentun?« fragte er endlich. »Ich würde dich gerne auf der EPOY sehen.«

Simon lehnte das Angebot ab. Ebenso, als Gisol vorschlug, ihm einen Ovoid-Ringraumer neuester Produktion als Ersatz für die NOREEN WELEAN zu verschaffen.

»Ich habe andere Pläne«, erklärte der Wächter. »Nichts wird mich davon abhalten können, sie zu verfolgen.«

*

Am nächsten Tag erneuerte Gisol sein Angebot. »Ich verstehe dein Zögern nicht, Simon. Was willst du mehr, als mit einem Schiff wie meiner EPOY die Galaxien zu erkunden?«

»Ich will in die Milchstraße zurück?«

»Wo liegt das Problem? Wir können Nal jederzeit anfliegen.«

»Das allein ist es nicht.« Simon seufzte. »Ich suche ein Stück meiner Vergangenheit – und dabei kannst du mir nicht helfen.«

Gisol in der Gestalt des Terraners Jim Smith lachte verhalten. »Bist du sicher?«

»Ich muß mit meiner Vergangenheit ins reine kommen, bevor ich weitere Pläne schmiede. Und das betrifft nur mich allein.«

»Du willst also weiterhin deinen Körper zurück. Ob heute oder in neunzig Jahren, macht das einen Unterschied?«

»Es gibt Dinge im Leben, die lassen sich nach einer bestimmten Zeitspanne nicht mehr nachholen«, sagte Simon. »Zurück bleiben dann nur noch eine Leere in dir selbst und die quälende Frage, was gewesen wäre, wenn... Ist das bei einem Worgun anders?«

Er wartete die Antwort nicht ab, sondern unterbrach von sich aus das Gespräch.

*

Noch einmal 24 Stunden später saß der Wächter endlich den Akademiepräsidenten gegenüber. Sie hatten ihn in einen Konferenzraum bitten lassen, nachdem er schon sehr früh am Vormittag erneut um diese Audienz nachgesucht hatte.

»Wir bedauern, daß Sie auf uns warten mußten, Simon«, begann Nauta.

»Das war leider unumgänglich«, fuhr Laetus fort. »Seien Sie aber versichert, daß wir Ihre Hilfe im Kampf gegen die Zyzzkt sehr zu schätzen wissen. Doch diese Auseinandersetzung wird noch lange nicht wirklich beendet sein. Die Zyzzkt haben eine empfindliche Niederlage hinnehmen müssen, sind aber nach wie vor über ganz Orn verstreut und demzufolge eine stete Bedrohung.«

»Genau das«, sagte Simon mit leicht spöttischem Unterton, »hat Gisol mir ebenfalls zu erklären versucht. Nur mit seinen eigenen Worten.«

»Der Rebell wird genügend Gründe dafür haben«, entgegnete Laetus.

»Wie Ihr ebenfalls.«

Laetus/Sola nickte zögernd. Sein Blick blieb unverwandt auf den Wächter gerichtet, während er sich mit beiden Händen über den schütteren Haarkranz strich. Tiefe Falten hatten sich um seine Mundwinkel eingegraben, sein Lächeln wirkte wie eingefroren. Es war ein eigenartiger, von Sorgen dominierter Ausdruck.

In diesem Moment erschien er in der Tat weit älter als der menschliche Körper, den er schon vor über tausend Jahren, nach dem Millionenmassaker von Gardas, angenommen hatte. »Jeder folgt mit seinen Handlungen Gründen, die er für richtig und notwendig hält«, sagte er. »Darin sehe ich nichts Verwerfliches.«

»Ich habe meinen Teil unserer Vereinbarung erfüllt«, erinnerte Simon. »Nun bitte ich Euch um den vergessenen Arkan-Sender.«

»Sie sind sicher, daß Sie das wirklich wollen?« warf Margun ein.

Simons glattes Gesicht wandte sich ihm zu. »Es gibt für mich keinen anderen Weg. Weder Gisol kann mich davon abbringen, noch Juanita. Wer von Ihnen hat sie mit dem Auftrag geschickt, mich umzustimmen?«

Margun und Sola schauten sich überrascht an. Simon wertete das instinktiv als ein Eingeständnis.

»Das war ich«, sagte Sola endlich.

»Sie wissen, wie sehr wir Sie schätzen und daß wir seit Jahrhunderten keinen Wächter mehr in Orn zu Gesicht bekommen haben.« Tief atmete Margun durch, als müsse er sich endlich eine Last von der Seele schaffen. »Wir wollen Sie nicht verlieren, Simon!«

»Orn braucht einen Wächter«, fuhr Sola fort. »Bitte, denken Sie auch darüber nach.«

»Das habe ich getan. Vor allem in den beiden letzten Tagen. Das wollten Sie doch, meine Herren Präsidenten, nicht wahr?«

Das war seine Revanche. Es ärgerte ihn nicht, daß sie versucht hatten, ihn mit allen Mitteln halten zu wollen, es amüsierte ihn eher. Solange sie zu ihrem Wort standen, machte ihm das nichts aus. Es bestärkte ihn sogar in seinem Entschluß, nach Terra zurückzukehren.

Sein Leben lang hatte er sich den Entscheidungen anderer beugen müssen. In seiner Jugend ebenso wie während der düsteren Zeit der Giant-Herrschaft. Als Diener dann ohnehin. Nur einmal hatte er sich dagegen gesträubt, das war unter der Oberfläche von Deluge gewesen.

In seiner Erinnerung sah er Noreen noch zwischen den undefinierbaren Hinterlassenschaften der Mysterious auf dem Boden kauern, während er selbst sich dem Roboter zuwandte, einem toten Stück Metall, das vielleicht nur zufällig humanoide Form besessen hatte.

»Laß diesen Blödsinn!« hatte Noreen ihn angefaucht. Er hatte nicht auf sie gehört.

Sola blickte ihn unverwandt an. »Ihre Entscheidung ist endgültig, Simon?«

Sein Schweigen war Antwort genug.

»Alea jacta est«, murmelte Margun.

Simon hatte nie sehr viel Latein beherrscht; seit er auf die Römer getroffen war, wuchsen seine Kenntnisse. Aber diesen Ausspruch kannte er schon lange: *Der Würfel ist gefallen.*

»So ist es«, sagte er, »und es gibt für mich kein Zurück.« Auffordernd streckte er einen Arm aus und hielt den Präsidenten die Hand entgegen. Der Arkan-Sender, den er von der INSTANZ erhalten hatte, war nicht sehr groß gewesen. Den Sender, den Margun und Sola ihm beschaffen wollten, konnte er wohl ebenfalls mühelos in der Hand halten.

»Es gibt da… eine Schwierigkeit.«

Simon glaubte, sich verhört zu haben.

»Der vergessene Arkan-Sender«, erklärte Margun so stokkend, als hätte er bis zuletzt gehofft, genau diese Situation vermeiden zu können, »befindet sich nicht in unserem Besitz.«

»Er liegt auf einer mehrere zehntausend Lichtjahre entfernten Welt verborgen«, vervollständigte Sola.

Simon hatte für dieses Eingeständnis nur ein Schulterzucken übrig. »Dann holen wir ihn eben«, stellte er fest.

»Diese Welt ist von Zyzzkt besetzt.«

»Die Wimmelwilden kennen das Geheimnis des Senders aber nicht.«

»Eine große Bastion der Zyzzkt?«

»Sie unterhalten auf Onda lediglich eine einfache Kolonie«, erklärte Margun.

Simon fühlte Ärger in sich aufsteigen. Davon hatten die Präsidenten bisher nichts gesagt. Die Rede war nur davon gewesen, daß sie ihm helfen wollten, einen vergessenen Arkan-Sender in Betrieb zu nehmen. Andererseits: Hätte sich für ihn irgend etwas geändert, wenn er das vorher gewußt hätte? Ihm war klar, daß er den Transmittersprung in die Asteroiden-Energiestation der Millionenflotte dennoch gewagt hätte. Ein Arkan-Sender, selbst wenn er sich in den Händen der Wimmelwilden befand, war immer noch besser als gar kein Sender.

»Wir haben geplant, den Planeten Onda von den Zyzzkt zu befreien«, sagte Sola. »Fünfzig Ringraumer und zehn Truppentransporter wurden für den Flug abkommandiert. Leider können wir nicht, wie bei vielen anderen Welten vorgesehen, ein Truppenkontingent aus dem unterdrückten Volk selbst zusammenstellen. An dieser Mission werden demnach nur Römer teilnehmen.«

»Dazu ein Worgun und ein Wächter«, ergänzte Margun. »Wir glauben natürlich, Simon, daß Sie sich der Truppe anschließen werden. Dann liegt es an Ihnen selbst, den Arkan-Sender aufzuspüren und in Betrieb zu nehmen.«

»Wer ist der Worgun? Gisol?«

»Genau deshalb haben wir ihn mit seiner EPOY nach Terra Nostra zurückgerufen. Der Schlächter von Orn ist der geeignete Kommandant für dieses Unternehmen.«

»Natürlich müssen Sie nicht mit leeren Händen nach ARKAN-12 gehen«, stellte Sola fest. »Wir geben Ihnen ausreichend Tofirit mit, damit die INSTANZ ihre Station wieder voll einsatzbereit machen kann. Das ist in unser aller Sinn.«

»Wann starten die Schiffe?« Simon war verärgert, und es war ihm egal, ob den Akademiepräsidenten das auffiel. Er hatte damit gerechnet, in Kürze nach ARKAN-12 zu gelangen. Nun würden wieder Tage, wenn nicht gar Wochen vergehen. Außerdem lag ein neuer Kampfeinsatz vor ihm – doch diesmal würde es wirklich der letzte Einsatz in Orn sein.

»Der Start ist für übermorgen vorgesehen«, sagte Margun. »Bis dahin sind die römischen Truppen von anderen Positionen abgezogen und mit ihrer Ausrüstung marschbereit.«

Zwei Tage, überlegte Simon. Danach lag es an ihm selbst, wann er Terra erreichte.

Auch diese Zeit würde vorübergehen wie so vieles vorher.

4.

Die Strömung trug den Geruch des Kwarrack heran. Hundert, allerhöchstens hundertzwanzig Mannlängen war das Raubtier noch vor ihm.

Tarnolq spürte eine nie gekannte Erregung. Jede Begegnung zwischen Seku und Kwarrack endete mit dem Tod eines von beiden – das war wie ein ungeschriebenes Gesetz. Als Heranwachsender hatte er sich nach den Jagdgeschichten der Alten furchtsam in eine Ecke verkrochen und geglaubt, er würde sich nie wieder daraus hervorwagen. Heute kannte er die Übertreibungen jener, die eine Begegnung überlebt hatten. Doch das änderte nichts daran, daß viele zeitlebens unter den Narben ihres Kampfes litten. Dabei waren sie noch die Glücklichen und hatten überlebt.

Obwohl das Meer im Schelf extrem warm war, fröstelte Tarnolq. Der Geruch wurde intensiver. Hastiger pumpte der Seku das Wasser durch seine Kiemen. Die Vorstellung, daß der monströse Kwarrack mit kräftigen Prankenschlägen herankam, ließ ihn zittern.

Vergeblich versuchte er, inmitten des Algendickichts mehr zu erkennen. Wenige Mannlängen über ihm, die verwaschene fahle Helligkeit, das war schon das andere Element. Und der riesig anmutende Schatten… Tarnolq erstarrte schier vor Furcht, aber schon drehte der Schemen wieder ab und glitt in die Höhe.

Er durfte von Glück reden. Er lebte noch, weil er dicht vor den Klippen schwamm und die Strömung gegen sich hatte. Hier herrschten tückische Wirbel, deshalb standen nur wenige Fische in dem Bereich.

Der Geruch des Kwarrack verwehte schnell. Erst jetzt wagte der Jäger, mit sanften Flossenschlägen in die Höhe zu steigen.

Der Lichtschimmer über ihm weitete sich aus, zudem wurde das stete Gurgeln und Plätschern unter dem Eis lauter. Es schien, als hätten sich noch nicht einmal die Wellen wieder beruhigt.

Tarnolq schwamm nun dicht unter dem dicken Panzer. Er hielt sich weiterhin gegen die Strömung. Vielleicht lauerte der Kwarrack in der Nähe, ausschließen konnte er das nicht.

Die Risse und Einschlüsse im Eis malten geisterhafte Lichtreflexe. Tarnolq mochte diese huschenden, wirbelnden Erscheinungen. Zu anderen Zeiten schufen sie Raum für seine Träume. Manche Seku behaupteten, daß es hoch über dem Eis, unerreichbar fern, andere Welten gab, die Kuhl ähnelten. »Eines Tages«, sagten sie, »werden wir den Beweis antreten.« Tarnolq glaubte ihnen.

Die Bruchlinien traten deutlicher hervor. Das Meer war hier nur noch wenige Mannlängen tief. Gleich darauf entdeckte Tarnolq das ausgezackte Loch im Eis. Weiße Haarbüschel klebten an den scharfen Bruchkanten, der Geruch des Kwarrack hing noch ringsum im Wasser. Das Tier war hier aufgetaucht und an Land gegangen. Sein Fleisch würde Nahrung für etliche Familien und mehrere Perioden bieten. Dazu sein Fell, Klauen und Zähne für neue Waffen, extrem haltbare Sehnen, um aus ihnen durchschlagende Harpunen zu bauen... Tarnolq stellte entsetzt fest, daß er die Beute schon verteilte, bevor er sie erlegt hatte. Das war ein böses Omen. Er sollte besser umkehren.

Aber was würde Blugga dazu sagen? Sie war in die Zeit gekommen, in der sie zum erstenmal einen starken Partner wählen mußte. Tarnolq war sicher, daß er derjenige sein würde. Vor allem, wenn ihm das Jagdglück hold war.

In der Mitte des Loches tauchte er auf. Sehr schnell war wieder eine dünne Eisschicht entstanden. Sie splitterte.

Ein warmer Wind umfing ihn. Er peitschte Eiskristalle vor sich her. Dennoch reichte die Sicht weiter als im Meer. Tarnolq mußte die Augen zusammenkneifen. Nur langsam gewöhnte er sich an die Helligkeit. Er lauschte.

Nichts außer dem Heulen des Windes und dem Knistern der Eiskristalle war zu vernehmen.

Den Kwarrack roch er nicht mehr. Das war das Schlimme hier oben. Er konnte nicht mehr mit den Kiemen atmen und verlor den Geruchssinn weitgehend.

Zwei Versuche brauchte er, um sich auf das in der Wärme glitschige Eis zu schieben. Das von ihm abtropfende Wasser gefror in dünnen Rinnsalen.

Genauso sah die Spur aus, die der Kwarrack hinterlassen hatte. Nur war an seinem dichten Fell mehr Wasser zurückgeblieben als auf Tarnolqs glatter Haut.

Er folgte dem Tier.

Wie lange, vermochte er ohne einen der klobigen Zeitmesser nicht zu sagen. Der einzige Anhaltspunkt war die Tatsache, daß die Sonne hinter den tiefhängenden Wolken ein beachtliches Stück weitergewandert war.

Es schneite inzwischen. Schwere, dicke Flocken fielen immer dichter. Sie waren wäßrig. Tarnolq mochte die Wärme nicht, die sich langsam in seinen Körper fraß und ihn träge werden ließ.

Hinzu kam, daß dieses Schneetreiben die Spuren des Kwarrack zudeckte.

Er hatte ein besonders großes Exemplar vor sich. Die Prankenabdrücke lagen weit auseinander. Außerdem waren sie riesig. Tarnolq legte seine Hand in einen der Abdrücke, aber das hätte er besser nicht getan. Selbst mit gespreizten Fingern verschwand seine Hand darin.

Irgendwann verlor er die Spur. Der Boden in einer Senke war vom Wind freigeweht, und das gefrorene Erdreich zeigte keine Abdrücke.

Tarnolq lief in der eingeschlagenen Richtung weiter, nahezu parallel zur Küste.

An Land brauchte er eine andere Ausrüstung als im Wasser. Er trug eine Harpune mit sich und zwei Ersatzpfeile, beide in einem Köcher auf dem Rücken befestigt. Alles andere hätte ihn beim Schwimmen extrem behindert.

Diese Harpunen waren die geeigneten Waffen, um sogar große Fische zu erlegen. Zur Not ließ sich damit ein Kwarrack auf Distanz halten, bis rettende Felsspalten erreicht waren. Töten konnte er das Raubtier mit den Pfeilen aber nur unter besonders günstigen Umständen. Sie durchschlugen die lederartig dicke Haut und die darunter liegende Speckschicht nicht in jedem Fall.

Um einen Kwarrack zu töten, bedurfte es einer Armbrust. In mühevoller Arbeit hatte sich Tarnolq seine Waffe selbst gebaut. Das zu können war der Stolz jedes Jägers.

Er hatte auch den Grauwal selbst erlegt, dessen Knochen und Sehnen sich besonders gut eigneten. Dreißig Tage und Nächte lang hatte er den grauen Riesen weit ins Meer hinaus verfolgt. Dorthin, wo es zeitweise kein Eis mehr gab und die Wellen sich unvorstellbar hoch auftürmten.

Die Hitze jener Meeresströmung hatte ihn krank werden lassen und ihn ausgezehrt. Sie hatte ihm die Furcht eingebrannt, für immer in den tropischen Gewässern bleiben zu müssen.

Dort draußen, in einer Regennacht ohne Sterne, hatte er ein Schiff der Höllenboten gesehen. Langsam war es über die gischtenden Wellenkämme hinweggeglitten.

Nach seiner Rückkehr hatte er davon erzählt. Zuerst hatten alle auf seine Lippen gestarrt und ihn anschließend ausgelacht.

Sie glaubten ihm nicht.

»Wer ist er denn? Ein Jüngling ohne Erfahrung, der bestenfalls ein paar Sprotten erlegen kann.«

In einem hatten die anderen Seku recht: Er wußte nicht, ob die Erscheinung wirklich ein Schiff der Höllenboten gewesen war.

Nur dieses riesige Ding hatte er gesehen, das lautlos über den Wellen schwebte. Nichts sonst.

Es war weit entfernt gewesen. Aber es war gegen den Wind herangetrieben.

Dann, als er es fast über sich gesehen und geglaubt hatte, nur den Arm ausstrecken zu müssen, um das Schiff berühren zu können, war er vor Schreck bis weit hinunter in die lichtlose Schwärze des Meeres getaucht.

Das Schiff war größer gewesen als ein ausgewachsener Riesenkrake.

Den Grauwal hatte Tarnolq Tage später erlegt. Von den Höllenboten träumte er seitdem sehr oft. Irgendwann würde er ihnen wieder begegnen, davon war er überzeugt.

*

Die Sonne sank dem Abend entgegen. Ihre Strahlenfinger geisterten weit über den Himmel und tauchten die Wolkenschleier in ein düsteres Rot. Im Osten zeigten sich schon die ersten Farbschlieren der Nacht.

Simon stand in einer der Hauptschleusen der EPOY. Sein Blick streifte über die Stadt hinweg. Lange ließ er den Eindruck auf sich wirken.

Nova Roma – eine gelungene Synthese. Die Stadt so wie ihre Bewohner. Zugleich der Beweis für die Anpassungsfähigkeit des Menschen. Millionen Lichtjahre von der Heimat entfernt, hatten sich die Römer zu einem der führenden Völker emporgearbeitet. Vor allem suchten sie das Zusammenleben in Harmonie.

Das Tofirit für die INSTANZ war auf mehrere Transporter verteilt worden. Auch die Ausrüstung war verladen. Bis vor einer Stunde hatten Lastengleiter alles Notwendige angeliefert. Nun kamen die römischen Landetruppen. Keineswegs in Lederharnische und Kettenhemden gekleidet und mit Kurzschwertern und Schilden bewaffnet. Die Männer trugen Kampfkombinationen neuester Produktion.

Der Start war für Mitternacht Ortszeit vorgesehen. Fünfzig Ovoid-Ringraumer, dazu die Transporter und nicht zuletzt die EPOY, bedeuteten eine beachtliche Streitmacht. Mit Schwierigkeiten war nicht zu rechnen, zumal auf Onda wirklich nur ein eher unbedeutender Stützpunkt der Wimmelwilden existierte.

»Veni, vidi, vici«, murmelte Simon.

Hinter ihm erklang ein lautes Klatschen. Langsam wandte er sich um. Er hatte sich auf Neu-Rom und die kleine Flotte konzentriert und seine Aufmerksamkeit nicht auch noch dem Zugangsdeck der EPOY gewidmet.

Der Worgun-Rebell Gisol in seiner Jim-Smith-Gestalt stand hinter ihm.

Ein amüsiertes Grinsen umfloß Gisols Mundwinkel. »Bravo, mein Freund!« rief er. »Willst du Rom wirklich verlassen? Ausgerechnet jetzt, da du im Begriff bist, dich mit allem vertraut zu machen?«

»Ich nehme soeben Abschied. Wenn alles erwartungsgemäß verläuft, werde ich nicht hierher zurückkehren.«

»Was ich bedaure. Du bist ein Wächter, Simon – gib diesen Status nicht leichtfertig auf!«

Simon wandte sich wieder um und nahm den Eindruck der riesigen Stadt zwischen Licht und Dämmerung in sich auf. Alles war gesagt, jede neue Diskussion hätte nur ein Aufwühlen bedeutet.

»Mein Entschluß ist endgültig«, stellte er nach einer Weile fest, weil Gisol wie angewurzelt hinter ihm verharrte.

»Du wirst es bereuen«, behauptete der Worgun.

»Mag sein...«

»Du wirst dir wünschen, der heutige Tag wäre nie zu Ende gegangen.«

»Vielleicht...«

»Und alles wegen einer Frau.« Gisol gab das scheinbar im Selbstgespräch von sich, dennoch so, daß Simon ihn verstehen konnte. »Diese Noreen Welean weiß gar nicht, wie glücklich sie sich schätzen muß. Ich gäbe viel dafür, sie kennenzulernen.«

»Ich gehe nicht allein wegen Noreen zurück. Ich will vor allem die Chance haben, mich frei zu entscheiden.«

»Ob du ein Mensch sein willst oder ein Wächter?«

»So ist es.«

Gisol runzelte die Stirn. »Du weißt das nicht? Eine so einfache Frage... greif zu, Simon, halte deine Chance fest! Du müßtest verrückt sein, das alles wieder aufzugeben. Nun ja«, seine Stimme nahm einen bedauernden Tonfall an, »Menschen können wankelmütig sein. «

Der Wächter schwieg dazu. Auf gewisse Weise fühlte er eine Erhabenheit des Augenblicks. Es war die besondere Stimmung der Dämmerung, die sich über Neu-Rom und den Raumhafen herabgesenkt hatte.

»Rom, die ewige Stadt...« Endlich wandte Simon sich vom Schleusenrand um und schickte sich an, die EPOY wirklich zu betreten.

»Vivat, cresceat, floreat!« sagte Gisol, als der Wächter an ihm vorbeiging.

»Ich verstehe nicht.«

»Diese Stadt – sie möge leben, wachsen und gedeihen«, antwortete der Worgun-Rebell.

Gemeinsam durchschritten sie den leicht gekrümmten Korridor in Richtung der Zentrale. Das Hauptdeck öffnete sich schon nach kurzer Distanz zum Schiffsmittelpunkt hin.

Gedämpftes Licht beherrschte die Zentrale. Einige aktive Hologramme zeigten Bilder vom Kommen der Raumlandetruppen, ebenso den Raumhafen in seiner gewaltigen Ausdehnung.

Darüber hinaus erinnerte ihn die EPOY eher an einen schlafenden Drachen.

Ein seltsamer Vergleich, fand Simon. Aber diesen Gedanken kannte niemand außer ihm selbst.

Er stutzte... schaute noch einmal hin.

Als Mensch hätte er sich jetzt die Augen gerieben. Für einen flüchtigen Moment hatte er tatsächlich geglaubt, Juanita im Sessel des Kommandanten lümmeln zu sehen. Sie hatte triumphierend gelacht.

Er schüttelte den Kopf, schaute noch einmal hin, aber der Sessel war unberührt. Gisol stand wenige Schritte entfernt und redete mit mehreren Römern.

Die Wahrnehmung des Wächterkörpers zeigte etwas anderes.

»Findest du es richtig, Juanita, deine Freunde auf diese Weise zu hintergehen?« fragte Simon prompt.

Gisol fuhr herum. Er starrte Simon an, dann schien er zu verstehen. Suchend wanderte sein Blick durch die Zentrale.

»Wo steckst du, Mädchen? So haben wir nicht gewettet.«

Für Simon veränderte sich nichts, außer daß Juanita Gonzales ihn wütend anfunkelte und ihm die Zunge herausstreckte. Inwieweit die Zwölfjährige alle anderen in der Zentrale beeinflußt und sich für sie unsichtbar gemacht hatte, konnte er nicht erkennen.

Gisol war mit zwei Schritten neben seinem Sessel. »Hör mir zu, Mädchen...!«

»Nein!« widersprach sie aufgeregt. »Jetzt hör du mir zu, Jim

Smith! Ich habe es satt, abgeschoben zu werden wie eine dumme Straßengöre. Du weißt, daß ich das nicht bin. Ich will mit dir fliegen! Mit dir und Simon. Du hast versprochen, daß du mich abholst, bevor ich in Rom versauere. Aber du hältst dein Versprechen nicht.«

»Sobald die Gefahr vorüber ist…«

Juanita lachte schrill. »Das wird sie nie sein, Jim. Das weißt du. Außerdem kann ich dir nützlich sein.«

»Zu gefährlich für dich.«

»Bestimmt nicht gefährlicher als die Slums von Rio. Niemand muß mich beschützen, Jim. Ich…«

»Es reicht!« sagte der Worgun eisig.

Juanita zuckte sichtlich zusammen.

»Ich werde jetzt den Konsul informieren, damit er weiß, wo er dich abholen kann.«

Juanitas Augen weiteten sich in ungläubigem Erstaunen. »Das tust du nicht«, brachte sie stockend hervor.

»Doch. Weil ich Angst um dich habe. Vielleicht verstehst du das noch nicht, Juanita, aber eines Tages wirst du mir dafür dankbar sein. Ich habe dir versprochen, daß wir uns nicht mehr trennen werden, sobald dieser Krieg vorbei ist.«

»Du magst mich nicht mehr, Jim.«

»Muß ich dazu noch etwas sagen?« Der Worgun wandte sich wieder den Römern zu, die den kurzen Disput sichtlich überrascht verfolgt hatten.

»Simon.« Juanita wandte sich an den Wächter. »Hilf du mir wenigstens!«

»Gisol hat recht. Er will dich nicht in Gefahr bringen.«

Sie verbiß sich eine hastige Erwiderung. »Männer!« stieß sie schließlich hervor. »Und sie haben in ganz Rom das Sagen. Ist das gerecht?«

»Wenn du willst, kannst du bis zwei Stunden vor dem Start an Bord bleiben«, schlug Gisol vor.

»Und dann…?«

»Darüber diskutieren wir nicht mehr, meine Liebe. Und falls du hoffst, dich irgendwo an Bord verstecken zu können… daraus wird nichts. Joker wird auf dich aufpassen.«

Beide Spindelroboter schwebten vor dem Galeriebereich. Sie waren mit Justierungsarbeiten beschäftigt. Der Energiering in Jokers oberem Rumpfdrittel pulsierte hektisch. »Der Wächter Simon befindet sich an Bord dieses Schiffes«, stellte er fest. »Damit sind die vorübergehend erteilten Befehlsberechtigungen erloschen. Ich weise darauf hin...«

»Schon gut«, wehrte Gisol ab. »Simon wird dir nichts anderes auftragen.«

Juanita schaute den Wächter flehend an. Währenddessen löste Joker seine Meßfühler und Tentakel und schwebte langsam näher.

»Paß auf Juanita auf!« bestimmte Simon. »Genau so, wie Gisol es verlangt hat.«

Das Mädchen ließ ein abgrundtiefes Seufzen vernehmen. »Auch du, mein Sohn Simon?« brachte sie zögernd hervor und hatte damit einige zaghafte Lacher auf ihrer Seite. Aber das half ihr herzlich wenig.

*

Mit beiden Händen wühlte Tarnolq den Schnee beiseite. Er schnaufte hektisch. Der Gedanke daran, wie sehr ihn die Jäger verspotten würden, bereitete ihm Sorgen.

Schon vor geraumer Zeit hatte er seine Ausrüstung aus dem Dorf an Land gebracht. Weil vor allem der Schlitten sperrig war und sein Transport Kraft kostete. Aber auch, weil er nicht wollte, daß alle erfuhren, wann er auf die Jagd ging.

Er hatte den Schlitten ebenso wie die Armbrust versteckt und mit einem Geflecht aus Tang geschützt. Zweihundert Mannlängen vom Ufer entfernt. Exakt diese Distanz hatte er wieder abgeschritten, doch ihm fehlte der Blick auf die beiden markanten Spitzen der Eisklippen. Wenn sie in seiner Sicht genau nebeneinander lagen, hatte er auch seine Ausrüstung.

Es gab nur noch eine Eisspitze. In den Klippen gähnte eine ausgedehnte Lücke. Das Eis, das dort abgebrochen und ins Meer gestürzt war, hätte frühestens in vier bis fünf Jahren kalben dürfen.

Sollte er dem Kwarrack nur mit seiner Harpune bewaffnet folgen? Draußen im Meer hätte er damit schon kaum eine Chance gehabt, an Land wäre ein solches Vorgehen Wahnsinn gewesen. Tarnolq wühlte weiter. Bäuchlings lag er im Schnee, den der Sturm zu hohen Wächten angehäuft hatte. Die verharschte Oberfläche riß seine Hände auf. Er blutete, aber das spornte ihn eher noch an.

Er brauchte den Schlitten, um den erlegten Kwarrack abzutransportieren, und die Armbrust, um das Raubtier zu erlegen. Und wenn er zu lange wartete, würde er die mühsam wiedergefundene Spur erneut verlieren.

Alle großen Raubtiere auf Kuhl waren seltener geworden. Das behaupteten die Jäger, und sie mußten es wissen.

Er bemühte sich vergeblich. Tarnolq rollte sich einfach auf die Seite. Dabei stützte er sich mit den Armen ab. Wieder schaufelte er den Schnee beiseite. Wie besessen wühlte er sich tiefer, benutzte diesmal auch die Flossen, als der Harsch überwunden war. Er glaubte schon nicht mehr daran, noch Erfolg zu haben, als er endlich auf die gefrorene Flechtmatte stieß. Zehn Körperlängen lag das Versteck von dem Punkt entfernt, an dem er zuerst gegraben hatte.

Hastig legte er den Schlitten frei. Generationen von Seku hatten solche Gefährte schon konstruiert. Zwei Rippen aus dem vorderen Brustbereich des Grauwals bildeten die Kufen. Die Verankerung darüber bestand aus äußerst robusten Barten. Zusätzlich waren sie mit extrem belastbaren Seegrasmatten bespannt.

Unter dem Schlitten lag die Armbrust. Tarnolq blies den Schnee aus der Führungsschiene und legte einen Bolzen ein. Tagelang hatte er an jedem Bolzen gefeilt und seine Flugeigenschaften überprüft, bis er endlich zufrieden gewesen war. Dreißig Bolzen lagen in dem Säckchen aus der Schwimmblase eines Grundfischs.

Tarnolq spannte die Sehne. Sie war bei dieser warmen Temperatur äußerst geschmeidig. Er visierte über das Zielkorn hinweg die Klippen an. Sein Finger näherte sich dem Abzug, berührte ihn... aber dann ließ er die Hand sinken, weil er an

Blugga dachte. Ein sinnlos verschossener Bolzen, der im Eis verlorenging, fehlte ihm womöglich, sobald es darauf ankam.

Er befestigte den Köcher der Harpune auf dem Schlitten und hängte sich die Armbrust und das Säckchen mit den Bolzen um. Die Zugschnur des Schlittens wickelte er einmal um seinen Unterarm.

So marschierte Tarnolq los, zurück auf der eigenen Spur, die sich langsam mit wäßrigem Schnee füllte, bis zu der Stelle, an der er die abzweigende Raubtierfährte markiert hatte.

Die Flossen hatte er eng an den Leib gezogen, um ihre empfindliche Haut nicht zu verletzen. Seku waren exzellente und geschmeidige Schwimmer, aber auch an Land fühlten sie sich wohl. Es gab viele Alte, die behaupteten, vor vielen Generationen hätte ihr Volk beide Elemente bewohnt.

Die Spur des Kwarrack führte hügelaufwärts. Tief hatten sich die Pranken mit den kräftigen Krallen in den Harsch eingegraben, und das enorme Gewicht des Tieres hatte immer wieder Schneebretter abrutschen lassen.

Auch Tarnolq wurde mehrfach vom nachgebenden Schnee nach unten gezogen, bevor er endlich den Hügelkamm erreichte. Der Wind war heftiger geworden. In Böen peitschte er Eiskristalle vor sich her, die alle Spuren verwehten.

Lange durfte Tarnolq sich nicht aufhalten und die angenehme Temperatur genießen.

Suchend schweifte sein Blick über die vor ihm liegende weite Ebene. Sie schien so endlos zu sein wie der Ozean und verlor sich in der Ferne im weißen Dunst. Fast geradlinig führte die Spur des Kwarrack nach Osten, weg vom vertrauten Meer, dem der Seku noch einen bedauernden Blick schenkte. Nahezu hundert Mannlängen lag die matte Eisfläche unter ihm. Einige von Walen gebrochene Löcher froren bereits wieder zu.

Tarnolq setzte seinen Weg fort.

Die Sonne war bald nur noch als fahler Fleck hinter den dichter werdenden Wolkenbänken zu ahnen. Düsternis huschte über die Ebene.

Immer wieder glitt der Blick des Seku voraus, suchte einen grauweißen wandernden Fleck, aber er sah nur die gleichmäßige

Fährte, die ab einer gewissen Distanz mit dem Schnee verschmolz.

Die ersten Landkorallen zeichneten sich ab, als Tarnolqs Schatten langsam verblaßte und die Nacht hereinbrach. Der Seku mobilisierte seine letzten Kräfte, um wenigstens eine der Korallen zu erreichen. Mit dem letzten Licht schaffte er es. Dann fraß die Dunkelheit das Land. Vor dem knorrigen Korallenstamm wühlte Tarnolq sich eine Kuhle. Den Schlitten mit der Harpune hatte er neben sich, die Armbrust lag griffbereit. Er war zu erschöpft, um Wache zu halten.

*

Irgendwann in der Nacht schreckte er auf. Er hätte nicht zu sagen vermocht, was ihn geweckt hatte. Der Geruch eines Raubtiers konnte es nicht gewesen sein, denn die dünne Reifschicht über den Kiemen verhinderte jede diesbezügliche Wahrnehmung.

Vielleicht machte ihm einfach nur die Schwäche in den Beinen zu schaffen, die ungewohnte Art der Fortbewegung. Tarnolq hoffte, daß er den Kwarrack am kommenden Tag aufspüren würde. Immerhin mußte er den Rückweg zum Meer in angemessener Zeit bewältigen.

Die undurchdringliche Schwärze hatte Bestand. Nur hoch über ihm rissen die Wolken auf. Tarnolq blickte zu den blinkenden Sternen hinauf. Nicht sehr viele waren es, aber sie faszinierten ihn.

Er hatte sich wieder zusammengerollt, als einer dieser Sterne größer wurde.

Tarnolq starrte in die Höhe. Er täuschte sich nicht. Der Stern kam näher, tauchte in die Wolken ein. Tarnolq zog die Armbrust an sich. Bebend wartete er darauf, daß der Stern erneut zum Vorschein kam, doch der grelle Lichtpunkt blieb verschwunden.

Lange Zeit starrte er vergeblich in die Höhe, bis er wieder einschlief.

*

Er erwachte mit der ersten Helligkeit.

Gegen Ende der Nacht war frischer Schnee gefallen. Nicht sehr viel zum Glück. Tarnolq konnte hoffen, die Spur des Kwarrack wiederzufinden.

Mit beiden Händen streifte er den Schnee von seinem wasserdichten Fell. Ein wenig mehr Zeit verbrachte er damit, die Armbrust zu säubern. Schließlich spannte er sich wieder vor den Schlitten und zog los.

Die Sonne stieg höher.

Als sie im Zenit stand, riß die Wolkendecke auf. Zugleich wurde es unangenehm warm. Tarnolq schwitzte. Immer öfter hielt er inne und wälzte sich im Schnee.

Die Ebene ging in hügeliges Gelände über.

Endlich entdeckte er den Kwarrack. Kaum mehr als zweihundert Mannlängen vor ihm. Der Wind stand allerdings ungünstig. Tarnolq ließ den Schlitten zurück und schlug einen weiten Bogen um das Raubtier.

Er mußte schnell sein, bevor die Beute weitertrottete. Bäuchlings rutschte Tarnolq einen Hang hinab. Fast hätte er dabei den Leibgurt mit dem beidseitig geschliffenen Knochendolch verloren. Im letzten Moment, bevor sich die Schnalle öffnete, konnte er eine Hand unter den Bauch schieben und das verhindern.

Der Kwarrack hatte ihn noch nicht entdeckt. Nur vage zeichneten sich die Umrisse des Tieres gegen den Schnee ab. Auf irgend etwas lauerte der Räuber, andernfalls hätte er sich nicht so reglos verhalten.

Tarnolq hielt den Atem an, als er bis auf vierzig Schritte heran war. Mehr durfte er nicht riskieren. Er nahm zwei Bolzen zwischen die Zähne, um die Armbrust sofort neu spannen zu können, dann zielte er sorgfältig und löste den Schuß aus.

Das Singen der bis fast zum Zerreißen gespannten Sehne war das einzige Geräusch in der Stille. Kein Brüllen des getroffenen Tieres beantwortete den Schuß, aber das registrierte der Seku erst, als er schon den zweiten Bolzen in der Führungsrinne liegen hatte.

Nach allem, was er über den Todeskampf eines Kwarrack gehörte hatte, war es nahezu unmöglich, daß er das Tier schon mit dem ersten Treffer erlegt hatte. Tarnolq schoß erneut.

Wieder keine Reaktion.

Trotzdem nahm er sich die Zeit, die Waffe erneut zu spannen, bevor er sich langsam und vorsichtig in die Höhe arbeitete.

Der Kwarrack war tot, daran konnte es keinen Zweifel mehr geben.

Endlich bemerkte Tarnolq die Spuren im Schnee. Fleischfetzen waren ringsum verstreut. Er vergaß die letzte Vorsicht.

Der Kadaver war schon seit geraumer Zeit steifgefroren. Unzählige Aasfresser zersetzten das Fleisch. Tarnolq würgte, als er die fingerdicken Maden sah. Damit erübrigte sich der Gedanke, dieses Tier als seine Beute auszugeben.

Andererseits waren die Spuren ringsum frisch. Sie stammten von der vergangenen Nacht. Der Kwarrack, den Tarnolq verfolgte, hatte große Fleischbrocken aus seinem Artgenossen herausgerissen, aber nur einen Teil davon wirklich gefressen. Tarnolq schauderte, als er die Spuren der mörderischen Reißzähne sah.

Noch etwas fiel ihm auf. Das Fell des toten Tieres war an einigen Stellen schwarz verklumpt. Es zerfiel bei seiner Berührung. Auch das Fleisch darunter war völlig verändert, hart und schwarz. Er konnte sogar riechen, daß es bestialisch stank. Ähnlich wie die heißen Schwefelquellen weit draußen vor der Küste, denen aber ohnehin kein Seku zu nahe kam.

Vielleicht hatte sich der Kwarrack dort aufgehalten und dann noch so weit an Land geschleppt. Eine fadenscheinige Erklärung, fand Tarnolq, die zudem nicht erklärte, weshalb dem toten Tier die Reißzähne fehlten. In dem von Maden wimmelnden Schädel lag das mörderische Gebiß bloß. Tarnolq schauderte, als er sich tiefer über den Kadaver beugte. Die Lücken, in denen mehr als fingerlange Zähne gesessen haben mußten, waren riesig.

Er schnitt die beiden Bolzen aus dem zerfressenen Fleisch heraus und reinigte sie im Schnee, anschließend lief er zu seinem Schlitten zurück und setzte die Verfolgung fort.

Der Horizont veränderte sich im Laufe des Tages, wurde schroffer und ließ schließlich, immer noch weit in der Ferne, langgestreckte Bergketten erahnen.

Kurz vor dem Einbruch der Nacht fand der Seku frische Losung. Das bedeutete, daß der Kwarrack ganz in der Nähe sein mußte. Tarnolq verfluchte die Tatsache, daß ausgerechnet jetzt die Nacht hereinbrach.

Er durfte nicht schlafen. Wenn das Tier ihn entdeckte, würde er die Jagd nicht überleben.

Zum Glück wurde es kühler, wenn auch nicht wirklich angenehm. Der Gefrierpunkt wurde unterschritten, der Schnee knisterte.

Jedes Geräusch ließ Tarnolq schier erstarren.

Und diese Nacht war voll von Geräuschen.

Er hielt die gespannte Armbrust mit beiden Händen. Hin und wieder machte er einige Schritte, sobald das Blut in seinen Beinen versackte.

Nur nicht hinlegen, denn dann würde er einschlafen.

*

Tarnolq lebte noch, als die Sonne aufging, und das erschien ihm wie ein Wunder. Er hatte die schlimmste Nacht seines Lebens hinter sich. Zu allem Überfluß würde der Tag heiß werden; die Wolken hatten sich weitgehend verzogen.

Tarnolq wälzte sich noch einmal im Schnee. Und dann weiter... nur das hielt ihn wach.

Wenn er bis Sonnenuntergang den Kwarrack nicht einholte, mußte er unverrichteterdinge umkehren. Länger würde er die Jagd nicht durchstehen.

Das Gewicht des Schlittens war unerträglich geworden, obwohl die Kufen geschmeidig über den Schnee glitten. Zurücklassen durfte er das Transportgestell dennoch nicht. Wie sonst hätte er seine Beute ins Dorf bringen sollen?

Schon am frühen Vormittag stieß er auf neue Losung. Sie war frisch und klebte an den Fingern. Einen sonderlich großen Vorsprung hatte der Kwarrack demnach nicht.

Das Gelände war unübersichtlich geworden. Hinter jedem Hügel konnte das Raubtier lauern. Tarnolq verlängerte die Leine, an der er den Schlitten hinter sich herzog. Ohne die Last fiel es ihm leichter, die Steigungen anzugehen. Von oben konnte er den Schlitten dann einfacher nachholen.

Es war Mittag, als das Brüllen des Kwarrack aus großer Nähe erklang. Hinter dem nächsten Hügel, vermutete Tarnolq. Das Blut tobte durch seine Adern, er fieberte. Die Leine rutschte aus seiner Hand. Dann rannte er los, mit einer Kraft, die er sich selbst nicht mehr zugetraut hätte. Im Laufen zerrte er einen zweiten Bolzen aus dem Beutel und schob ihn sich zwischen die Zähne. Mindestens zwei, drei gute Treffer mußte er anbringen, um das Raubtier zu töten.

Alles hing davon ab, wo der Kwarrack sich befand, sobald er selbst die Hügelkuppe erreichte. Trennten sie nur wenige Mannlängen... Tarnolq dachte lieber nicht an so etwas.

Er sah die Spur der Tieres. Schräg führte sie den Hügel hinab, an mehreren Landkorallen vorbei.

Er sah auch den Kwarrack am Ende der Spur, weniger als vierhundert weite Schritte entfernt. Der Kwarrack war riesig, doppelt so groß wie ein Seku. Das zottelige weiße Ungeheuer hatte sich auf den Hinterbeinen aufgerichtet, sein dumpfes Brüllen hallte weit über die Hügel.

Tarnolq sah den Atem des Tieres wie eine bleiche Wolke verwehen.

Und er sah das seltsame riesige Gebilde, das wie der Rücken einer Schildkröte zwischen den Hügeln lag. Nur gab es keine so gigantische Schildkröte, sie wäre von ihrem eigenen Gewicht zermalmt worden.

Hunderte Mannlängen durchmaß dieser Panzer, dessen Farbe der Seku nicht kannte. Nach einem Gewitter hatte das Meer mitunter eine ähnliche Färbung.

Tarnolq sank erst auf die Knie, dann ließ er sich der Länge nach in den Schnee fallen.

Als er den Kopf wieder hob, griff der Kwarrack an. Mit kräftigen Sätzen hetzte das Raubtier der einsamen Gestalt entgegen, die zwischen ihm und der seltsamen Kuppel stand. Tarnolq bemerkte dieses Wesen erst jetzt. Dabei zeichnete sich dessen rote Haut weithin sichtbar ab.

Das war kein Seku, auch nicht aus einem anderen Dorf. Tarnolq hatte ein solches Geschöpf nie zuvor gesehen.

Der Fremde floh nicht vor dem Kwarrack.

Urplötzlich stand ein Blitz zwischen den Hügeln.

Tarnolq glaubte, verbrennen zu müssen, als ihn das grelle Aufleuchten blendete. Nur ein einziger Blitz, nichts sonst. Auf den nachfolgenden Donner wartete er vergebens.

Als er, den Blick von Tränen verschleiert, leidlich wieder sehen konnte, lag der Kwarrack im Schnee.

Der Rote hielt eine seltsam geformte Waffe in der Hand. Wie ein abgebrochener Korallenstumpf wirkte sie. Langsam ging er auf das Raubtier zu, und erst als er sicher sein konnte, daß es nicht urplötzlich aufsprang und erneut angriff, schob er die Waffe unter seinen Körpergurt zurück.

Tarnolq hätte keinen Deut anders gehandelt. Am ganzen Leib zitternd, beobachtete er, wie der Fremde um das erlegte Tier herumging, es mehrfach betastete und letztlich einen blitzenden Dolch zog.

Dieser Dolch schien unglaublich scharf und widerstandsfähig zu sein. Mit jeweils zwei schnellen Schritten trennte der Rote die Ohren seiner Beute ab. Danach wandte er sich der vorstehenden kantigen Schnauze des Kwarrack zu.

Tarnolq ahnte, was geschehen würde. Tatsächlich öffnete der Fremde das Maul des Tieres und brach mit Hilfe des Dolches einen der Eckzähne heraus. Wollte er die Zähne als Trophäe? Wie bei dem anderen Kwarrack, dessen Kadaver Tarnolq gefunden hatte?

Jagte der Fremde oft?

Wer war er überhaupt?

Bis eben hatte Tarnolq sich geweigert, die Wahrheit zu erkennen, nun konnte er nicht mehr anders. In diesem Moment war er überzeugt davon, daß er nicht mehr fliehen konnte. Sein Leben war verwirkt, sobald er es nur versuchte.

Der Rote – er schluckte schwer – war einer der Höllenboten. Anders konnte es gar nicht sein.

Also stimmten die Schauergeschichten, die in allen Dörfern erzählt wurden. Sie waren nicht aus den Wahnvorstellungen einiger weniger besonders wagemutiger Seku entstanden, die sich zu weit an Land gewagt hatten.

Vor Jahrhunderten, hieß es, hatten die Höllenboten Kuhl heimgesucht und ihre Hitzekuppeln errichtet. Viele Seku waren von ihnen eingefangen und grausam getötet worden. Die wenigen, denen die Flucht gelungen war, hatten von einer unerträglichen Glut in den Kuppeln berichtet.

Das lag viele Generationen zurück, und heute wußte niemand mehr zu sagen, was einst wirklich geschehen war. Allerdings träumten manche Seku von der Jagd auf die Höllenboten, die ihre Kuppeln nur in seltsamen übergestreiften Häuten verlassen konnten.

Besonders ehrfürchtig sprachen alle von Odylas, einem einfachen Seku aus Tyrenn. Vor über hundert Jahren war er zum Helden geworden, und sein Name würde noch in einer Ewigkeit genannt werden.

Odylas war es als einzigem Jäger gelungen, einen Höllenboten zu töten. Dessen Fleisch hatte besser geschmeckt als das der fettesten Krabbe aus dem Meer. Eine Delikatesse.

Tarnolqs Zweifel an den alten Erzählungen schwanden. Der Körper des Fremden erschien seltsam dreigeteilt, so etwas gab es sonst nicht auf Kuhl. Mit dem Dolch brach er soeben den zweiten Reißzahn des Kwarrack heraus. Auf seine Umgebung achtete er nicht mehr. Er fühlte sich sicher. Zu sicher.

Schon die blitzende Klinge weckte Tarnolqs Begehrlichkeit. Erst recht die Blitze verschleudernde Waffe, die einen Kwarrack auf der Stelle tötete.

Der Seku wagte sich kaum vorzustellen, wie sehr die Jäger vor Neid erblassen würden, wenn er solche Waffen zurückbrachte. Außerdem den erlegten Kwarrack – und dazu das Fleisch eines Höllenboten.

Er hielt den Bolzen immer noch zwischen den Zähnen. Mit fliegenden Fingern spannte er die Armbrust und huschte in geduckter Haltung weiter. Gut hundert Schritte entfernt, ließ er sich den Hügel abwärts rutschen, die Waffe schußbereit.

Er schaffte es, sein Gleiten rechtzeitig abzubremsen. Daß er sich dabei die Flossen halb aufriß, spielte keine Rolle. Solche Wunden heilten schnell.

Ein Blick zu der fernen Kuppel hinüber. Vielleicht lebten dort weitere Höllenboten. Tarnolq wußte es nicht. Aber das Risiko mußte er eingehen.

Zaghafte Schritte, die Armbrust fest umklammert. Beinahe schon zu fest, denn so konnte er nicht mehr zielen.

Der Rote hatte soeben den dritten Reißzahn aus dem Kiefer herausgebrochen, als er abrupt den Kopf hob. Tarnolqs Herz hämmerte rasend gegen die Rippen, seine Finger krümmten sich um den Abzug.

Noch dreißig Mannlängen trennten ihn von dem Höllenboten, als der nach seiner Blitzwaffe griff. Gleichzeitig schoß Tarnolq, und in einer einzigen fließenden Bewegung setzte er die Armbrust ab, spannte die Sehne erneut, legte den nächsten Bolzen ein und riß die Waffe wieder hoch.

Ein furchtsames Stöhnen quoll über seine Lippen.

Der Höllenbote war rücklings in den Schnee gefallen. Seine Gliedmaßen zuckten noch, ausgelöst von den weichenden Lebensgeistern und kaum anders als bei vielen Fischen.

Ein neuerlicher scheuer Blick hinüber zur Kuppel. Nichts bewegte sich dort. Tarnolq nahm seinen ganzen Mut zusammen und ging weiter. Erst zwei Schritte vor dem Roten blieb er stehen, hob die Armbrust und drückte noch einmal ab.

*

Lange Zeit kauerte er einfach nur im Schnee und ließ weder den Höllenboten noch den Kwarrack aus den Augen. Mittlerweile hörten die Muskelzuckungen des Sechsbeinigen auf.

Bei der Kuppel, falls sie so etwas wie eine Behausung war, blieb alles ruhig. Dennoch wollte Tarnolq auf keinen Fall in ihre Nähe gehen. Im Gegenteil. Sobald er seine Beute zerlegt und auf dem Schlitten verstaut hatte, mußte er so schnell wie möglich zum Meer zurück. Selbst wenn er die Nacht und den nächsten Tag hindurch ohne Pause lief.

Endlich brachte er den Mut auf, sich nach dem Dolch zu bükken, den der Höllenbote verloren hatte. Das Griffstück schmiegte sich weich in seine Hand, aber die Klinge war weitaus schwerer als sein eigener geschliffener Knochendolch.

Irgendwie traute er dem Frieden noch nicht. Der Höllenbote schien ihn aus großen, hervorquellenden schwarzen Augen anzustarren. Obwohl der Bolzen seinen Oberkörper durchschlagen hatte und sein Blut den Schnee färbte.

Tarnolq zitterte. Selbst wenn er hinter den Toten trat, verfolgte ihn dessen Blick. Entschlossen packte er zu, umklammerte die aus der Schädeldecke hervorwachsenden Fühler mit einer Hand – ähnliche Fühler kannte er von Tiefseefischen – und führte den Dolch über den Halsansatz. Drei Schnitte brauchte er, um den Schädel des Höllenboten vom Rumpf zu trennen. Das geschah so schnell, daß er es selbst kaum begriff.

Angewidert und entsetzt über sein Tun, riß er den Arm hoch und schleuderte den Schädel von sich. Der Kopf schlug mehrere Mannlängen entfernt auf, rollte hangabwärts bis zum Fuß des Hügels und blieb halb hinter einer Schneewehe verborgen liegen. Tarnolq konnte endlich befreit durchatmen. Er fühlte sich, als sei eine schreckliche Last von ihm gewichen.

Der Höllenbote trug tatsächlich eine zweite Haut. Weder ihre rote Farbe noch ihre Funktion konnte Tarnolq sich erklären. Mit dem Dolch schnitt er die Haut in schmale Streifen. Sie war fürchterlich dünn, doch sie eignete sich hervorragend, die Beute auf dem Schlitten festzubinden.

Um den Körperpanzer des Höllenboten aufzubrechen, mußte Tarnolq deutlich mehr Kraft aufwenden. Das mittlere Körperstück legte er, nachdem er es ausgenommen hatte, in den Panzer zurück. Es war schade um die Innereien, aber er mußte das Gewicht und den langen Rückweg bedenken. Deshalb wählte er vom unteren Körpersegment ebenfalls nur die seiner Meinung besten Stücke aus und nahm lediglich eine Schalenhälfte mit, um allen Seku das Aussehen des Höllenboten demonstrieren zu können. Die sechs Gliedmaßen packte er ebenfalls auf den Schlitten. Die Beine von Uferkrebsen hatten ebenfalls wenig, dafür aber das beste Fleisch.

Die Sonne war ein beträchtliches Stück weitergewandert. Es wurde entsetzlich heiß. Der Schnee taute merklich ab.

Immer öfter hielt Tarnolq erschöpft inne. Der Blitz, mit dem der Höllenbote den Kwarrack erlegt hatte, hatte zugleich das beste Fleisch des Raubtieres verbrannt. Auch das Fell war weitgehend unbrauchbar geworden.

Tarnolq brach den letzten Reißzahn aus dem furchterregenden Kiefer heraus, trennte die gewaltigen Pranken ab und löste zudem einige große Fleischbrocken samt dem zugehörigen Fell aus dem Rücken des Tieres heraus.

Sein Schlitten war zuletzt so hoch aufgeladen, daß er schon fürchtete, die Last nicht mehr über die Hügel zu bekommen.

Den quälenden Durst stillte Tarnolq mit Schnee. Gegen den Hunger hatte er nun ohnehin Fleisch genug. Nicht das, was er schon verpackt hatte. Er schnitt es unter den vom Blitz verbrannten Stellen heraus, dicht über den Knochen. Der Geschmack war eigenartig, aber es war seltsam weich und sättigte.

Die Sonne hatte ihren höchsten Stand bereits überschritten. Tarnolq war froh darüber, daß dichte Wolkenbänke aufzogen. Sie trieben vom Meer heran und brachten Schnee mit. Ein auffrischender frostiger Wind sorgte endlich für ein wenig Kühlung.

Der Dolch des Höllenboten steckte jetzt in Tarnolqs Utensiliengürtel, den eigenen hatte er am Köcher festgebunden. Auch die Armbrust lag auf dem Schlitten.

Auf dem Rückweg lauernde Gefahren fürchtete Tarnolq kaum noch. Abschätzend wog er die Waffe in der Hand, die Blitze verschleuderte. Sie erinnerte in der Tat an ein abgebrochenes Korallenstück, das in mühsamer Arbeit blankpoliert worden war. Tarnolq brauchte nicht lange, um herauszufinden, wie diese Waffe am besten in der Hand lag. Mit zwei Fingern ertastete er eine runde Erhebung…

… ein greller Blitzstrahl brach aus dem dünnen Ende hervor und schlug in einen der weiter entfernten Hügel ein. Für die Dauer eines Herzschlags schien der Schnee aufzuglühen, danach gähnte ein großes Loch in der weißen Pracht. Es war sehr tief und ließ den nackten Fels erkennen.

Tarnolq hatte vor Schreck die Waffe fallenlassen. Trotzdem versuchte er es noch einmal – mit dem gleichen unglaublichen Ergebnis.

Erst jetzt wurde ihm bewußt, wie leichtsinnig er in seiner Euphorie war. Falls weitere Höllenboten in der Kuppel lebten, machte er sie nur auf sich aufmerksam.

So schnell er konnte, zerrte er den Schlitten über den Hügel. Seine Spuren gruben sich tief ein. Sie waren unübersehbar.

Immer wieder schaute er voll Furcht zurück. Aber niemand folgte ihm.

Da war auch kein fliegendes Schiff der Höllenboten.

Endlich setzte ein starkes Schneetreiben ein. Tarnolq sah schon nach geraumer Zeit kaum mehr die Hand vor Augen, aber er stapfte unaufhaltsam weiter, gegen den Sturm.

Der Schnee verwischte seine Spuren schnell. Und er deckte wohl auch die Überreste des Kwarrack und des Höllenboten zu. Tarnolq hoffte, daß der Schneesturm den Rest des Tages und die ganze Nacht hindurch anhielt.

*

Der Start von Terra Nostra war für Simon der endgültige Abschied. Er ließ ein Stück seines Lebens hinter sich – sieben Jahre, in denen er unaufhörlich vorwärtsgetrieben worden war, von Kräften, die er anfangs nicht einmal verstanden hatte. Seine Neugierde war ihm zum Verhängnis geworden, vielleicht auch der Wunsch, der muffigen Enge seines Daseins entfliehen zu können. Eines Lebens, das er sich so niemals vorgestellt hatte, das nur aus enttäuschten Erwartungen bestand. Kaum etwas war noch so gewesen wie Jahre vorher, ehe die Giants die Erde besetzt und unter ihre Kontrolle gebracht hatten.

Überall Ruinen. Auf den Planeten des Sol-Systems ebenso wie in den Köpfen der Menschen.

Verwirrung bei vielen. Die Suche nach einer Neuorientierung und nach neuen Werten.

Verzweiflung und Aufbruchsstimmung gleichermaßen.

Das hatte jene Zeit bestimmt. Die Menschheit mußte ein

neues Selbstverständnis finden, denn alles, was gewesen war, hatte die kosmische Realität über Nacht weggeschwemmt.

Hatte er deshalb den rotschimmernden Roboter als Verheißung gesehen? Als Verlockung eines Abenteuers in einer Zeit, die genau das nicht kannte, die ihm seelenlos technifiziert und zugleich stumpfsinnig erschienen war?

Die Flucht nach vorne... in der Hoffnung, Ren Dhark und seinen Freunden nacheifern zu können und den ganz großen Fund zu machen.

Er hatte diesen Fund tatsächlich gemacht.

Aber er hatte dafür einen Preis bezahlt, der ihm im Nachhinein zu hoch erschien. Er hatte den eigenen Körper verloren und damit immer mehr das Gefühl, wirklich am Leben zu sein.

Der Leib aus Tofirit war perfekt, doch zugleich ein Gefängnis. Simon vermißte das manchmal schmerzhafte Pochen in der Brust, sobald er sich verausgabt hatte. Ihm fehlte der Schweiß, das Hemd, das klatschnaß auf seiner Haut klebte. Alles das waren nur Kleinigkeiten, unbedeutend eigentlich, aber in der Summe gewichtig. Die Faszination der ersten Jahre hatte ihr Fehlen bislang überspielt. Inzwischen war das Neue zur Routine geworden, und Simon vermißte diese Details.

Ebenso seine Erregung in Noreens Nähe. Er wußte nicht einmal, ob sie diese je bemerkt hatte.

In der Bildkugel der EPOY versank Terra Nostra in der Anonymität der Sterne. Die Sonne Sol, benannt wie das Heimatgestirn, blieb ebenfalls zurück.

Simon, was ist mit dir?

Er hob den Kopf. Joker schwebte neben ihm. Der Spindelroboter hatte zwei Greifarme ausgefahren, sie aber in der unteren Körperhälfte miteinander verschränkt.

Nichts! gab Simon über Funk zurück und wandte sich ab.

Die Flotte beschleunigte. Angleichung der Kursdaten. Augenblicke später lagen die Sprungdaten vor. Mit der ersten Transition würden die Ringraumer ebenso wie die Frachter vom Kugeltyp die Materiewolke verlassen und 5000 Lichtjahre tief nach Orn vorstoßen.

Simon, was wird aus uns, wenn du diese Galaxis verläßt?

Er hatte das Thema nicht wieder angesprochen. Weil doch nur jeder versuchte, ihn zurückzuhalten.

Simon, Juanita hat…

Ich will nichts mehr davon hören! brauste er auf.

Joker schwieg.

Die Flugdaten erschienen in der Bildkugel, gleich darauf ergänzt durch die Ortungsauswertung. Es sah nicht so aus, als würden die 61 Schiffe mit Einheiten der Zyzzkt konfrontiert werden. Die Transition vollzog sich nahezu unmerklich.

Simon, du bist sicher, daß der Arkan-Sender von Onda dein Glück bedeuten wird?

Wir wollen nur, daß du glücklich wirst, mischte sich nun auch Hugo ein.

Ihr seid Roboter, wandte Simon ein. *Ihr versteht davon nichts.*

Aber im Gegensatz zu dir sind wir mit unserem Dasein zufrieden.

Simon, so ist es. Hugo hat recht. Wir wollen nichts anderes sein als wir sind.

Gisol schaute kurz zu ihm auf. »In drei Transitionen werden wir das Nachbarsystem von Onda erreichen. Ich halte es für sinnvoll, Vorsicht walten zu lassen.«

»Angesichts einer so kleinen Kolonie der Zyzzkt?«

»Das ist das eine…« gestand Gisol ein.

In dem Moment ahnte Simon neue Schwierigkeiten. Er hatte es verdrängt und nicht danach gefragt, weshalb ausgerechnet auf einer unbedeutenden Welt im galaktischen Randgebiet ein Arkan-Sender deponiert sein sollte. Dabei stand genau das von Anfang an wie ein Menetekel im Raum. Wieder ein Kampfeinsatz, und dann…? Der nächste. Wenn er es jetzt nicht schaffte, aus diesem Teufelskreis auszubrechen, würde er das nie können.

Simon, wir verstehen dein Problem. Zumindest können wir es rechnerisch erfassen.

Beide Spindelroboter näherten sich. Mit wenigen Metern Abstand verharrten sie auf der anderen Seite des Pilotensessels.

Du kannst dich auf uns verlassen. Wir helfen dir.

Der Wächter gab keine Antwort. »Was hat Onda Besonderes, das andere Welten nicht haben?« wollte er von Gisol wissen.

»Eine Forschungsstation meines Volkes«, antwortete der Worgun-Rebell. »Erbaut während des Krieges im Innern des Planeten. Ein hochgeheimes Projekt, über das mit Sicherheit keiner der Mutanten informiert war. Dementsprechend ist nicht zu erwarten, daß die Insekten heute mehr wissen. Also keine Besonderheiten.«

»Das beruhigt mich nicht.«

Gisol, in seiner Jim-Smith-Gestalt, hob die Schultern und ließ sie langsam wieder sinken. »Ein paar Stunden noch, Simon, dann erfahren wir mehr.«

*

Die letzte Transition.

»Zielkoordinaten erreicht! Distanz exakt fünf Komma eins Lichtjahre bis Onda.«

»Keine auftreffenden Ortungsstrahlen!«

Die Flotte hatten den Hyperraum im Bereich eines roten Riesensterns verlassen. Mit der Rematerialisation waren die Intervallfelder der Ringraumer aktiviert worden. Die hereinkommende Datenfülle wies eindeutig einen gestörten Energiehaushalt der Sonne aus. Gigantische Gasfackeln und weit in den Raum hinausschießende Protuberanzen, von denen die Mehrzahl so gewaltig war, daß sie die beiden nächststehenden Planeten jederzeit verschlingen konnten, sorgten für heftige Turbulenzen. In der Bildwiedergabe erschienen sogar die äußeren Welten wie lodernde Fackeln. Der auftreffende Sonnenwind reagierte mit den planetaren Magnetfeldern. Unaufhörlich zuckten Polarlichter bis in die Äquatorgebiete.

»Einen besseren Ortungsschutz könnten wir uns nicht wünschen«, stellte Simon unumwunden fest. »Hier bleibt die Schockwelle des Wiedereintritts selbst dann unentdeckt, falls die Ortungen der Zyzzkt genau auf uns gerichtet sind.«

Gisol lächelte gequält.

»Was mich vermuten läßt, daß mir weiterhin Fakten vorenthalten werden«, fuhr der Wächter fort.

Was er wußte, war dürftig. Onda war der vierte von acht Planeten einer kleinen gelborangefarbenen Sonne und der einzige in diesem System, der über eine Sauerstoffatmosphäre verfügte. Die äußeren Welten waren schmutzige, gefrorene Schneebälle, die inneren felsige Einöden, deren Lufthülle vor langer Zeit in den Raum verdampft sein mußte.

Onda selbst bewegte sich auf einer elliptischen Bahn gerade noch innerhalb der Ökosphäre. Der Tag-und-Nacht-Wechsel war zwei Stunden kürzer als auf der Erde, die Durchschnittstemperatur von minus 30 Grad Celsius ließ die Umweltbedingungen nicht besonders freundlich erscheinen.

Die Zyzzkt hatten ihre Station zweifellos nur wegen der für sie atembaren Atmosphäre errichtet.

»Wir messen ungewöhnliche Streustrahlung aus dem Gebiet von Onda an!« wurde gemeldet.

Simon schwieg dazu.

Im Laufe der nächsten halben Stunde verdichteten sich die Meßwerte. Sie ließen eine weit größere Präsenz der Wimmelwilden erkennen als erwartet.

»Im Onda-System stehen Ringraumer – eine beachtliche Anzahl sogar!«

»Das nennst du *keine Besonderheiten*.« Simons Stimme klang spöttisch.

»Ich wußte es nicht«, antwortete Gisol. »Die ergriffenen Maßnahmen sind für mich Standard, wenn wir gegen eine Station der Zyzzkt vorgehen.«

»Aber du hast zumindest geahnt, daß hier mehr ist«, versetzte der Wächter.

»Wir werden auch damit fertig.«

Wenig später stand fest, daß im Bereich der Sonne Onda und ihrer Planeten rund 100 Ringraumer der Wimmelwilden stationiert waren. Mit einer kleinen Basis auf einer eher unbedeutenden Eiswelt ließ sich diese Kräftemassierung nicht mehr erklären.

Es sieht so aus, stellte Hugo fest, *als hätten wir mitten in ein Wespennest gestochen. So sagen die Menschen doch, nicht wahr?*

Gisol befahl, daß die zehn Truppentransporter gemeinsam mit

fünf Ovoid-Ringraumern als Geleitschutz vorerst im Ortungsschutz des roten Riesensterns zurückbleiben sollten. Die anderen Schiffe und die EPOY würden das Onda-System anfliegen. Mit Sternensog und unter vollem Tarnschutz.

*

Drei Tage und drei Nächte lang quälte sich Tarnolq durch die weiße Einsamkeit. Der Schlitten wurde ihm zur Last wie ein Stein, den er sich um den Hals gehängt hatte und der ihn unaufhaltsam in die Tiefe zog.

Mehrmals stand er kurz davor, aufzugeben. Sich einfach in den zu Schnee legen und auf das Ende zu warten erschien verlockend. Jedesmal raffte er sich wieder auf und trieb sich selbst unbarmherzig vorwärts.

Er hatte die Orientierung verloren, wußte zeitweise nicht einmal mehr, ob er landeinwärts stapfte oder das Meer doch noch vor sich hatte.

Der Schneesturm tobte unvermindert heftig und aus stetig wechselnden Richtungen. Wäre seine angenehme Temperatur weit unter dem Gefrierpunkt nicht gewesen, Tarnolq hätte den Gewaltmarsch kaum überstanden.

Mit dem erbeuteten Dolch schnitt er sich immer wieder dünne Scheiben Fleisch ab, auf denen er lange herumkaute. Das Hüftfleisch des Höllenboten schmeckte sogar ohne Zubereitung – es war nicht einmal abgehangen – vor allem aber gab es rasch neue Kraft. Gleichmäßig stapfte Tarnolq durch die weiße Hölle.

Wenn er sich umwandte, sah er seine eigene Spur nicht mehr. Der heulende Sturm verwehte sie schon nach wenigen Schritten.

Das Eis klebte ihm am Körper, ein Panzer wie der des Höllenboten, nur unförmiger. Auch der Schlitten und seine Fracht waren zu einem unförmigen Klumpen gefroren.

Zwischen Tag und Nacht gab es kaum einen Unterschied. Wenn die Erschöpfung tief in seinen Knochen steckte, machte Tarnolq Rast. Er schlief immer nur kurze Zeit, mit dem Rücken an den Schlitten gelehnt und darauf hoffend, daß der Sturm ihn nicht unter Schneemassen begrub.

Weiter... wenn es sein mußte, bis an das Ende seiner Welt.

Daß die Höllenboten ihn verfolgten, befürchtete er längst nicht mehr. Ihre fliegenden Schiffe boten dem Toben der Elemente eine viel zu große Angriffsfläche.

Urplötzlich verlor Tarnolq den Boden unter den Füßen. Vergeblich versuchte er noch, sich zur Seite zu werfen, die Zugleine des Schlittens behinderte ihn. Dann stürzte er in die Tiefe, schrammte über kantigen Fels, wurde herumgewirbelt und schlug irgendwo auf. Mehrmals hatte er befürchtet, von der Leine erdrosselt zu werden, jetzt riß sie ihm fast den Arm aus der Schulter. Für Tarnolq versank alles in einem eigenartigen Zustand der Empfindungslosigkeit.

Das war wie der Rausch der Tiefe. Danach kam der qualvolle Tod.

Tarnolq sträubte sich dagegen. Vergeblich. Die Schwärze umfing ihn. Dann war nichts mehr.

*

Ein Geräusch schreckte ihn auf, ein hohles, lauter werdendes Plätschern, das von einem unheilvollen Krachen begleitet wurde. Wellen schlugen von unten gegen den brechenden Eispanzer, während sich mächtige Schollen knirschend übereinanderschoben. Ein Seebeben, nicht weit vor der Küste, hatte die Strömungsverhältnisse verändert und ließ eine Flutwelle heranrollen.

Die Sicherungsleinen müssen verankert werden. Alles, was sich außerhalb des Dorfes befindet...

Erst in dem Moment kehrte seine Erinnerung zurück. Er war abgestürzt. Rings um ihn Schnee, aber nur locker aufgetürmt. Deshalb konnte er noch atmen.

Vor ihm lag ein rotes Bündel: das in die zweite Haut des Höllenboten eingewickelte Fleisch. Außerdem ragte ihm eine Kufe des Schlittens aus dem Schnee entgegen.

Mühsam wälzte er sich herum. Sein erster Griff galt dem Utensiliengürtel, und er atmete erleichtert auf, als er den Dolch spürte und die Blitze verschießende Waffe.

Mit einem schnellen Griff löste Tarnolq die Zugleine von seinem Handgelenk. Danach konnte er sich besser bewegen. Er mußte sich aus dem Schnee befreien, nur wußte er nicht, wie tief er wirklich abgestürzt war. Die Gefahr bestand, daß er weiter abrutschte. Oder es brach noch mehr Eis aus der Höhe herab und erstickte ihn.

Mit beiden Händen wühlte er den Schnee beiseite. Die Masse war vergleichsweise fest zusammengebacken. Er nahm den Dolch zu Hilfe. Von oben rutschten tatsächlich Schollen nach, aber keineswegs so viel, daß es bedrohlich geworden wäre.

Da war das Krachen wieder. In allernächster Nähe brachen Eisplatten. Ihr weithin hallendes Dröhnen war unverkennbar. Dazu das Tosen der Wellen.

Das Meer schien zum Greifen nahe zu sein.

Tarnolq versteifte sich und versuchte, die Richtung herauszufinden. Er schaffte es nicht. Von allen Seiten schien der Lärm heranzubranden.

Mit aller Kraft rammte er den Dolch in den Schnee und wühlte sich vorwärts. Wenn er es recht bedachte, gab es nur einen Ort, an dem er abgestürzt sein konnte und der sich nahe genug am Meer befand. Nicht die Eisklippen, in deren Nähe er an Land gegangen war, sondern die Dünen östlich des Dorfes. Hier ließ der stetig heranheulende Wind weite Überhänge entstehen, die zwar fest verbacken, einer größeren Last aber dennoch nicht gewachsen waren.

Wenige Atemzüge später brach ein Teil der Schneewand vor ihm ab. Tarnolq sah das Küsteneis vor sich. Der Sturm peitschte Schnee darüber hinweg, die Sicht reichte aber weit genug, die ausgedehnten Risse erkennen zu lassen, zwischen denen das Wasser immer wieder hochgedrückt wurde. Gischtend schoß die Flut in die Höhe und ließ beim Abfließen aufwachsende Eiswälle zurück.

Hastiger als zuvor versuchte Tarnolq, den Schlitten freizulegen. Als er es endlich geschafft hatte und auf das Eis hastete, seine kostbare Jagdbeute wieder im Schlepp, waren die breiten Spalten zwischen den geborstenen Schollen zwar noch erkennbar, aber schon zugefroren.

Der Seku starrte auf das Eis hinaus. Er mußte sich selbst einen Zugang ins Wasser schlagen, groß genug, daß er den sperrigen Schlitten mitnehmen konnte.

Ohne darüber nachzudenken, griff er nach der Waffe des Höllenboten. Kühl schmiegte sich der Griff in seine Hand.

Tarnolq zögerte nur einen Atemzug lang, dann löste er den Glutstrahl aus. Es fiel ihm schon leicht, die Finger dabei nicht zu verkrampfen.

Der Eispanzer wurde schier aufgerissen. Tarnolq bewegte die Waffe ein winziges Stück zur Seite und ließ den Blitz noch einmal entstehen. Wasserdampf stieg auf, wurde vom Sturm verweht. Im Eis gähnte ein Loch, durch das selbst ein größerer Schlitten mühelos hindurchgepaßt hätte.

*

Langsam schwamm er hinaus, fort von der unruhigen Uferzone, in der nicht nur das Eis in steter Bewegung war. Arme und Beine hatte er wieder in den Hautfalten verborgen, in denen sie ihn beim Schwimmen nicht behinderten. Mit kräftigen Flossenschlägen strebte er weiter, den Schlitten im Schlepptau.

Tarnolq ist zurück! hörte er in Gedanken schon die Seku seines Dorfes rufen. *Tarnolq, der Held, der Jäger der Höllenboten.*

Doch keiner kam ihm entgegen. Niemand war da, der die Nachricht verbreiten konnte.

Endlich sah Tarnolq das Riff vor sich, hinter dem der Meeresboden steil bis in große Tiefe abfiel. Die ersten Flechtzäune wogten in einer vergleichsweise sanften Dünung. Sie schützten die kultivierten Muschelbänke vor den Schwärmen der gestreiften Räuber.

Hier, in dem Bereich, in dem fast alle Sekudörfer lagen, hatten die von den Seebeben ausgelösten Wellen ihren ersten Angriffspunkt. Hier waren sie aber in den seltensten Fällen wirklich zerstörerisch, während sie sich im flacher werdenden Uferbereich mit unwiderstehlicher Gewalt austobten. Andererseits war das Eis über den Dörfern gut fünf Mannlängen dick und nicht überwindbar.

Leuchtquallen zogen vorüber. Sie mußte die Flut herangespült haben, denn normalerweise waren sie erst weit draußen zu finden. Den Quallen folgte eine Schar junger Seku, die sich einen Spaß daraus machten, die empfindlichen Tiere massenweise in ihren Reusen einzufangen.

»Seht doch, da ist Tarnolq!«

»Tarnolq ist zurück! Er ist nicht umgekommen.«

Die Rufe hallten bis zu ihm herüber. Einige der Jungen, sie waren fünf oder sechs Jahre alt und damit schon halbe Erwachsene, vergaßen die Quallen und verschwanden hastig in der Düsternis des Riffs.

Die anderen folgten ihnen zögerlicher.

Bis Tarnolq schließlich das Dorf erreichte, wußte fast jeder Bescheid. In den letzten Tagen hätte er beinahe nicht mehr geglaubt, daß er die Häuser wiedersehen würde.

Da waren die großen Knochen, tief in den Schlick gerammt und längst von winzigen Muscheln überwuchert. Zwischen ihnen wuchsen die Gerüste auf, sanft in der Strömung schwankend, mit unzerreißbarem Tang zusammengeflochten.

Mit Steinen beschwert, hingen die feinmaschigen Netze von den Auslegern herab. Ein Knochenbrecher zog dicht an ihnen vorbei, und es waren wirklich nur die Netze, die den Fisch davon abhielten, die Gerüste zu zerstören und die Splitter mit seinem Laich zu überziehen.

Tarnolq tauchte zwischen den Netzen hindurch. Er mußte aufpassen, daß sich der Schlitten nicht verfing.

Die Häuser wuchsen an den Innenseiten der Gerüste in die Höhe. Sie waren ein überwältigender Anblick und mit nichts zu vergleichen. Von den Korallen des Riffbodens spannten sie sich bis dicht unter das Eis, eines mit dem anderen verbunden, teils dicke Klumpen bildend, aber auch wie filigrane Fäden nur übereinander aufgereiht.

Das Dorf veränderte sich mit seinen Bewohnern, dehnte sich mal hier aus und schrumpfte an anderer Stelle. Die großen und bedeutenden Familien, die ihre Abstammung über Jahrhunderte hinweg zurückverfolgen konnten, hängten ein Haus ans andere. Sie hatten auch die besten und widerstandsfähigsten Walhäute, mit denen sie die Gerüste überspannten, während den einfachen Seku oft wenig anderes zur Verfügung stand als die Häute ihrer verstorbenen Vorfahren oder Angehörigen. Wer starb, stellte seine Überreste ohnehin in den Dienst der Gemeinschaft.

Das Wasser im Dorf war ein ganzes Stück wärmer als draußen im freien Meer. Seit besonders einfallsreiche Seku herausgefunden hatten, daß diese Wärme mit der Zahl der Bewohner zusammenhing, wuchs jedes Dorf nur noch bis zu einer gewissen Größe.

Langsam stieg Tarnolq in die Höhe.

Bald würde er ein eigenes Haus haben. Jetzt, da er reiche Beute mitbrachte, bestimmt keines, das nur mit der Haut eines Verstorbenen bespannt war. Vielleicht die zwei Handspannen dicke Speckschicht eines Grauwals...

Weiter kam er mit seinen Überlegungen nicht. Lerrott, der Älteste, stieß sich von einer der Versammlungsplattformen ab. Ihm folgte eine Horde Heranwachsender. Ringsum, hinter den Häuten halb verborgen, entdeckte Tarnolq neugierige Gesichter. Im Dorf war Lerrotts Wort Gesetz. Erst wenn er mit dem erfolgreichen Jäger gesprochen hatte, durften ihn die anderen mit ihren Fragen bestürmen.

Tarnolq wußte, wie sehr sich jeder ärgerte, ihm nicht schon draußen im Riff begegnet zu sein.

Er fieberte Lerrotts Fragen entgegen.

*

»Tarnolq hat einen Kwarrack erlegt.«

Schon das war eine Sensation, die ihm die Bewunderung aller und in erster Linie Bluggas Gunst eingetragen hätte. Das letzte Festmahl mit dem Fleisch eines Kwarrack lag mehr als ein Jahr zurück.

»Tarnolq hat auch einen Höllenboten getötet!«

Das war das eigentlich Unglaubliche, das ihn zum Helden machte. Alle hatten sich versammelt, als er von seiner Jagd berichtete. Sie drängten sich dicht an dicht, und jeder versuchte, wenigstens einen Blick auf seine Beute zu erhaschen.

Tarnolq berichtete ohne Ausschmückungen. Nur das Nötigste. Weil er Blugga in der Menge entdeckt hatte. Vergeblich versuchte sie, sich nach vorne zu drängen.

Er zeigte die rote Haut des Höllenboten, reichte sie mit dem darin eingewickelten Fleisch an Lerrott weiter. Anschließend die Gliedmaßen. Nein, so etwas hatte keiner je gesehen. Der Körperpanzer war ebenfalls unbekannt. Die Stimmen der Zweifler wurden weniger.

Endlich präsentierte Tarnolq den Dolch.

Er ließ sich einen der großen Walknochen geben, aus denen die Messer der Seku herausgearbeitet wurden. Es gab nichts Härteres als diese Knochen.

Mit einem einzigen kraftvollen Hieb durchschnitt er den Knochen. Die Menge schrie vor Überraschung. Jeder wollte den Dolch wenigstens einmal selbst in Händen halten.

»Das ist noch nicht alles!« rief Tarnolq laut. »Ich habe eine zweite Waffe erbeutet!«

Er sah Lerrotts Verblüffung, denn er hatte dem Alten bislang nur von dem Dolch erzählt.

»Diese Waffe verschießt Blitze. Blitze, die töten, die Fleisch verbrennen, Schnee verdampfen und große Löcher in das Schelfeis schneiden.«

Diesmal lösten seine Worte Erschrecken aus. Als er die Waffe hochhielt, wichen viele Seku in den vorderen Reihen entsetzt zurück.

»Ich verstehe eure Furcht. Mir selbst erging es nicht anders, aber ich habe begriffen, wie diese Waffe einzusetzen ist. Richtig angewendet, bedeutet sie einen Segen für uns alle.«

»Ein Blitz verbreitet tödliche Hitze«, warnte Lerrott.

»Das ist richtig.«

»Vernichte diese Waffe, bevor sie sich gegen uns alle richtet und unser Dorf verbrennt!«

»Wie soll ich das tun?« wollte Tarnolq wissen. »Und sollen wir wirklich auf reiche Jagdbeute verzichten? Ein einziger Blitz tötet einen Kwarrack über große Distanz hinweg. Diese Waffe ist ungefährlich, solange man mit ihr umzugehen weiß.«

»Sie wird jeden verbrennen, der sie benutzt«, warnte der Alte.

»Ich habe sie benutzt!« widersprach Tarnolq ungewohnt heftig. »Mehrmals sogar.« Er wartete ab, bis das ungläubige Raunen der Menge wieder abgeklungen war. »Jeder kann sehen, daß ich noch lebe.«

Lerrott riß die Arme hoch. »Genug für heute!« bestimmte er. »Darüber muß der Ältestenrat beschließen. Wir werden eine Entscheidung finden.«

Mit der Waffe in der Hand schwamm Tarnolq auf den Alten zu. »Ich weiß, daß es nur einen Ratschluß geben kann. Wir dürfen auf den Blitzwerfer nicht verzichten. Kein Seku wird mehr bei der Jagd sterben.«

»Behalte sie!« stieß Lerrott hervor, als Tarnolq ihm die Waffe entgegenhielt. »Du bist der einzige, der damit umgehen kann.«

*

Ein leises Geräusch schreckte Tarnolq aus seinem ersten Halbschlaf auf. Die Häute auf dem Knochengerüst bewegten sich sanft. Doch es war nicht die Strömung, die sie wehen ließ, sondern jemand streifte außen vorbei.

Blugga?

Tarnolq war voll bebender Erwartung. Er hatte die junge Sekufrau nicht mehr gesehen, nachdem Lerrott die Versammlung aufgelöst hatte. Sie war in der Menge verschwunden.

Die Schwimmblase mit den gefangenen Leuchtquallen hatte er zugehängt. Nur noch vage Helligkeit durchfloß den Raum – viel zu wenig, um mehr als Schemen erkennen zu lassen.

Dennoch bemerkte Tarnolq die stumpfe Nase, die sich zwischen zwei Häuten hindurchschob. Die sanfte Wellenbewegung trug ihm zudem ein Aroma zu, das seine Sinne aufpeitschte. Es war Bluggas Geruch, den er in den vergangenen Tagen beinahe schmerzlich vermißt hatte.

Mit einer kurzen Bewegung der Brustflossen wälzte er sich herum, stellte sich schlafend. In seiner Vorstellung sah er Bluggas schlanken Leib lautlos zwischen den Häuten hindurchgleiten. Sie verharrte, streckte witternd den Kopf in seine Richtung, kam näher. Nicht so unschlüssig wie früher.

Jetzt glaubte er den eigenwilligen Duft zu erkennen, der seine Kiemen umfloß. Es war Bluggas Leidenschaft, ihre Bereitschaft, sich mit ihm zu vereinen. Nur noch mühsam hielt er an sich.

Dann die Berührung, ihre Haut an der seinen. Blugga zitterte, das konnte er spüren; sie war kaum weniger erregt als er selbst.

Sie flüsterte seinen Namen. Schließlich noch einmal, lauter.

»Ich bin wach«, raunte er. Ihre Brustflossen streiften seinen Nacken. In dem Moment wälzte er sich herum, wühlte die Arme unter den Hautfalten hervor und drängte sich bebend an sie.

Ihre großen schwarzen Augen waren weit aufgerissen. Furchtsam und erwartungsvoll zugleich. »Ich hatte Angst um dich, Tarnolq«, flüsterte sie, als könnte schon ein lautes Wort den Augenblick zerstören.

Mit einer Hand streifte er über ihre weit zurückspringende Stirn. Er tastete über ihre Mundpartie mit den feinen Sinneshaaren und glitt weiter abwärts. Bluggas kurzer Hals war straff und sehnig. Ihre glatte Haut und die darunter liegende Speckschicht setzten ihm gerade den richtigen Widerstand entgegen. Blugga, das wußte er nur zu gut, wurde deshalb von vielen Sekumännern begehrt.

»Ich gehöre dir!« sagte sie in dem Moment, als er sich kaum noch beherrschen konnte.

Wohlig grunzend gab sie seinem sanften Druck nach, wälzte sich herum, und schon im nächsten Moment berührten sich ihre Körper großflächig. Es dauerte nicht lange, bis sie einen gemeinsamen, gleichmäßigen Rhythmus gefunden hatten und die Wandhäute zu schwingen begannen.

Für Tarnolq erfüllte sich ein Traum. Seine Erschöpfung, die er immer noch gespürt hatte, wich einer wohligen Erfüllung.

Wann sie beide, eng aneinandergeklammert, endlich einschliefen, vermochte er nicht zu sagen. Das Letzte, was er noch bewußt wahrnahm, war Bluggas Frage nach dem Blitzwerfer. »Er funktioniert an Land, im anderen Element«, murmelte sie. »Aber weißt du, ob ihm das Wasser schadet? Vielleicht ist er schon unbrauchbar geworden. Nie hat jemand davon berichtet, daß ein Höllenbote im Meer gesehen wurde.«

*

Die Furcht erwachte mit ihm. Bluggas Frage hallte in seinen Gedanken nach.

Sie selbst war nicht mehr da. Aber schon einen Herzschlag später steckte sie ihre Nase zwischen den Häuten herein. Sie brachte ein Netz voll Muscheln, das sie vor ihm öffnete.

»Ich habe die Bänke nach den besten Exemplaren abgegrast. Sie werden dir die Kraft schnell zurückgeben.«

Zum ersten Mal aßen sie gemeinsam. Tarnolq knackte die Schalen nicht mit seinen Zähnen, sondern benutzte den Dolch des Höllenboten. Zumindest die Klinge hatte ihre Schärfe im Wasser nicht verloren.

Aber der Blitzwerfer...?

»Wie kommst du darauf?« fragte er übergangslos.

Blugga sah ihn erst verständnislos an, dann verstand sie seinen Gedankensprung. »Hat nicht schon jeder Seku die Gewitter im anderen Element gesehen und die Blitze, die sogar die mächtigen Landkorallen verbrennen? So ungefähr stelle ich mir die Waffe des Höllenboten vor.«

Tarnolq machte eine Geste der Bestätigung.

»Hast du jemals von einem solchen Gewitter gehört, das unter dem Eis getobt hätte?« fuhr Blugga fort.

Er starrte sie an. In dem Moment war die Versuchung riesig, die Waffe sofort zu testen. Er hätte sie an der Küste verstecken sollen, so wie vor der Jagd die Armbrust und den Schlitten.

Hastig suchte er die Waffe in dem Versteck unter einem Berg von Walknochen. Im letzten Moment schreckte er davor zurück, die Finger sofort auf den runden Knopf zu legen.

»Komm!« drängte er. »Wir gehen nach oben.«

Über Nacht war das Küsteneis wieder zugefroren. Verzerrt schimmerte das Sonnenlicht durch die aber noch deutlich erkennbaren Risse hindurch. Es würde lange dauern, bis alles wieder eine einheitliche glatte Fläche bildete, sofern bis dahin nicht ein neues Beben die Platten zerbrach.

Lange Zeit schwammen sie dicht unter dem Eis dahin, bis sie

eine geeignete Stelle fanden, an der sie ohne großen Kraftaufwand durchbrechen konnten.

Sie lag in der Nähe der großen Eisklippen, die sich immer weiter vorschoben. Mit Donnergetöse brachen hin und wieder gigantische Blöcke aus der Wand heraus und zerbarsten beim Aufprall. Dann schäumte Wasser hoch und erstarrte an der Luft in den absonderlichsten Formen.

»Wunderschön«, raunte Blugga. »Unsere Welt ist wirklich ein Paradies. Wohin gehen wir?«

Tarnolq hielt sie am Arm zurück. Er deutete über das Eis, nahezu parallel zum Ufer.

»Siehst du den kantigen Block, der aufragt wie ein springender Breitmaulräuber?«

Ihre Augen verschwanden fast unter den Wülsten, als sie vergeblich versuchte, die beschriebene Form zu finden. Erst nach einer Weile wurde sie fündig. »Das ist weiter entfernt, als ich dachte. Mindestens dreihundert Mannlängen.«

Tarnolq lachte hell. Er hob die Hand mit dem Blitzwerfer. Den Arm hielt er ausgestreckt, den Kopf fast auf die Schulter gelegt. Weil er so über den Arm hinweg das Ziel erkennen konnte.

Blugga schrie halb erstickt, als der Blitz aufzuckte. Sie hatte dicht neben ihm gestanden. »Heiß!« keuchte sie. »Davon geht eine unglaubliche Hitze aus.«

Den Eisblock gab es nicht mehr. Er war in einem Splitterregen zerborsten.

Geradezu zärtlich strich Tarnolq mit der Hand über die Waffe. Sie fühlte sich so kalt an wie zuvor. »Alles in Ordnung«, stellte er fest.

Noch einmal hob er den Arm. Er zeigte zu den Eisklippen hinüber. Sie waren mehr als doppelt so weit entfernt wie das erste Ziel.

»Wie viele Höllenboten leben an Land?« fragte Blugga unvermittelt.

»Das weiß niemand. So weit hat sich noch kein Seku vorgewagt.«

»Wir könnten es versuchen.«

Tarnolq hielt die Waffe immer noch auf die Klippen gerichtet. Aber er zögerte.

»Die Höllenboten haben einst viele unseres Volkes getötet«, fuhr Blugga fort. »Und vergiß nicht die spurlos verschwundenen Jäger. Wurde wirklich jeder von den Raubtieren zerrissen?«

Tarnolq stutzte. »Du glaubst, die Höllenboten hätten sie verschleppt?«

»Verschleppt, aufgefressen, ich habe keine Ahnung. Mit deiner Waffe können wir die Höllenboten von Kuhl vertreiben.«

Ein neuer Blitz zuckte auf. Heller als die Sonne fraß er sich in die Klippen. Ein zweiter, dann ein dritter. Das Eis schmolz in der sengenden Hitze, und das Wasser ergoß sich in wahren Sturzbächen in die Tiefe.

Bluggas Aufschrei ließ Tarnolq innehalten. Sie starrte an den Klippen vorbei in den Himmel. Er folgte ihrem Blick.

Im ersten Erschrecken glaubte er, ein Schiff der Höllenboten zu sehen. Aber das war es nicht. Was da über der Küste herantrieb, war kleiner und kantiger. Doch es wirkte nicht minder bedrohlich.

»Was... ist das?«

Blugga drängte sich an ihn. Er spürte ihre plötzliche Furcht.

Das schwebende Etwas kam näher. Es sank dabei tiefer, schien beinahe die Klippen zu berühren.

Tarnolq konnte jetzt die rothäutige Gestalten erkennen, die auf dem Gebilde kauerten.

»Es sind Höllenboten!« Wie einen Fluch stieß er die Feststellung hervor. »Ich weiß nicht, wieso sie hier sind, aber vielleicht«, der Gedanke ließ sich nicht mehr vertreiben, »haben sie die Blitze gesehen.«

Sie konnten nicht mehr davonlaufen. Das schwebende Gebilde war viel schneller als sie.

In grimmiger Entschlossenheit hob Tarnolq den Arm. Immer noch hielt er den Blitzwerfer fest umklammert.

»Du hast recht, Blugga. Wir werden diese Dämonen von Kuhl vertreiben.«

Er schoß. Der Blitz zuckte den Höllenboten entgegen und hüllte sie irrlichternd ein.

Gleich darauf war alles wie zuvor. Tarnolq hatte getroffen, aber die Rothäutigen kamen weiter auf ihn zu.

Wieder drückten seine Finger den Knopf. Diesmal sah er, daß die tödliche Glut eine halbe Mannlänge vor den Höllenboten an einer unsichtbaren Wand auseinanderfloß und sich selbst verzehrte. Er konnte sie nicht töten, sie hatten einen Schutz gegen die eigenen Waffen. Er hätte die Armbrust gebraucht, doch die hatte er im Dorf zurückgelassen.

»Lauf!« herrschte er Blugga an. »Bring dich in Sicherheit!«

In dem Moment traf ihn ein blaßblaues Leuchten. Er wollte schreien, doch er konnte es nicht mehr. Er spürte noch, daß ihm die Beine den Dienst versagten und er stürzte. Bevor er aufschlug, versank alles um ihn herum in Schwärze.

*

Zwischen den äußeren Planeten des Onda-Systems reduzierte die Flotte ihre Geschwindigkeit auf Unterlicht. Die Tarnung blieb aktiv.

»Keine Anzeichen, daß die Zyzzkt uns entdeckt haben!« meldete Hugo.

Eine Kurskorrektur wurde erforderlich. Im Vergleich zum Anflugwinkel der römischen Schiffe stand der Planet seitlich neben der Sonne. In der optischen Vergrößerung erschien er als schmale, zunehmende Sichel.

Gisol hatte die Funkanlage übernommen. Er sendete auf To-Richtfunk und benutzte einen sich stetig wiederholenden Code in der Sprache der Worgun.

Erst nach einigen Minuten klang eine perfekt modulierte Stimme auf: »Zugangsberechtigung erkannt. Ich erbitte Identifikation der anfliegenden Schiffe.«

In Gedanken atmete Simon auf. Die große Präsenz der Zyzzkt-Ringraumer hatte seine schlimmsten Befürchtungen wieder geweckt. Die Gefahr, daß die Wimmelwilden den Arkan-Sender mittlerweile abtransportiert oder gar zerstört hatten, war nicht von der Hand zu weisen. Damit würde seine letzte Hoffnung, an die er sich klammerte und die ihn noch mit seiner

Vergangenheit verband, wie eine Seifenblase zerplatzen. Doch Gisol kommunizierte mit dem Hyperkalkulator der Worgun-Station. Der Arkan-Sender befand sich zweifellos in der Anlage im Planeteninnern. Simon brannte die entsprechende Frage auf den Lippen, aber er stellte sie nicht. Er hörte, daß der Hyperkalkulator Gisol als befehlsberechtigt anerkannte.

Der Worgun-Rebell forderte einen Statusbericht an.

»... seit Monaten gibt es schwere Kämpfe. Nachdem die Zyzzkt mit ihren Versuchen gescheitert sind, im Schutz von Intervallfeldern einzudringen, haben sie eine Tiefenbohrung niedergebracht. Ihre Flotte wurde erst vor wenigen Tagen auf einhundertunddrei Schiffe aufgestockt. Aktuell versuchen sie, in die Peripherie der Station einzudringen.

Noch ist es mir möglich, sie mit dem Einsatz von Defensiven auf Distanz zu halten. Aber die Roboter können nicht mehr in ausreichender Stückzahl produziert werden. Meine Energiereserven gehen zur Neige.«

»Für wie lange besteht noch voller Verteidigungsschutz?«

»Vor zwei Tagen wurde das Maximum unterschritten. Die Abwehrkapazität liegt bei neunzig Prozent, weiterhin sinkend. Prognose: Bei gleichbleibenden Angriffen der Zyzzkt ist das Absinken auf fünfzig Prozent innerhalb von vier bis fünf Tagen wahrscheinlich. Ich bitte dringend um Unterstützung.«

»Meine Flotte ist etwa halb so groß wie die der Zyzzkt«, antwortete Gisol. »Außerdem verfügen wir im Nachbarsystem über gut ausgerüstete Bodentruppen, die innerhalb kürzester Zeit eingreifen können.« Er wollte die Funkverbindung schon unterbrechen, besann sich indes im letzten Moment. »Eine abschließende Frage: Ist der Arkan-Sender einsatzbereit?«

»Die Zyzzkt sind bislang nicht so weit vorgedrungen.«

»Danke.«

Gisol warf dem Wächter einen bedeutungsvollen Blick zu. *Mir gefällt nicht, daß du uns verlassen willst, aber ich respektiere deinen Wunsch*, las Simon aus diesem Blick heraus.

Onda wurde langsam größer. Sofern die Flotte ihre aktuelle Geschwindigkeit beibehielt, würden bis zum Erreichen des planetennahen Raumes knapp eineinhalb Stunden vergehen.

Simon konzentrierte sich auf die hereinkommenden Tasterdaten. Der Planet war demnach nur unwesentlich kleiner als die Erde. Die Achsneigung ließ ausgeprägte Jahreszeiten erwarten, die aber wohl nur in der Unterscheidung zwischen Frost und Permafrost bestanden, oder, anders ausgedrückt, in Temperaturen wenig über dem Gefrierpunkt bis hin zu minus achtzig Grad Celsius.

Keine gemütliche Welt für menschliche Besiedlung. In seinem Wächterkörper machten ihm solche Temperaturen jedoch nichts aus.

War es das Worgun-Programm, das ihm plötzlich solche Vorteile aufzeigte? *Ein netter Versuch*, dachte Simon grimmig, *aber ich habe meine Entscheidung getroffen.*

Der Bordrechner der EPOY meldete, daß mehrere Ringraumer der Zyzzkt im Schutz ihrer Intervallfelder auf Sternensog gegangen waren.

Simon nahm die Feststellung zur Kenntnis, ebenso wie die auf Onda angemessenen geothermischen Aktivitäten. Ewiges Eis bedeckte die Meere und Kontinente des Planeten, doch auf der dem Schiff zugewandten Südhalbkugel zeigten die Fernmessungen eine Reihe von warmen Zonen am Meeresboden. Allem Anschein nach unterseeische Vulkane, die mit der Station der Worgun aber nicht in Zusammenhang standen.

Die Bildwiedergabe veränderte sich. Ausschnittvergrößerung. Eine Landbrücke, wenig mehr als tausend Kilometer vom Südpol entfernt. Inmitten von Eis und Schnee rotglühende Lava, die sich schnell hinter dichten Wolken verbarg. Was in der Bildkugel wie hauchdünne Spinnenfinger anmutete, mußten in Wahrheit viele hundert Meter breite Lavaströme sein, die sich durch das ewige Eis hindurchfraßen und im Meer zu explosionsartigen Verdampfungen führten. Ein immer größeres Gebiet verschwand unter dichtem Wasserdampf.

Die Zeit eingerechnet, die das Licht bis zu EPOY benötigte, hatte sich der Vulkanausbruch vor rund einer Stunde ereignet. Jeder Zusammenhang mit den Zyzzkt schied daher aus, der Hyperkalkulator hätte das sofort offenbart.

In dem Moment schrillte der Alarm durch die EPOY.

Fünf Ringraumer waren in geringer Distanz aus dem Hyperraum gefallen und bauten ohne Verzögerung ihr Intervall auf. Das mochte Zufall sein – aber dann trafen Ortungsstrahlen Gisols Schiff. Hörbar gemacht, ergaben sie ein nervtötend schrilles Stakkato.

Gisol ließ die EPOY abdrehen und zugleich beschleunigen. Die Ovoid-Ringraumer folgten dem Manöver.

Weitere Schiffe der Zyzzkt materialisierten. Sie lagen eindeutig auf Kollisionskurs.

»Diese verdammten Insektoiden müssen uns irgendwie geortet haben«, stieß Gisol zwischen den Zähnen hervor. »Waffensteuerungen auf Zielerfassung! Feuern aber erst auf meinen Befehl und dann mit allem, was wir haben! Das gilt für die gesamte Flotte.«

»Vielleicht wurde der Funkverkehr mit Onda abgehört«, vermutete ein römischer Offizier. »Dann liegt nur eine vage Einpeilung vor.«

»Nennen Sie das vage?« erwiderte der Worgun schneidend. »Die Massenvermehrer kommen genau auf uns zu.«

»Feindschiffe laufen im Vollbetriebsmodus!« meldete Hugo. »Das betrifft alle einhundertunddrei Einheiten.«

»Weitere Transitionen!« ließ Joker vernehmen. »Wir haben die gewaltig aufgescheucht.«

»Eher umgekehrt«, murmelte Gisol, gerade so laut, daß nur Simon und die Roboter ihn verstehen konnten. In der Bildkugel flammten nacheinander Dutzende neuer Ortungsreflexe auf. Jeder war ein Kampfschiff der Zyzzkt.

Sekunden später brach in dem Raumsektor die Hölle los.

*

Wie ein Keil stieß die aus allen Projektoren feuernde Hauptstreitmacht der Zyzzkt in die Flotte der Römer vor. Ihr Vollbetriebsmodus machte sie zu ebenbürtigen Gegnern.

Auf ihrem Ausweichkurs wurden die neurömischen Raumer von materialisierenden weiteren Einheiten der Zyzzkt behindert.

Brodelnde Energiewolken entstanden wie aus dem Nichts

heraus und folgten einzelnen Schiffen mit schnell abnehmender Distanz. Erst beim Kontakt mit dem Intervall verflüchtigten sie sich.

Sekunden später zeigten die betreffenden Schiffe einen unerklärlichen Energieschwund.

Etwas, das sich wie ein vielarmiger Krake auf der Innenseite des Intervallums manifestierte – nichts als ein Schatten ohne jegliche energetische Aktivität – drohte die Speicherbänke und Energieerzeuger zu überlasten. Der Ausfall der Konverter war vorprogrammiert. Ein übriges trugen die gutgezielten Salven der Zyzzkt dazu bei.

Die ersten Ovoid-Raumer verloren ihren Intervallschutz. Als hätten die Wimmelwilden nur darauf gewartet, griffen sie mit aller Vehemenz an. Ein Funkenregen umfloß den Rumpf eines Ringraumers, gefolgt von vielen kleinen Explosionen, die das Schiff in Fragmente zerrissen.

»Die KARTHAGO wurden soeben vernichtet«, meldete Joker mit unerbittlicher Härte. »Vermutlich keine Überlebenden.«

Ohne die neuen Kompaktfeldschirme, die nach dem Ausfall des Intervalls die Schutzfunktion übernahmen, wäre die Zahl der Opfer weit größer geworden. Nicht einmal der Einsatz der neuen Wuchtkanonen zeigte einen durchschlagenden Erfolg.

»Es hat keinen Sinn, wenn wir ebenfalls in die Kämpfe verwickelt werden.« Ausgerechnet Gisol stellte das fest. »Wir setzen uns ab.«

Die verblüfften Blicke der beiden Römer in der Zentrale trafen ihn, doch keiner zweifelte den Befehl an.

Mit hoher Beschleunigung raste die EPOY zwischen zwei Zyzzkt-Verbänden hindurch, feuerte mit Nadelstrahl und Hy-Kon auf die feindlichen Schiffe, ließ außerhalb ihrer Geschützreichweite das Intervallfeld zusammenfallen und ging in Transition.

Der Rücksturz erfolgte fünf Millionen Kilometer von Onda entfernt.

Erneuter Aufbau des Intervalls.

Die Tarnung war nach wie vor aktiv. Vielleicht hatte wirklich nur die To-Funkverbindung die Flotte verraten.

»Keine Schiffe der Zyzzkt im planetennahen Raum!« meldete Hugo.

Gisol nickte grimmig. Die Schiffe der Wimmelwilden waren im Gefecht gebunden. Falls wirklich noch zwei oder drei Ringraumer angriffen, konnte die EPOY mit ihnen fertigwerden. Noch zweieinhalb Minuten bis zum Eintritt in die Atmosphäre des Planeten.

Das Bremsmanöver war eingeleitet.

»Wir stoßen im Intervallschutz direkt in die Worgun-Station vor?« wollte Simon wissen.

»Die Daten sind gespeichert. Die Automatik wird uns zielgenau einfliegen.« Gisol bereitete erneut einen To-Funkspruch vor. Er meldete die Ankunft der EPOY und forderte den Hyperkalkulator auf, das Schiff ungehindert einfliegen zu lassen. Wenig später sendete er die Aufzeichnung als Rafferimpuls.

Rasend schnell kam der Planet näher. Düstere Wolken verhüllten bereits weite Bereiche der südlichen Hemisphäre. Die Nordhalbkugel war nahezu wolkenfrei; hier wurde das Sonnenlicht von den endlosen Schnee- und Eisregionen reflektiert.

Die Energieortungen zeigten einige weitverstreute schwache Reflexe, vermutlich vorgeschobene Posten der Zyzzkt.

»Keine Ringraumer auf dem Planeten!«

In der Bildkugel wurde die Position der Worgun-Station eingeblendet. Sie lag in großer Tiefe unter einer ausgedehnten Landmasse südlich des Äquators.

Deutliche Emissionen im Umfeld der Station ließen auf schwere Kämpfe zwischen Zyzzkt und den Defensiven schließen. Die Tiefenbohrung war ein offensichtlich breiter Schacht, den die Wimmelwilden mit Hilfe von Duststrahlen durch den gewachsenen Fels getrieben hatten.

»Über dem Schacht erstreckt sich eine riesige Kuppelstadt.«

»Kurs auf diese Kuppel! Wir dringen im Schachtbereich in die Planetenkruste vor.«

Auf weniger als zehn Sekundenkilometer war die Geschwindigkeit der EPOY gesunken, als sie über der nördlichen Polarregion in die Atmosphäre eindrang. Im Schutz des Intervallfeldes fliegend, zog sie keinen Schweif aus ionisierten Luftmolekülen hinter sich her, der wie ein verräterisches Leuchtfeuer gewirkt hätte.

Immer noch gut achtzig Kilometer hoch, überquerte die EPOY den Äquator.

Batterien von Warnsignalen flammten auf.

Ausfall des Intervallfeldes! Jetzt fiel der Ringraumer wie eine Sternschnuppe dem Kontinent entgegen.

Der SLE reagierte nicht. Damit wurden Kurskorrekturen ebenso unmöglich wie ein weiteres Abbremsen. Mit immer noch sehr hoher Restgeschwindigkeit stürzte die EPOY der Kuppelstadt der Zyzzkt entgegen.

»Wir unterliegen einem Effekt wie im Zentrum der Macht«, meldete der Hyperkalkulator des Schiffes.

Wolken verschleierten vorübergehend die Sicht. Dann, endlich, zündete der Brennkreis des Sublichteffekts. Zu spät, um die Geschwindigkeit des Schiffes noch nennenswert abzubremsen oder es gar in wenigen hundert Metern Höhe über die Eiswüste hinwegzujagen.

Noch immer kein Intervallfeld.

Sekunden später der Aufprall.

Ein dumpfes Dröhnen hallte durch das Schiff, begleitet von einem unheimlichen Knistern und Prasseln. Es klang, als schleife eine gigantische Fräse über den Rumpf hinweg.

Noch fingen die Absorber die mörderische Wucht auf, mit der das Schiff die Kuppel durchschlug und sich in den Boden bohrte. Andernfalls wären die römischen Offiziere von den Beharrungskräften zerquetscht worden. Simon, die Spindelroboter und auch der Gestaltwandler Gisol hatten weit bessere Chancen, selbst einen vernichtenden Absturz zu überstehen.

Die Zeit schien stehenzubleiben, während der Lärm zum Crescendo anschwoll. Das Schiff schrie! Einen anderen Ausdruck dafür hatte Simon nicht.

Es schrie und brach auseinander.

Unglaubliche Kräfte mußten wirksam werden, um die Ringzelle einzudrücken und aufzureißen. Genau das geschah in diesem Moment. Die Kontrollen zeigten es noch an, bevor sie erloschen.

Dann endete die Vorwärtsbewegung in einem letzten erschütternden Dröhnen.

Genau acht Sekunden hatte das Sterben der EPOY gedauert, stellte Simon fest. Er zweifelte nicht daran, daß Gisols Schiff sich nie wieder erheben würde.

»Schadensmeldungen!« Der Ruf eines der Offiziere klang unter den gegebenen Umständen wie Hohn. Nahezu alle Kontrollen waren ausgefallen, die Bildkugel zeigte nur ein wesenloses düsteres Wogen, und sogar die Beleuchtung flackerte.

Simon, wir sind unten, stellte Joker unbeeindruckt fest. *Offenbar nicht so weit, wie wir wollten, aber den Rest schaffen wir auch noch.*

*

Das dumpfe Dröhnen brechender Verstrebungen vermischte sich mit einem schrillen Kreischen aus Richtung der äußeren Ringhülle. Ruckartig neigte sich der Zentraleboden; die EPOY sackte ab, kam aber sofort wieder zum Stillstand.

Stinkender Qualm wälzte sich aus den Schächten der Klimaanlage. Irgendwo in der Ferne heulte eine Sirene. Der schrille Ton warnte vor einem Reaktorbruch.

»Wir verlassen das Schiff!« bestimmte Gisol. Seine Versuche, zu den beiden Männern der Freiwache Viphoverbindung zu bekommen, blieben vergeblich.

Die Spindelroboter verließen die Zentrale, um nach den Vermißten zu suchen.

Hier draußen sieht es aus, als hätte jemand mit einem Vorschlaghammer das Schiff bearbeitet, meldete Hugo schon nach wenigen Augenblicken. *Der Rumpf ist aufgeplatzt, aber ich kann nichts anderes erkennen, als einen Berg von Schutt, den die EPOY vor sich hergeschoben hat.*

»Wir sind über der Siedlung der Zyzzkt abgestürzt«, erinnerte Simon. »Es wird nicht lange dauern, bis sie hier eindringen.«

»Sie sollen nur kommen«, sagte Gisol grollend. Er zwängte sich in seinen hauchdünnen Worgun-Schutzanzug. Auch die drei Römer, die sich schon während des Anflugs in der Zentrale aufgehalten hatten, streiften ihre Schutzanzüge über und kontrollierten die Handfeuerwaffen.

Wir haben Gajus Julius gefunden, meldete Hugo. *Bis auf einige Prellungen und zwei verlorene Zähne ist er in Ordnung. Er sagt, daß Publius Cornelius versucht, sich zu den Flashhangars durchzuschlagen.*

Was heißt durchschlagen? wollte Simon wissen.

Hier ist die Ringzelle zusammengestaucht wie eine leere Konservendose. Vereinzelt flackern Brände auf.

Gisol versuchte, den Hyperkalkulator zu einer Äußerung zu bewegen.

»Konverteralarm!« plärrte das Bordgehirn. »Das Schiff ist sofort zu evakuieren! Konverteralarm...« Eine endlose Wiederholung.

»Hoffnungslos.« Gisol machte ein Gesicht, als wolle er die nächsten Zyzzkt, die ihm über den Weg liefen, mit bloßen Händen ins Jenseits befördern. »Sie haben mein Schiff vernichtet.« So recht glauben wollte er noch immer nicht, was geschehen war.

Cornelius ist ebenfalls wohlbehalten, teilte Hugo mit. *Joker hat ihn zu mir geschickt.*

Warum sagt Joker das nicht selbst? Verdammt, muß ich jetzt auf euch aufpassen?

Simon, erklang es, *das ist nicht erforderlich. Ich bin bei den Flash – oder bei dem Schrott, der noch von ihnen übrig ist.*

»Ich habe mitgehört«, sagte Gisol. »Wir verlassen das Schiff. Sofort.«

5.

Das erste, was er spürte, war die sengende Hitze. Sie dörrte seine Haut aus und raubte ihm den Atem. Er wollte etwas sagen, brachte aber nur ein heiseres Ächzen hervor.

Dazu diese wahnsinnigen Kopfschmerzen, ein unablässiges Dröhnen unter der Schädeldecke, das quälende Übelkeit verursachte.

Er wollte die Hände hochreißen und den Schädel massieren, doch er konnte es nicht. Irgend etwas hielt seine Arme unbarmherzig fest. Als er endlich die Augen aufschlug, blendete ihn ein grelles Licht. Es war schlimmer, als wenn er an einem wolkenlosen Tag zum Himmel aufschaute. Er wimmerte leise.

Nur langsam kehrte die Erinnerung zurück. Er glaubte, Bluggas Stimme zu hören und die Blitze zu sehen, die er auf die Eisklippen geschossen hatte, und dann... die Höllenboten hatten ihn überwältigt.

Was war mit Blugga? War ihr die Flucht gelungen? Er hoffte es.

Vorsichtiger als zuvor öffnete er die Augen. Gräßliche Schmerzen durchfluteten ihn, aber er schrie nicht. Den Gefallen tat er den Höllenboten nicht. Sie würden ihn nicht um sein Leben winseln hören. Hauptsache, Blugga war ihnen entkommen.

Wäre nur diese Hitze nicht gewesen.

Die Arme gehorchten ihm noch nicht. Mühsam spannte er die Muskeln an – und stellte endlich fest, daß breite Riemen seine Handgelenke umspannten. So gut er konnte, verrenkte er den Kopf und verdrehte die Augen, um mehr erkennen zu können.

Offenbar lag er auf einer Art Platte. Ihre Hitze fraß sich langsam durch seinen Rücken. »Ich halte das nicht aus«, wollte er schreien. Aber nur ein heiseres Ächzen quoll über seine Lippen.

Plötzlich waren Schatten ringsum. Sie schienen ihn anzustarren, beugten sich über ihn.

»Die Kreatur ist wach«, sagte eine rauhe Stimme.

Wieso verstand er, was sie sagten?

Die Schatten verdichteten sich, nahmen Formen an. Dreigeteilte Leiber, der Schädel kantig, mit zuckenden Fühlern, großen netzartigen Augen und Kiefern, die wie Krebsscheren anmuteten. Ein schrecklicher Anblick, obwohl er ihn schon kannte. Diese Wesen waren geradewegs der Unterwelt entstiegen.

Sie würden ihn töten. Das fühlte er. Und wenn nicht sie, dann brachte ihn die Hitze um. Er glaubte plötzlich zu wissen, wohin sie ihn verschleppt hatten: in eine der Kuppeln, die sie schon vor Jahrhunderten auf Onda errichtet hatten. *Hitzekuppeln*, berichteten die alten Erzählungen. Hier hatten die Höllenboten viele Seku getötet.

»Woher hast du den Thermostrahler?«

Tarnolq hatte dieses Wort nie gehört. Dennoch wußte er, daß sie nur die Waffe meinen konnten. Er schwieg.

»Die Waffe, deren Streustrahlung wir geortet haben – woher hast du sie? Der Strahler gehörte Pkprytzt, und er ist seit Tagen spurlos verschwunden.«

Tarnolq verstand nicht alles. Immerhin begriff er, daß sie mit dem unaussprechlichen Namen den Höllenboten meinten, den er erlegt hatte.

»Rede endlich!« Sie richteten ein grelles Licht auf ihn. Es verbreitete eine grausame Hitze, verbrannte seine Haut. »Was ist mit Pkprytzt geschehen?«

»Ich...« Diese entsetzlich trockene Luft. Er brachte kaum mehr über die Lippen. »Ich... weiß nicht...«

Ein Schwall Wasser schlug über ihm zusammen. Es war kein Eiswasser, aber es war kühl genug, die Qual zu lindern. Einer der Höllenboten schüttete ihm einen zweiten Kübel Wasser ins Gesicht.

»Vielleicht weiß deine Gefährtin mehr.«

Sein Herzschlag setzte aus, stolperte, begann von neuem.

»Blugga?« entfuhr es ihm ungewollt.

»Na also. Sieh sie dir an. Weißt du, was mit Blugga geschieht, wenn du weiterhin so störrisch bist?« Einer der Höllenboten verkrallte die Hände um seinen Kopf und drehte ihn ruckartig zur Seite.

Blugga lag auf einem anderen Tisch, mit Armen und Beinen festgeschnallt. Sie zitterte. Trotzdem lächelten ihre Augen, als sie langsam und schwerfällig den Blick zu ihm wandte. Es war ein oberflächliches Lächeln, das ihre Panik nicht zu überdecken vermochte.

»Nein!« keuchte Tarnolq. »Laßt sie gehen. Sie weiß nichts!«

»Um so besser.« Der Höllenbote, der die Fragen gestellt hatte, ließ ein kratzendes Geräusch vernehmen.

Er lacht, stellte Tarnolq fest. *Er macht sich über unsere Hilflosigkeit lustig*. Aber sie waren nicht unverwundbar; er selbst hatte einen von ihnen getötet. Erst jetzt stellte er fest, daß seine Peiniger keine zweite Haut übergestreift hatten. Brauchten sie die Haut wirklich nur, wenn sie ihre Hitzekuppeln verließen?

Seine hektischen Überlegungen brachen ab, als einer der anderen Höllenboten mit vier Armen gleichzeitig über Bluggas Körper tastete. Er sah, daß sie krampfhaft die Augen schloß. Wie qualvoll mußte allein die Berührung für sie sein.

»Was ist mit Pkprytzt geschehen?«

Blugga schwieg. Ihr Atem ging stoßweise.

»Sie weiß es nicht«, keuchte Tarnolq.

»Das soll sie uns selbst sagen!« herrschte ihn der Höllenbote an.

»Woher hat dein Freund den Strahler?«

»Ich...« Mehr brachte Blugga nicht hervor. Allem Anschein nach hatte sie das Bewußtsein verloren. Tarnolq dankte den Meeresgöttern dafür, daß sie auf diese Weise der Antwort enthoben wurde.

»Ist sie tot?«

»Ich glaube nicht. Aber wir sollten sie untersuchen.«

Einer dieser Dämonen hielt plötzlich einen Dolch in der Hand. Es war eine Klinge, wie Tarnolq sie erbeutet hatte. Als er sich über Blugga beugte, schrie der Seku gellend auf. Mit aller Kraft zerrte er an den Fesseln, aber er konnte sie nicht einmal lockern.

Augenblicke später hatte der Höllenbote Bluggas Leib aufgeschlitzt. Und Blugga war bei Bewußtsein. Sie starrte ihn an, sie öffnete den Mund, aber nicht ein Laut kam über ihre Lippen. Dann war sie tot.

Tarnolq fühlte nur noch eine unendliche Leere. Er schrie nicht mehr, er sträubte sich auch nicht mehr gegen die Fesseln. Aber er lachte den Höllenboten in ihre abgrundtief häßliche Visage

»Ich habe euren Artgenossen getötet«, stieß er triumphierend hervor. »Er hat besser geschmeckt als die anderen wilden Tiere oder die Mörderfische. Und ich flehe zu den Göttern, daß sie mir die Kraft geben, noch viele von euch Bestien zu töten und...« Die Stimme versagte ihm den Dienst.

Die Höllenboten starrten ihn an. Ihre schrecklichen Gesichter ließen keine Regung erkennen.

Von irgendwoher erklang ein dumpfes Dröhnen. Der Boden bebte. Risse entstanden in der Decke, und Staub rieselte herab

Sichtlich erregt redeten die Höllenboten durcheinander. Der kleine Kasten, aus dem ihre Worte in der Sprache der Seku erklungen waren, schwieg jedoch.

Tarnolq ahnte, daß ihm dennoch nur eine kurze Frist blieb, bis ihn die Höllenboten in die ewige Tiefe schickten.

*

Die beiden Spindelroboter verließen die EPOY als erste durch den aufgerissenen Rumpf und sicherten mit ihren Waffen nach allen Seiten. Nach ihnen folgten Simon und Gisol. Die fünf Römer bildeten den Abschluß des kleinen Trupps.

Daß das Schiff wirklich nur noch ein Wrack war, wurde jedem spätestens im Überblick klar, der sich schon auf halber Höhe des vor der EPOY aufgeworfenen Erdwalls bot.

Das Schiff hatte eine gut einen Kilometer lange Schneise in die Stadt der Zyzzkt geschlagen.

Von der ein Mehrfaches durchmessenden Kuppel stand nur noch wenig mehr als ein geborstener, zersplitterter Rand. Die obere Wölbung gab es nicht mehr, die EPOY hatte mit ihrem Aufprall die gesamte Struktur zerstört.

Zigtausende Tonnen des halbtransparenten Baumaterials waren auseinandergebrochen und in die Tiefe gestürzt. Teils gewaltige Platten hatten sich in die Gebäude gebohrt und verheerende Schäden angerichtet.

Wenig mehr als fünf Minuten waren seit dem Absturz vergangen. Noch schienen die Zyzzkt selbst nicht zu wissen, was wirklich geschehen war, denn im Bereich rings um das Schiffswrack blieb alles ruhig. Einzig halb in sich zusammengesunkene Bauten waren zu erkennen. Die Druckwelle des Absturzes mochte ebenso ihren Anteil an den Zerstörungen gehabt haben wie die weitverstreuten Trümmer.

»Die Zyzzkt werden kommen«, prophezeite einer der Römer. »Bis dahin sollten wir möglichst weit weg sein.«

»Die Tiefenbohrung wäre ein Fluchtweg«, stellte Joker fest. »Bis wir sie aufgespürt haben, vergehen aber wahrscheinlich Stunden.«

»Es gab keinen Notruf der EPOY«, erinnerte Gisol. »Wir dürfen also nicht damit rechnen, daß in Kürze Hilfe erscheint. Simon, kannst du Funkkontakt mit einem unserer Schiffe aufnehmen?«

»Ich habe es versucht, aber ich komme nicht durch«, antwortete der Wächter. »Zwischen den Planeten tobt ein energetisches Chaos. Die Transporter im Nachbarsystem stehen zu weit entfernt.«

»Was ist mit der Worgun-Station?« fragte Aedilus.

»... wird selbst von den Zyzzkt bedrängt.«

Zwei Strahlbahnen schlugen nur wenige Meter oberhalb der Gruppe ein. Sofort schwärmten die Spindelroboter aus und erwiderten das Feuer.

Der beste Fluchtweg erschien der entlang der Absturzschneise. Aber dazu hätte die Gruppe das Wrack umgehen müssen, was wegen des auch seitlich angehäuften wüsten Trümmerwalls noch mehr Zeit beanspruchen würde als der eingeschlagene Weg.

»Die Zyzzkt sind momentan ebenso ohne Rückhalt wie wir.« Einer der Römer überlegte laut. »Wenn wir eines ihrer Gebäude erobern und zu halten versuchen, bis Verstärkung eintrifft...?«

»Sobald die Konverter der EPOY kritisch werden, sollten wir weiter entfernt sein als nur wenige hundert Meter«, widersprach Gisol. »Wir müssen die Kuppel auf jeden Fall verlassen.«

Im ewigen Eis des Kontinents würde ihre Lage nicht besser. Das Land war bretteben und bot keine Verstecke, erst am Horizont erhoben sich schroffe Bergzüge, doch bis sie die im Fußmarsch erreicht haben würden, mußten auch die ersten Ovoid-Ringraumer über Onda eingetroffen sein.

Sofern sie die Schlacht gegen die Zyzzkt überstanden. Simons Gedanken schweiften ab. Er hatte befürchtet, daß sich neue Schwierigkeiten aufwerfen würden. Manchmal erschien es ihm, als hätte sich alles gegen ihn verschworen – seit jenem Tag, als ihm die INSTANZ auf ARKAN-12 überraschend erklärt hatte, es gäbe einen Weg, seinen auf Deluge verbrannten Körper neu zu erschaffen. Knapp ein Jahr lag das nun zurück. Mitunter erschien es ihm sogar, als sei es erst gestern gewesen. Zwischen Hoffnung und Notwendigkeit schwankend, war dieses eine Jahr immer mehr zur Qual geworden.

Ich schaffe es! redete er sich ein. *Ich bin so dicht dran. Und dann? Ich sage nicht nein, wenn es darum geht, wieder zum Wächter zu werden. Aber erst später, sehr viel später, wenn ich das nachgeholt habe, was ich in meinem Leben als Mensch versäumt habe.*

Sie hatten den Wall überwunden und rutschten mehr als sie liefen im lockeren Schutt auf der anderen Seite abwärts.

Zerfetzte Kuppelfragmente ragten neben ihnen auf. Simon entdeckte zwischen den Trümmern die verstümmelten Leichen etlicher Zyzzkt.

Reif schlug sich nieder.

Es war klirrend kalt.

Die Sensoren zeigten ihm einen Wert knapp unter minus zwanzig Grad Celsius.

Unangenehm für die Wärme benötigenden Insektoiden. Vielleicht griffen sie deshalb noch nicht in großer Zahl an. Der Absturz der EPOY auf die Siedlung mußte sie völlig überraschend getroffen haben.

Fast alle Bauten waren irgendwie beschädigt. Wie eine

Schockfront war die Druckwelle des Absturzes durch die Straßen gefegt. Danach hatten die Trümmer aus der Höhe eingeschlagen. Zyzzkt, die von der eisigen Kälte überrascht worden waren, hatten kaum Zeit gehabt, Schutzanzüge anzuziehen.

Schweres Strahlfeuer schlug der Gruppe entgegen. Zwischen zwei halb zusammengestürzten Gebäuden hatten sich etliche Zyzzkt zusammengerottet.

Simon, wir nehmen sie in die Zange! meldete Joker.

Die Römer, ohnehin mit größerem Abstand zueinander, verschwanden in trügerischer Deckung, Gisol ebenfalls. »Wir dürfen uns nicht aufhalten lassen!« rief der Worgun. »Sobald die Wilden Zeit finden, sich zu organisieren…«

Simon hörte nicht mehr hin. Die Dust- und Thermoschüsse der Zyzzkt vereinten sich auf ihm. Er hob die Arme und erwiderte das schwere Feuer. Zwei der Angreifer torkelten brennend vorwärts, brachen aber schon nach wenigen Schritten zusammen. Simon glaubte, ihr schrilles Zirpen hören zu können, doch die Schreie verstummten schnell. Seitlich rollte grollender Donner heran, gefolgt von einer brodelnden Feuerwolke. Dreck und Eis prasselten herab. Im ersten Moment hatte Simon sich verkrampft, hatte schon befürchtet, daß die Meiler der EPOY kritisch geworden waren und das Gelände kilometerweit im Umkreis in einen brodelnden Magmasee verwandeln würden. Doch es war nur irgendeine Versorgungsanlage der Stadt explodiert.

Die Spindelroboter hatten es geschafft, die Stellung der Zyzzkt zu umgehen. Im Kreuzfeuer blieben den Insektoiden wenig Chancen.

»Weiter!« drängte Gisol. »Wir müssen hier weg!«

Ein neuer Versuch, wenigstens eines der römischen Schiffe über Funk zu erreichen. Ebenso vergeblich wie zuvor.

Die Störungen sind nicht zu überwinden, ließ Hugo wissen. *Eine Definition der Ursache ist noch unmöglich. Entweder überlagern die Streustrahlungen der Raumschlacht, oder das Feld, das für den Ausfall des Intervallums verantwortlich ist, hemmt jede Sendeenergie.*

Ein dumpfes Grollen war zu vernehmen. Simon registrierte das leichte Beben des Untergrunds ebenso wie die auf die Luft übergreifenden Vibrationen. Zwei Straßenzüge brachen auf. Glutende Eruptionen stachen in die Höhe, dann sackten mehrere Bauten in sich zusammen und verschwanden in der gähnenden Tiefe. Es schien, als hätte der Absturz des Ringraumers eine Kettenreaktion in Gang gesetzt, die niemand mehr kontrollieren konnte. Das Innere der ehemaligen Kuppel glich einem an vielen Stellen brennenden Trümmerfeld, in dem nur wenige Gebäude noch äußerlich unbeschädigt wirkten. Dichter Qualm breitete sich aus.

Die Angriffe der Zyzzkt erfolgten jetzt koordinierter. Simon, Gisol und die Römer kamen nur noch langsam voran, obwohl sie den Kernbereich der Stadt bereits verließen. Zyzzkt hatten sich verschanzt und drängten die Gruppe mit erbittertem Widerstand zurück.

»Wir müssen die Nester ausräuchern«, bestimmte Gisol. »Andernfalls werden wir zu lange aufgehalten.«

Sie teilten sich. Während drei Römer und die Spindelroboter im gegnerischen Feuer ein langgestrecktes Gebäude angriffen, überquerten Simon, der Worgun und die beiden übrigen Offiziere einen halbmondförmigen Platz, sich dabei gegenseitig Deckung gebend. Filigrane Antennensysteme waren halb in sich zusammengesackt.

Die Haus, dem sie sich im Laufschritt näherten und aus dem ihnen wütendes Sperrfeuer entgegenschlug, war eines der kleineren. Lediglich Farbsymbole beiderseits des weitgeöffneten Eingangs ließen Besonderheiten vermuten.

Simon stürmte als erster hindurch. Mehrere Zyzzkt, die offenbar geglaubt hatten, ihn mit ihren Thermogewehren aufhalten zu können, warfen sich mit allen Anzeichen das Entsetzens herum und flohen vor ihm. Der Wächter streckte sie im vollen Lauf mit kräftigen Schlägen seiner Armstümpfe nieder. Gisol, der unmittelbar hinter ihm folgte, und die beiden Römer würden die Zyzzkt vollends unschädlich machen.

Eine innere Tür war geschlossen. Simons Duststrahl löste sie halb auf, dann brach er mit der unwiderstehlichen Gewalt des Roboterkörpers hindurch.

Ein breiter Korridor lag vor ihm, rechts und links abzweigende Türen oder Seitengänge. Mehrere Zyzzkt wurden von seinem Eindringen überrascht. Zwei von ihnen, am weitesten entfernt, warfen sich herum und flohen den Gang entlang, die anderen rissen ihre Waffen hoch.

Simon ließ ihnen keine Chance.

Seine Schritte dröhnten durch das Gebäude. Er erreichte das Ende des Korridors kurz nach den beiden Insektoiden, warf sich hindurch und feuerte auf alles, was sich bewegte. Mehrere Zyzzkt wurden von seinen gebündelten Thermostrahlen sofort tödlich getroffen. Beißender Gestank nach verbranntem Chitin breitete sich aus.

Der Raum war eine Art Labor. Jedenfalls deutete Simon die Einrichtung so. Im Zentrum, unter grellen Scheinwerferbatterien, standen zwei breite Operationstische. Auf beiden waren Wesen festgeschnallt, die Simon auf den ersten Blick an irdische Robben oder Seekühe erinnerten.

Eines dieser Wesen war tot. Die Zyzzkt hatten es vom Ansatz der Schwanzflossen bis zum Hals aufgeschlitzt.

Das andere starrte ihm aus weit aufgerissenen Augen entgegen. Neben dem Tisch stand ein Zyzzkt, den blitzenden Dolch in seiner Hand zum tödlichen Stoß hochreißend. Gleichzeitig ließ er sich aber vom Geschehen im Eingangsbereich ablenken.

Das alles registrierte Simon im Bruchteil einer Sekunde, und er feuerte aus beiden Projektoren.

Der Zyzzkt erstarrte. Zwei nachglutende Löcher waren urplötzlich in seinem Brustpanzer entstanden, und die Glut weitete sich sogar noch aus. Der Arm mit dem Dolch verharrte zitternd in halber Höhe, die Finger lösten sich und die Klinge fiel klirrend zu Boden.

Mehr sah Simon schon nicht mehr, weil seine Aufmerksamkeit von zwei weiteren Zyzzkt beansprucht wurde, die ihn aus der Deckung einiger großer Aggregate heraus angriffen.

Von den Treffern unbeeindruckt, wandte er sich den beiden Insektoiden zu. Seine Duststrahlen verwandelten die Maschinen in träge verwehenden Staub. Sekunden danach gab es keine Zyzzkt mehr in dem Labor.

»Das war ganze Arbeit«, stellte Gisol fest. Er war im Eingangsbereich stehengeblieben und sicherte in den Korridor hinaus, während die beiden Offiziere weiterhasteten.

Simon deutete auf die Operationstische. »Wer ist das?« wollte er wissen.

»Seku«, antwortete der Worgun knapp. »Sie waren die Beherrscher ihrer Welt, bis die Wimmelwilden kamen.«

Eiseskälte strömte in das Labor herein. Wie Nebel kroch sie über den Boden, flutete um die Einrichtung herum. Klirrend zersprangen mehrere mit Flüssigkeit gefüllte Behälter.

Simon stand mittlerweile zwischen den Tischen. »Dieses Wesen lebt noch«, stellte er fest. »Es scheint das Bewußtsein verloren zu haben, aber es kommt zu sich.«

*

Simon mußte nicht lange warten, bis der Blick des Gefesselten die zurückkehrenden Lebensgeister verriet. Aus weit aufgerissenen Augen starrte der Seku ihn an und stieß eine Reihe gurgelnder Laute aus.

»Gut so«, stellte Simon fest, obwohl der andere ihn ebensowenig verstehen konnte. »Rede dir alles von der Seele, um so schneller erfaßt mein Translator die Grundzüge deiner Sprache.«

Der andere stockte, doch irgendwie schien er zu begreifen. Zumal Simon seine Fesseln löste.

»Wir müssen weiter!« drängte Gisol.

»Willst du den Seku zurücklassen? Wer weiß, was er uns über seine Welt erzählen kann.«

»Bestimmt nicht viel«, sagte der Worgun mürrisch. Aber er wartete.

»Heiß«, erklang es unvermittelt. »Die Hitzekuppeln bringen uns um.«

»Du hast nichts mehr zu befürchten, mein Freund.« Simon sah zu, wie der Seku seine Handgelenke massierte. Die Gurte hatten tiefe Eindrücke im Fleisch hinterlassen.

»Ich habe noch gesehen, wie du die Höllenboten getötet hast!« Großer Respekt klang in der Stimme mit.

Mit Höllenboten meinte er die Zyzzkt. Simons Blick schweifte zu dem zweiten Seku ab. Erst jetzt stellte er fest, daß es sich wohl um ein weibliches Wesen handelte.

»Blugga«, erklang es aus dem Translator. »Mein Gefährtin. Die Höllenboten haben sie ermordet. Wie schon so viele unseres Volkes. Ich bin Tarnolq.«

»Simon«, sagte der Wächter.

»Es wird Zeit, daß wir verschwinden!« drängte Gisol. »Reden können wir später immer noch, sobald wir in Sicherheit sind.«

»Kannst du gehen?« Simons Blick streifte die kurzen Beine des Seku ebenso wie seine Flossen. Daß die Natur diese Wesen wie Amphibien für das Leben an Land und im Wasser angepaßt hatte, war offensichtlich.

»Was wird aus Blugga?«

»Wir müssen sie zurücklassen.«

»Sie... hat mir vertraut«, brachte Tarnolq stockend hervor. »Ich hasse die Höllenboten.«

Nicht nur du, dachte Simon bitter.

Wir orten einen anwachsenden Strahlungspegel aus dem Bereich der EPOY! meldete Hugo. *Unverkennbar Absorptionslinien von Tofirit.*

Gisol hatte über Helmfunk mitgehört. »Wenn wir nicht so schnell wie möglich verschwinden, schaffen wir es nicht mehr«, drängte er.

Tarnolq kam schwankend auf die Beine. »Wenigstens ist diese unerträgliche Hitze weg«, brachte er schwer atmend hervor, als er sich nach dem Dolch bückte, den der Zyzzkt verloren hatte. »Mit der Waffe wurde Blugga ermordet – an ihr wird bald auch das Blut der Höllenboten kleben.«

Inzwischen herrschten in dem Labor fünf Grad minus. Mit jedem Grad tiefer unter dem Gefrierpunkt wurden Tarnolqs Bewegungen geschmeidiger. »Den Blitzwerfer«, stellte er fest und zerrte den Strahler aus dem Hüftgurt des toten Zyzzkt, »nehme ich auch mit.« Er blickte Simon an. »Ich weiß nicht, was geschehen ist. Da war dieses Beben und ein schreckliches Kreischen. Ich konnte das Entsetzen der Höllenboten erkennen. Fast alle verschwanden. Wir Seku spüren in unseren Dörfern oft solche Beben. Dann kamen einige Höllenboten in ihren zweiten Häuten zurück, um mich ebenfalls zu töten...«

»Später, Tarnolq!« Auch Simon wurde nun ungeduldig. Gisol hatte sich bereits zurückgezogen.

Die Spindelroboter riefen über Funk nach ihm. *Wir kommen*, antwortete der Wächter. Der Himmel, so weit er durch die Bruchstellen zu sehen war, hatte sich verhängt. Weit verstreut flackerte Glutschein, einzelne Brandherde loderten erst jetzt wirklich hoch auf. Zwischen den letzten Gebäuden zuckten Strahlschüsse, dort versuchten immer noch Zyzzkt, die Schiffbrüchigen aufzuhalten.

Hinter dem Erdwall glühte die Luft in giftigem Grün. Ein unheilvolles Flackern weitete sich aus. Es war unverkennbar, daß die Konverter den entfesselten Gewalten nicht mehr lange standhalten konnten.

Simon beeilte sich, den anderen zu folgen. Gisol war schon gut hundert Meter weiter, als er unvermittelt von mehreren Zyzzkt attackiert wurde. Der Wächter reagierte mit der ihm eigenen Schnelligkeit und griff sofort ein.

Die Insektoiden hatten offenbar nicht damit gerechnet, selbst von anderer Seite aus unter Feuer genommen zu werden. Ihre kurze Verwirrung kostete drei von ihnen das Leben und verschaffte Gisol die Möglichkeit, in Deckung zu gehen.

Einmal mehr wurde der Wächter zur Kampfmaschine, deren tödliche Brisanz die jedes Roboters übertraf. Er bahnte sich seinen Weg durch den Widerstand, feuerte dabei selbst ununterbrochen und hinterließ eine Spur der Zerstörung.

Die Zyzzkt zogen sich zurück. Er folgte ihnen. »Verschwinde, Gisol! Ich komme nach.«

Vor ihm zerbarst die halbe Gebäudefront. Er sah den Worgun aufspringen und in der Düsternis verschwinden.

»Was ist mit dem Seku?« fragte Gisol über Helmfunk.

Simon fuhr herum. Er suchte Tarnolq dort, wo er ihn zurückgelassen hatte, aber das Amphibienwesen war verschwunden. Umschalten der Wahrnehmung auf Infrarotbereich... Im selben Moment durchzuckte ein brennender Schmerz seine Hüfte. Explosivgeschosse detonierten, ihre Wucht ließ ihn taumeln. Simon spürte, daß sie die Tofiritstruktur schädigten, ihm eine tiefe Wunde zufügten. Das war etwas, was er so noch nicht wahrgenommen hatte. Der Schmerz wurde stärker. Eine neue Salve traf ihn, riß seinen Körper auf.

Er würde sterben, bevor er die INSTANZ erreichte. Das also war sein Leben gewesen; Noreen und der eigene Leib aus Fleisch und Blut, für immer unerreichbar...

Simon legte das halbe Gebäude in Trümmer. Schwankend stand er da, seine Wahrnehmung vor Schmerz verschleiert. Er starrte seine Waffenarme an, versuchte zu morphen, aber die Hände formten sich nur langsam.

Endlich hatte er es geschafft, tastete vorsichtig über die klaffende Hüftwunde. Das Tofirit hatte sich verflüssigt, es tropfte an seinem Bein hinab und sammelte sich auf dem Boden in einer zitternden Lache.

Er preßte eine Hand auf die Wunde. Das Metall quoll, wenn auch langsamer, zwischen den Fingern hindurch. Er schaffte es nicht, sich darauf zu konzentrieren und den Vorgang aufzuhalten. Zu viel wirbelte in seinen Gedanken durcheinander, und das grüne Leuchten warf unheimliche Schatten.

Nun wirst du nie erfahren, was aus mir geworden ist, Noreen. Ich wünschte, manches wäre anders verlaufen...

Schritte näherten sich. Er registrierte sie erst jetzt.

Ein Schemen wuchs vor ihm auf. Dürre Gliedmaßen, dazu ein dreigeteilter Körper, der in einem roten Schutzanzug steckte. Der Zyzzkt starrte ihn aus seinem Folienhelm heraus unbarmherzig an, hektisch öffneten und schlossen sich die Kieferzangen.

Mit zwei Händen hielt der Insektoide eine seltsam anmutende dickläufige Waffe.

Er schnarrte etwas Unverständliches.

Diese Waffe mußte es sein, mit der die gefährlichen Projektile abgeschossen wurden. Immer noch preßte Simon die Finger auf die Wunde. Er wollte erneut morphen, aber der Körper reagierte zu träge. Dafür sah er in erschreckender Deutlichkeit, wie sich die Insektenfinger dem Auslöser näherten.

In dem Moment versteifte sich der Zyzzkt. Blut quoll aus seinem Rachen, und fast gleichzeitig kippte der Kopf, seines Haltes beraubt, zur Seite.

Triumphierend riß Tarnolq den abgetrennten Schädel an den Fühlern in die Höhe. In seiner Rechten blitzte der besudelte Dolch. Lautlos hatte er sich von hinten angeschlichen und den Zyzzkt erstochen.

»Danke«, brachte Simon gepreßt hervor, dann sank er auf die Knie und griff mit beiden Händen in die Lache aus zähflüssigem Tofirit. »Wir schaffen es vielleicht doch«, versicherte er mit neuer Zuversicht.

Tarnolq stand stumm daneben und verfolgte ungläubig, wie sich die zähe rote Masse in die Wunde einfügte und sie ohne jede Narbe verschloß.

Endlich flohen sie, hinter sich ein bedrohlich anwachsendes grünes Leuchten, das alles zu durchdringen schien.

*

Eine neue Sonne war aufgegangen, ihr Licht so unwirklich, daß es alles zu durchdringen schien. Sehr weit hatten sich die Schiffbrüchigen noch nicht von der zerstörten Kuppel entfernt, als die Meiler der EPOY explodierten. Hinter einer kleinen Anhöhe hatten sich Gisol und die Römer in den Schnee geworfen und sich noch gut eineinhalb Meter tief eingegraben.

Simon und der Seku hatten es gerade noch bis zu ihnen geschafft, als die Druckwelle heranfegte und ohrenbetäubender Donner das Land erschütterte. Simon warf sich halb über seinen Begleiter, um ihn mit dem eigenen Körper zu schützen.

Schon prasselte der Hagel heran. Ein Großteil dessen, was die Explosion aufgewirbelt hatte, regnete im Umkreis der zerstörten Stadt ab. Nach Schnee und Eis fielen Schlackeklumpen, halb geschmolzenes, aber sehr schnell wiedererstarrtes Metall. Dann kam die Asche und mit ihr eine Hitzewoge, die den Schnee eine Handspanne tief abtaute, aber rasch abebbte.

Wenig später stand nur noch die Glutwolke wie ein flammendes Fanal am Himmel.

Tarnolq wälzte sich im Schnee. Aber immer wieder hielt er

inne und bedachte die beiden Spindelroboter mit forschenden Blicken. Er wimmerte leise.

Joker schwebte zu ihm hin. Sein Energiering pulsierte. Die Matrix der Sekusprache hatte er sich drahtlos aus Simons Speicher abgezapft.

»Sind alle aus deinem Volk so mutig?«

Tarnolq hob den Kopf.

Joker nannte seinen Namen. »Mein Gefährte heißt Hugo.«

Tarnolq streckte eine Hand aus und tastete verwirrt über das Metall. »Daß Simon nicht wirklich ist, habe ich schon verstanden«, sagte er stockend. »Obwohl er zwei Beine und zwei Arme hat. Er muß ein Zwittergeschöpf zwischen dieser Welt und dem Jenseits sein – ein Götterbote… aber was seid ihr?«

»Tarnolq, wir sind seine Freunde.«

»Wir sind Roboter«, wandte Hugo ein, »künstliche Geschöpfe aus Metall. Du weißt, was Metall ist?« Er bildete einen Tentakelarm aus und tastete nach dem Dolch, den Tarnolq an seinem Utensiliengürtel trug. Der Seku stieß den biegsamen Arm instinktiv zur Seite.

»Ich will dir nichts wegnehmen«, versicherte Hugo.

»Metall…« Tarnolq lauschte dem verhallenden Klang. »In unseren Legenden gibt es das Wort. Es stammt aus jener Zeit, als wir Seku auch an Land siedelten und das Feuer beherrschten. So heißt es jedenfalls. Aber dann kamen die Höllenboten, und nichts war mehr so wie zuvor. Die Seku wurden verfolgt und getötet…« Seine Stimme versagte.

»… und nur im Meer, unter dem ewigen Eis überlebten sie«, vollendete Gisol den Satz.

»Ich habe Funkkontakt!« rief Simon dazwischen. »Geschwaderkommandant Tiberius auf der IMPERIUM ROMANUM. Er berichtet, daß immer mehr Zyzzkt-Ringraumer ertobit werden. Ihnen geht die Energie aus, sie haben den Vollbetriebsmodus jedenfalls nicht sehr lange durchgehalten.«

»Verluste?« wollte Gisol sofort wissen.

»Die Römer haben drei Schiffe verloren, aber das Onda-System ist so gut wie in ihrer Hand. Die fliehenden Zyzzkt werden von einem Teil der Flotte verfolgt und vernichtet.«

Die Mienen der fünf römischen Offiziere entspannten sich. Offenbar hatten sie schon befürchtet, für längere Zeit in den Schutzanzügen durch die Eiswüste des Planeten fliehen zu müssen.

»Tiberius soll die Truppentransporter heranholen!« sagte Gisol.

Simon leitete den Befehl weiter. »Die IMPERIUM ROMANUM befindet sich schon im Anflug auf Onda«, stellte er gleich darauf fest. »Kommandant Tiberius wird in Kürze hier landen.«

Gisol wollte aufbegehren, doch Simon winkte mit einer knappen Geste ab. »Tiberius weiß Bescheid. Er wird keine Bruchlandung riskieren.«

*

Zwanzig Minuten vergingen, dann zeigte sich hoch im Zenit ein winziger, im Widerschein der Sonne hell strahlender Punkt. Geraume Zeit sah es so aus, als würde er seine Position nicht verändern, doch er wurde unmerklich größer.

Der Stern nahm Ringform an. Und er sank jetzt rasch tiefer.

»Intervallfeld steht nach wie vor«, sagte Simon, der Funkverbindung hielt. »Der Hyperkalkulator der IMPERIUM ROMANUM ist der Ansicht, daß die Explosion der EPOY zugleich den Anti-Intervallgenerator der Zyzzkt vernichtet hat.«

Gisol nickte zufrieden. »Und hoffentlich noch einiges mehr«, fügte er hinzu. »Das ist als Preis für meine EPOY aber immer noch zu wenig.«

Endlich landete der Ringraumer. Metertief sanken die Landebeine in den Schnee ein, bevor der Antigrav das Schiff stabilisierte. Simon beobachtete den Seku, der einer Panik sehr nahe war. Nur mühsam unterdrückte Tarnolq seinen Fluchtimpuls.

»Du brauchst dich vor dem Ringraumer nicht zu fürchten, Tarnolq.« Der Wächter ging neben dem im Schnee liegenden Seku in die Knie. »Er wird uns vor den Zyzzkt beschützen.«

Tarnolqs Blick sprang dennoch unruhig zwischen Simon und dem Raumer hin und her. »Das ist ein fliegendes Schiff der Höllenboten. Ich habe selbst eines gesehen.«

»Und du lebst noch. Also wovor fürchtest du dich? Das ist ein fliegendes Schiff, ein Raumschiff, das die Sterne erreicht. Aber es gehört den Römern, nicht den Höllenboten. Und die Römer jagen die Höllenboten.«

Tarnolqs Miene hellte sich auf. Das war genau die Sprache, die er verstand.

Simon erhob sich wieder. Er streckte dem Seku die Hand entgegen. »Komm!« sagte er. »Wir gehen an Bord.«

»Nein.« Schlagartig brach sich Tarnolqs Entsetzen neue Bahn. »Kein Rudel von Kwarrack bringt mich an Bord dieses – Sternenschiffes. Es ist voll tödlicher Hitze wie die Kuppeln. Ich bleibe hier, im Schnee.«

Simon verstand. Er war sogar beschämt, daß er daran nicht gedacht hatte. An Bord war es vielleicht ein klein wenig kühler als bei den Zyzzkt, doch für den Seku immer noch sengend heiß. Simon wandte sich um und folgte den anderen, die schon in der Schleuse warteten.

*

Kommandant Tiberius war ein erfahrener Offizier der neurömischen Flotte, der in vielen Gefechten mit Einheiten der Zyzzkt gelernt hatte, was es hieß, dem Tod ins Auge zu schauen. Stets hatte er es geschafft, seine Mannschaften ohne Verluste nach Terra Nostra zurückzubringen. Er grüßte militärisch knapp, als der Worgun die Zentrale betrat.

»Mein Schiff steht zu Ihrer Verfügung, Gisol!«

»Danke«, erwiderte der Worgun-Rebell. »Gibt es noch Zyzzkt-Raumer innerhalb des Systems?«

»Fünf oder sechs Einheiten, die sich in den Schutz der äußeren Planeten zurückgezogen haben. Sie stellen keine Bedrohung mehr dar. Ich rechne damit, daß die Abschußmeldungen schon in wenigen Stunden vorliegen werden.«

Gisol stellte eine neue To-Funkverbindung zur Station im Planeten her und identifizierte sich. Der Hyperkalkulator teilte ihm mit, daß der Schacht der Tiefenbohrung über mehrere Kilometer hinweg weitgehend verschüttet worden war. Die Explosion der EPOY hatte sich direkt auf den Schachtbereich ausgewirkt. Auswertungen der Bebenwellen sowie Temperaturmessungen deuteten darauf hin, daß ein zähflüssiger Gesteinspfropf den oberen Schachtabschnitt ausfüllte. Die Angriffe der Zyzzkt auf die Station waren jedenfalls fast zum Erliegen gekommen. Die von ihrem Nachschub abgeschnittenen Insektoiden hatten den Defensiven plötzlich wenig entgegenzusetzen.

Wenig später materialisierten die Truppentransporter und die fünf sie begleitenden Ovoid-Ringraumer im System.

Es kostete Gisol einige Überwindung, den Wimmelwilden in den anderen Kuppelstädten auf Onda über Funk freien Abzug anzubieten. Immerhin wollte er verhindern, daß schwere Bodenkämpfe auf dem Planeten irreparable Schäden hinterließen. Die Seku sollten ihre Welt möglichst unzerstört zurückbekommen.

Doch die Zyzzkt dachten nicht daran, einfach abzuziehen. Sie wollten den Angreifern einen für beide Seiten verlustreichen Kampf bieten.

Simon befahl daraufhin den Angriff auf alle Kuppelstädte. Die Landung der Truppentransporter stand bevor. Sie warteten nur noch auf eine ausreichend große Zahl von Ovoid-Ringraumern für die Unterstützung aus der Luft.

*

Unbewegt lag Tarnolq im Schnee und starrte zu dem gigantischen fliegenden Schiff hinüber, in dem Simon und die anderen verschwunden waren. Jeden, der ihm noch vor wenigen Tagen gesagt hätte, er würde jemals ein solches Schiff aus der Nähe sehen, hätte er umgehend für verrückt erklärt.

Fast so groß wie die Eisklippen war es. Ebenso glatt in seiner Struktur. Unvorstellbar, daß es sich überhaupt vom Boden lösen konnte – doch er hatte es fliegen gesehen.

Die Seku würden die Ohren spitzen und ihm voll Ehrfurcht zuhören, wenn er von diesem Wunder erzählte, wenn er… ein heftiges Schluchzen schüttelte ihn. Blugga würde nicht mehr bei ihm sein. Alle würden ihn fragen, was geschehen war, und was sollte er antworten? Daß die Höllenboten sie aufgeschlitzt hatten wie einen Fisch, den man nach dem Fang ausnahm? Daß Blugga sterben mußte, weil er ihr voll Stolz die erbeutete Waffe gezeigt hatte? Blugga fehlte ihm schon jetzt. Und was würde erst sein, wenn die Höllenboten vertrieben waren? Er würde an Land gehen wie einst seine Vorfahren, ein neues Leben beginnen und versuchen, das Gewesene zu vergessen. Aber konnte er das überhaupt? In dem riesigen, mattglänzenden Ring öffnete sich eine Luke. Gisol und dieser große rote Metallmann kamen zu ihm herab. Hinter ihnen folgten die beiden Roboter. Tarnolq fragte sich erneut, was die anderen Seku dazu sagen würden. Diese Gedanken drängten sich auf, ohne daß er sie zurückhalten konnte. Er stemmte sich mit den Armen hoch und richtete sich auf. Gisol nickte ihm zu. »Willst du nicht doch unser Sternenschiff…?«

»Nein«, sagte Tarnolq schroff. »Erst wenn ich vergessen kann, was die Höllenboten mir angetan haben.«

»Ich habe alles in die Wege geleitet, daß die Zyzzkt vertrieben werden. Das wird nicht ohne Kämpfe abgehen, aber dein Volk wird bald wieder die Herrschaft über diese Welt antreten können.«

»Ich berichte allen Seku davon.«

»Darum wollten wir dich eben bitten«, sagte Simon.

»Du begleitest mich hinaus ins Meer?«

Simon schüttelte den Kopf. »Leider nicht, Tarnolq, mein Weg ist ein anderer. Denn auch ich will nach Hause.«

»Zu den Sternen?«

»Ja, mein Freund. Sogar weiter als die Sterne, die du am Nachthimmel siehst. – Dennoch mußt du nicht allein gehen.« Simon sah den Seku zusammenzucken.

Tarnolqs flüchtiger, doch zugleich begehrlicher Blick streifte die Spindelroboter.

»Ich habe den Eindruck, du möchtest deine Begleiter selbst auswählen«, stellte Simon fest.

»Die Roboter aus Metall«, sagte Tarnolq. »Kann ich sie mitnehmen?«

Nichts anderes hatte Simon beabsichtigt und auch schon mit

Hugo und Joker besprochen. Ihre Wege trennten sich ohnehin, sobald er die INSTANZ aufsuchte. Die beiden würden ein Auge auf den Seku und sein Volk haben.

»Sie werden bei dir bleiben, solange du ihre Hilfe benötigst«, versprach Simon.

Tarnolq blickte ihn stumm an. Dann, als er endlich etwas sagen wollte, wurde er von Gisol unterbrochen.

»Dutzende Völker kämpfen gegen die Zyzzkt«, sagte der Worgun-Rebell. »Es ist ein gerechter Kampf, der sich noch über Jahre hinziehen wird, aber wir alle stehen in Freundschaft zusammen und werden die Zyzzkt besiegen. Erzähle deinem Volk auch davon, daß es viele gibt, denen es ähnlich ergangen ist. Sie wurden vertrieben und gejagt, doch nun kehren sie in ihre jeweilige Heimat zurück.«

Obwohl sie sich erst seit wenigen Stunden kannten, stand etwas zwischen ihnen, das den Abschied bedrückend machte.

Simon umfaßte den Seku sanft an den Armen. »Nach dieser Zeit kommt eine bessere«, versprach er. »Sie ist schon angebrochen.« Er wandte sich den Spindelrobotern zu und fragte sich für einen Moment, ob ihre Energieringe wirklich fahl geworden waren. »Paßt gut auf ihn auf, so wie ihr auf mich aufgepaßt habt!« sagte er, wandte sich um und ging langsam zurück zum Schiff.

Simon, ich wünsche dir alles Glück! funkte Joker ihn an.

Und Hugo sagte: *Wenn dir dein altes Leben nicht mehr gefällt, weißt du, wo du uns finden kannst.*

*

Wenige Stunden später verließen zwei Flash im Schutz ihrer Intervallfelder ihr Depot an Bord der IMPERIUM ROMANUM. Beide Beiboote verharrten kurze Zeit inmitten des Schneetreibens, bis der Hyperkalkulator der Worgun-Station ihre Steuerung übernommen hatte.

Langsam drangen sie in die Planetenkruste ein.

Die Ortungen erfaßten die Tiefenbohrung der Zyzzkt ebenso wie eine schwache Streustrahlung aus dem Umfeld der Station.

Die Kämpfe zwischen den Insektoiden und den Worgun-Robotern beschränkten sich aber auf zwei Zugangssektoren.

Simon flog gemeinsam mit Gisol in einem Flash, den anderen belegten der Geschwaderkommandant Tiberius und ein weiterer hochstehender römischer Offizier.

»Sollen wir mit den Flash in die Kämpfe eingreifen?« fragte Gisol.

»Das ist nicht mehr erforderlich«, antwortete der Hyperkalkulator. »Die Defensiven haben endlich die Oberhand errungen.«

Gut einhundert Kilometer durchmaß die Station. Sie war ein gewaltiges, annähernd kugelförmiges Gebilde, dessen Funktionen überaus vielfältig gewesen sein mochten. Obwohl Simon danach fragte, erhielt er von Gisol keine Antwort. Möglicherweise, argwöhnte er, wußte der Worgun selbst nicht Bescheid.

»Die Station gehörte einst zum galaxisweiten Wächterprogramm«, sagte Gisol schließlich doch. »Die wichtigste ihrer Funktionen war die Aufrechterhaltung einer permanenten Verbindung nach ARKAN-12.«

Kurz darauf landeten die Flash in einer riesigen Halle, die weit mehr an einen botanischen Garten als an ein perfekt funktionierendes technisches Gebilde erinnerte.

Die Decke verlor sich im Dunst künstlicher Wolken. Ringsumlaufende breite Galerien waren unter der Last herabhängender Pflanzen eher zu ahnen als wirklich zu erkennen. Den Boden bedeckte ein üppiger Urwald. Die mehrfach mannsdicken Stämme, die bis zu hundert Metern und mehr aufragten, erinnerten Simon an irdische Farne. Schlingpflanzen hingen aus der Höhe herab, undurchdringlich scheinende grüne Vorhänge, zwischen denen üppige Blütenkelche für Farbenpracht sorgten.

Eine vor Feuchtigkeit triefende schwüle Treibhausatmosphäre herrschte. Simons Messungen registrierten zudem einen ungewöhnlich hohen Sauerstoffanteil.

Tierstimmen bildeten eine lärmende Kulisse. Ein Zirpen, Keckern und Schreien wie im tiefsten brasilianischen Dschungel. Kreischend stieg ein Schwarm großer Vögel aus dem Dikkicht einer Galerie auf und verschwand in der Höhe. Lemurenartige kleine Tiere segelten mit ausgebreiteten Flughäuten von

Baum zu Baum, um gleich darauf mit affenartiger Geschicklichkeit in die Höhe zu klettern.

Was immer Simon zu sehen erwartet hatte, das sicherlich nicht. Langsam drehte er sich einmal um sich selbst, um alle die Eindrücke aufzunehmen, die diese Landschaft bereithielt. Er sah, daß die Römer nicht minder verwirrt beobachteten.

Was ist das? fragte er sich, ohne es jedoch auszusprechen. *Gibt es neben dieser Halle weitere? Ein galaktischer Zoo, in dem sich die Besatzung der Station wohlfühlt?*

Die Spinnenbeine der Flash waren zentimetertief in morastig feuchtem Boden versunken. Eine Wasserschlange ringelte sich an einem der Ausleger empor, fiel zurück und schoß pfeilschnell davon. Simon sah genauer hin. Zwischen den Flash flimmerte die Luft. Sie verdichtete sich zu einem rauchigen Wirbel, drei, vier Meter im größten Durchmesser.

Im Zentrum dieses Wirbels entstand ein silbernes Flirren. Es schien Gestalt annehmen zu wollen, doch blieb es bei plumpen, annähernd humanoiden Konturen.

Ich begrüße euch in der Station von Onda, erklang eine mentale Stimme. *Nach Jahrhunderten der Isolierung und Monaten des Kampfes gegen die Zyzzkt wurde nun die größte Gefahr besiegt. – Gisol, ich freue mich, einen Worgun zu sehen. Es ist lange her… fast ebenso lange habe ich keinen Wächter mehr erblickt. Wohin haben sie sich zurückgezogen?*

»Ich bin der letzte Wächter der Worgun«, sagte Simon laut, damit ihn auch die Römer verstehen konnten. »Ich bin Simon, ein Terraner.«

Ich kenne kein Volk, das sich so nennt.

»Mein Freund stammt aus der Galaxis Nal«, wandte Gisol ein. »Sein Volk hat die legendäre MASOL vollendet.«

Das Flirren schien sich zu verdichten. Sekundenlang herrschte betretenes Schweigen.

»Ich bin hier, weil ich einen Weg suche, um nach ARKAN-12 zu gelangen«, sagte Simon unvermittelt. »Die INSTANZ erwartet mich.«

Der Arkan-Sender ist funktionsfähig, das ist richtig. Wer immer dir davon erzählt hat…

»Es waren Margun und Sola«, wandte Gisol ein. »Sie sind Simon zu Dank verpflichtet.«

Wer sind die beiden Männer?

»Sie nennen sich Römer.«

Aus Gardas? Ich habe ihre Anfänge miterlebt. Aber später wurde ich von den Zyzzkt blockiert. Viel Wissen ist verlorengegangen.

»Daten sind ersetzbar.«

So ist es, Gisol. Durch euer Eingreifen konnte ich die Fesseln abstreifen. Ich würde Simon gerne helfen, ARKAN-12 zu erreichen. Aber leider ist es mir nicht möglich, die Brücke in den Hyperraum schnell aufzubauen.

Es sollte nicht sein. Simon hatte das ungute Gefühl, den Boden unter den Füßen zu verlieren.

Der Kampf gegen die Zyzzkt war aufwendig. Ich verfüge kaum noch über genügend Energie, um das Erbe zu erhalten, geschweige denn, den Weg nach ARKAN-12 zu öffnen. Was ich brauche ist Ala-Metall in ausreichender Menge.

*

Dreißig Minuten später…

Kommandant Tiberius und sein Begleitoffizier waren soeben mit den beiden Flash gestartet und durch die Hallenwand verschwunden. Sie hatten die Aufgabe übernommen, das Verladen des Tofirits zu organisieren und die masseneutralisierenden Kisten, von denen jede einen Kubikmeter des superschweren Ala-Metalls faßte, mit den Flash in die Station zu transportieren.

Der energetische Wirbel, nichts anderes als eine Projektion des Hyperkalkulators, löste sich hinter den Flash auf. Gisol und Simon waren sich selbst überlassen.

»Du bist mir einige Antworten schuldig«, sagte Simon unvermittelt.

»Ich habe keine Frage gehört.«

»Oh doch, Jim Smith. Was bedeutet das hier?«

»Du meinst den Dschungel, die Tiere… komm!«

Mit ausgreifenden Schritten überquerte der Worgun die Lichtung. Bevor er in das Pflanzendickicht eindringen konnte, wurde er gemeinsam mit Simon von einer unsichtbaren Kraft erfaßt. Simon identifizierte sie als freischwebendes Intervallfeld, ohne daß er freilich feststellen konnte, wie es erzeugt und aufrechterhalten wurde.

»Zur Verteilerstation«, sagte Gisol in der Sprache der Worgun.

Das Intervallfeld setzte sie beide inmitten eines hochtechnisierten Bereichs ab und löste sich auf. Eine ins Monumentale vergrößerte Raumschiffszentrale, so mutete die neue Umgebung an. Wobei Bildschirmgalerien das beherrschende Element waren. Aber nur wenige Hologramme bauten sich auf gedanklichen Befehl tatsächlich auf.

Simon erkannte Ausschnitte der Planetenoberfläche. Kalbende Gletscher, schneebedeckte Bergzüge, eine Kuppelstadt der Zyzzkt, die sich soeben vor den heranrückenden römischen Bodentruppen mit einem flirrenden Schutzschirm umgab.

Gisol deutete auf die Wiedergabe einer hügeligen Wüstenlandschaft. Ein steter Wind trieb Sicheldünen vor sich her. Dickblättrige Pflanzen stemmten sich gegen den Sand, der auf seiner Wanderung über sie hinwegrollte. An anderer Stelle zeigte sich, daß diese Pflanzen anschließend wieder aufstanden und sogar strahlende Blüten entfalteten. Eidechsenartige Tiere huschten umher.

»Oder was hältst du davon? Was willst du sehen?« Der Worgun deutete auf einen Schirm, der eine Rifflandschaft zeigte. Farbenprächtige Korallen, die sich in einer sanften Dünung bewegten. Zwischen ihnen ungezählte Fischarten. Ein vierbeiniges, großes Tier geriet kurz in die Bilderfassung. Sein kräftiges Raubtiergebiß schnappte nach einem der Fische, verfehlte ihn aber, und schon strebte es mit kräftigen Prankenschlägen davon.

»Ein Eisbär«, murmelte Simon.

»Ein Kwarrack«, sagte der Worgun.

»Du meinst, was uns diese Holos zeigen, ist für uns zugänglich wie die Dschungelhalle?«

Gisol nickte.

»Die Projektion des Hyperkalkulators sprach von einem Erbe,

das es zu erhalten gilt«, entsann sich der Wächter. »Das alles ist nicht nur ein riesiger Zoo? Das ist eher eine Art Arche Noah?«

»Diese Welt hat bessere Zeiten gesehen«, bestätigte der Worgun endlich, »eine Umlaufbahn näher an ihrer Sonne, mit angenehmen Temperaturen und einer sich prächtig entwickelnden Flora und Fauna. Aber dann experimentierten die Zyzzkt. Wir haben versucht, zu retten, was zu retten war, weil wir eines Tages die Entwicklung rückgängig machen wollten. Heute können wir es nicht mehr. Die Seku würden eine Temperaturänderung nicht überstehen, ihr Volk hat sich in einer schnellen Evolution dem Permafrost angeglichen.«

»Diese Station soll also Leben erhalten?«

»Das ist auch eine ihrer Aufgaben.«

*

Simon war fasziniert von dem, was er sah und hörte. Er lebte zur falschen Zeit. Jahrtausende früher, zur Blütezeit der Worgun, mußte die Existenz als Wächter überwältigend gewesen sein. Die ersten Transportkisten mit Ala-Metall wurden von den Flashpiloten angeliefert.

Sofort danach wurde die Energieversorgung deutlich besser.

Als sich die Luft erneut verdichtete und der neblige Wirbel entstand, rotierte er mit einer funkensprühenden Kraft, die zuvor nicht einmal ansatzweise erkennbar gewesen war.

Die Station befindet sich wieder in voller Bereitschaft, ließ sich die Gedankenstimme vernehmen. *Der Arkan-Sender ist aktiv.*

*

Sie waren gemeinsam den Weg in den Hyperraum gegangen. Schon während des Fluges ins Onda-System hatte Simon geahnt, daß Gisol ihn begleiten würde. Doch auf ARKAN-12 mußte selbst für den Worgun-Rebellen der weitere Weg versperrt sein. Drei Transportkisten mit Tofirit hatten sie von Onda mitgenommen.

Simon »spürte« die Allgegenwart der INSTANZ, wie er sie schon einmal, vor einem Jahr, wahrgenommen hatte. Aber warum schwieg sie?

Ich bin zurückgekommen, dachte er. *Ich, Simon, der Wächter, dem du zu einem neuen Leib aus Tofirit verholfen hast.*

Ich begrüße dich, Simon, letzter aus einer glorreichen Epoche.

Da war die Gedankenstimme wieder. Wieso hatte er nur befürchten können, sie würde sich nicht mehr melden?

Du hast einen anderen Weg genommen als den, welchen ich dir gewiesen habe. Und du bist nicht allein.

Mein Begleiter ist Gisol, ein Worgun.

Ich kenne Gisol. Auch er ist mir willkommen.

Vorübergehend herrschte Schweigen.

Dann: *Ich will nicht glauben, Wächter Simon, daß Gisol der einzige Worgun ist, der überlebt hat. Zumal die verlorene Verbindung nach Orn wiederaufgebaut wurde.*

Ich habe meinen Auftrag erfüllt, dachte Simon. *Gisol ist derjenige, der dir am besten Auskunft über das Schicksal der Worgun und die Lage in Orn geben kann. Es gibt noch viele von ihnen, wenn auch die Zyzzkt Milliarden ihres Volkes ermordet haben. – Ich hoffe, du entsinnst dich auch deines Teils der Vereinbarung.*

Willst du mich beleidigen? Das klang in der Tat verärgert. Wieder versöhnlicher, fügte die INSTANZ hinzu: *Du hast dir gut überlegt, was du aufgeben willst?*

Ich will so schnell wie möglich wieder Mensch werden. Und später, vielleicht...

Ich weiß nicht, ob es ein Später geben kann, Simon. Du brauchst noch Zeit.

Ich brauche sie nicht! Ich hatte... Er spürte die INSTANZ nicht mehr. »... lange genug Zeit«, sprach er seine Gedanken unwillkürlich laut aus.

»Was ist mit dir?« Gisol schaute ihn durchdringend an. »Du stehst wie erstarrt, seit wir angekommen sind, reagierst auf gar nichts. Die INSTANZ meldet sich ebenfalls nicht.«

»Sie... hat mit mir gesprochen«, sagte Simon.

»… und sie wollte dich davon abhalten, deine Existenz als Wächter aufzugeben?« Der Worgun lachte hell. »Von wem willst du das noch hören?«

Der Wächter läßt sich nicht davon abbringen, erklang die mentale Stimme erneut. Diesmal, erkannte Simon an Gisols Reaktion, hörte sie auch der Worgun-Rebell.

Deinen Körper, Simon, kann ich dir nur hier, auf ARKAN-12, zurückgeben. Wenn du es wirklich willst, schicke ich dich zur Erde, damit du die DNS-Probe holen kannst. Für die Rückkehr gebe ich dir einen neuen kleinen Arkan-Sender. Aber verliere ihn nicht wieder.

»Ich will es!« bekräftigte Simon laut.

Gisol kann dich nicht begleiten. Das ist ein Weg, den nur du allein gehen kannst.

»Ich bin nicht gekommen, um den Wächter zu begleiten«, erklärte der Worgun. »Ich bin hier, um deine Fragen zu beantworten. Weil mir die Zeit nicht so wichtig ist wie Simon«, fügte er spöttisch hinzu. »Menschen, Terraner insbesondere, neigen zur Ungeduld.«

Ich erkenne drei Kisten mit Ala-Metall.

»Ein Anfang. Sobald Onda fest in unserer Hand ist, werden regelmäßige Lieferungen erfolgen.« Gisols Stimme vibrierte merklich. »Ich hoffe, dann wird es auch bald wieder neue Wächter geben. Wir können es schaffen…«

Ist das der Grund, weshalb du Simon gehen läßt? Du tauschst einen Wächter gegen viele?

Er kann mich nicht zurückhalten! wollte Simon rufen. *Ich bin nicht sein Diener*. Er brachte keinen Ton über die Lippen. Alles erschien ihm plötzlich so weit entfernt.

Er streckte die Hand aus, doch sie griff ins Leere.

Da war nichts mehr.

Nur endlose Schwärze.

*

»Nein, so geht es nicht, meine Herren! Wir werden uns nicht gegenseitig die Köpfe einschlagen. Nicht wegen gegensätzlicher

Ansichten, und schon gar nicht wegen Geld. Ich denke doch, wir haben uns klar und deutlich verstanden.«

»Nichts ist klar, Dhark. Und deutlich schon gar nicht. Oder überdeutlich, ganz wie Sie wollen. Es geht bei der Angelegenheit immerhin um handfeste Vorteile.«

»Ich bitte Sie, Henner. Wir schreiben den Mai des Jahres 2060. Über gewisse Dinge sollten wir erhaben sein.«

»Es gibt Personen, die sind anderer Ansicht.«

»Was ich davon halte, wissen Sie. Ich bin nicht mehr Commander der Planeten, aber mir wurde die POINT OF als Privateigentum zugesprochen. Das ist Fakt. Ebenso, daß eine gewisse finanzielle Ausstattung... bitte lassen Sie mich ausreden, Henner! Wir reden hier über nichts anderes als die Stiftung, die Terence Wallis für die Finanzierung des Betriebs der POINT OF eingerichtet hat, und die mich von der terranischen Regierung unabhängig macht. Ich will nicht, daß wir uns darüber streiten, aber ich will ebensowenig, daß Sie beide wie Hund und Katze übereinander herfallen.«

»Wirtschaft und Politik haben nie miteinander harmoniert.«

»Sofern es um die eigenen Pfründe geht, schon.«

»Es reicht...!« Ren Dhark verstummte abrupt.

Ein aufgeregter Ruf war eben durch die Zentrale gehallt. Neben den beiden Besuchern, Dhark selbst und Dan Riker waren nur noch zwei Mitglieder der Zentralebesatzung anwesend.

»Der Transmitter... auf der Galerie!«

»Wir haben ihn nicht aktiviert.«

Man hätte eine Nadel fallen hören können, so ruhig wurde es plötzlich.

Riker war der letzte, der sich umwandte. »Mein Gott«, entfuhr es ihm, »wie ist das möglich?«

Auf der Galerie, vor dem Transmitter, dessen Transportfeld soeben erlosch, stand eine große, massige Gestalt. Sie war gesichtslos, und ihre rote Haut spiegelte die vielfältigen Lichtreflexe in der Zentrale.

»Wahrscheinlich steht er schon seit mehreren Minuten dort oben«, behauptete Leon Bebir, der Zweite Offizier der POINT OF.

»Wer ist das?« fragte Henner Trawisheim, der neue Regierungschef der Erde und ihrer Kolonialplaneten. »Vor allem: Was will er von uns?«

»Von Ihnen vermutlich nichts.« Ren Dhark hatte sich kurz umgewandt, nun schaute er wieder nach oben. »Komm herunter, Simon!« rief er. »Wie es aussieht, haben wir wohl einiges zu bereden.« Halb über die Schulter erklärte er: »Simon ist ein Wächter der Worgun. Ich weiß es nicht genau, aber ich denke, er ist eben den weiten Weg aus der Galaxis Orn zu uns gekommen.«

In einem waren sich Henner Trawisheim und Terence Wallis einig: Sie schauten ihn an, als zweifelten sie an seinem Verstand.

*

»Nun wissen Sie es«, sagte Simon, nachdem er dreißig Minuten später seinen kurzen, weil immer wieder von Fragen unterbrochenen Bericht gegeben hatte. »Ich will zu Noreen Welean und meine DNS-Probe abholen.«

Er reichte Ren Dhark das kantige Gebilde, das er bis eben unter dem linken Arm eingeklemmt hatte. Es war ungefähr so groß wie ein Schuhkarton. »Ich denke, das kann ich an Bord deponieren.«

»Der Arkan-Sender?« fragte Dhark.

»Ohne ihn ist die INSTANZ für mich unerreichbar.«

»Die Schachtel ist nirgendwo so sicher wie bei uns«, sagte Dan Riker. »Ich frage mich allerdings, ob Noreen Welean überhaupt auf Terra weilt. Womöglich ist sie im Auftrag des Agrarministeriums irgendwo in der Milchstraße unterwegs.«

Trawisheim räusperte sich. »Sie reden von der Hochkommissarin?«

»So ist es«, bestätigte Riker.

»Das bekomme ich heraus.« Trawisheims Blick streifte die Anwesenden, dann zuckte er mit den Schultern. »Jede Fortsetzung unseres Gesprächs erübrigt sich wohl im Moment.«

Dhark nickte.

Trawisheim verließ die POINT OF, die auf dem Raumhafen von Cent Field stand.

Knapp eine Stunde später kam sein Anruf. Er hatte herausgefunden, daß Noreen Welean, die Hochkommissarin für Agrarfragen, vor sieben Tagen ihren Jahresurlaub angetreten hatte. Vier Wochen am Stück. Auf Terra. Tahiti. Sogar die Adresse hatte er parat.

»Das war mehr und schneller, als wir erwarten durften«, stellte Dan Riker fest. »Vor allem ist das ein Katzensprung. Ich nehme doch an, Ren, daß wir für Simon Taxi spielen?«

*

Sommer, Sonne und Strand. Simon hatte schon gar nicht mehr gewußt, wie sich das anfühlte. Er spürte es auch jetzt nicht. Vielmehr waren es die Sensoren des Wächterkörpers, die ihm diese Wahrnehmungen vermittelten. Künstliche Gefühle.

Auch die salzige Seeluft schmeckte er eher in seiner Erinnerung. Der Strand war so, wie er ihn aus den Urlaubsprospekten in seiner Kindheit noch kannte. Heller, fast weißer Sand. Sanft liefen die Wellen auf, kristallklares Wasser, daß auch noch weit draußen bis zum Grund sehen ließ.

Nach zehn Metern Strand Palmen. Ihr Rauschen in der frischen, vom Meer her wehenden Brise. Aus der Ferne Kindergeschrei, das Tuckern eines Motors.

Die Villa kannte er nicht. Ein schmuck zusammengezimmertes Anwesen, hell und freundlich, mit einer umlaufenden Veranda, blühenden Büschen und direkt am Meer. Vermutlich lag seeseits ein kleines Boot vertäut. Nicht anders hatte er es von Noreen erwartet. Sie liebte die Ruhe ebenso wie das Ausgefallene.

Minutenlang stand Simon nur da und sog die Stimmung in sich auf wie ein trockener Schwamm das Wasser. Er war lange Zeit fortgewesen, doch jetzt hatte er das Gefühl, daß der verlorene Sohn heimgekehrt war.

Es tat gut, wieder auf Terra zu sein.

Die POINT OF war auf der anderen Seite der Bucht gelandet.

Weil Simon nicht daran gelegen war, mit großem Gefolge aufzufahren. Zwei Kilometer weit war er durch den Sand gestapft, allein mit sich und seinen Erinnerungen – und er hatte diese kurze Zeit genossen.

Er fühlte eine Erregung wie schon lange nicht mehr, als er die vier Stufen zur Veranda hinaufstieg. Die Holzdielen knarrten leise. Aber das war nicht das einzige Geräusch. Der Wind trug ihm ein helles Lachen zu.

Das war ihre Stimme. Er hätte sie immer wiedererkannt.

Noreen war nicht allein. Er hörte auch einen Mann reden, ohne jedoch verstehen zu können, was er sagte.

Sie hatte Besuch. Wahrscheinlich jemand aus dem Ministerium. Aber lief so einer wirklich durch den Sand? Simon konnte kein Boot an der Mole entdecken.

Vielleicht ein Diener. Sie hatte ihm einmal gesagt, daß sie nie ohne helfende Hände sein könnte. Den Diener vor ihm hatte sie entlassen, weil er sich zu ungeschickt angestellt hatte.

Simon ging weiter.

Das Lachen wurde lauter. Dann ein verhaltenes Stöhnen.

»Stell dich nicht so an, Junge! Was glaubst du, weshalb ich dir die Chance verschafft habe? Bestimmt nicht, weil ich dich für außergewöhnlich intelligent halte.«

In dem Moment sah er sie. Noreen lag auf dem Bauch, den Kopf zur Seite gedreht. Neben ihr kniete ein junger Bursche, kräftig gebaut und braungebrannt. Mit beiden Händen massierte er ihren Rücken.

»Was ist los?« herrschte Noreen ihn an. »Traust du dich nicht? Ich beiße nicht, mein Junge, aber ich will dich endlich spüren…«

»Noreen!« entfuhr es Simon in dem Moment. »Miß Welean!«

Der Mann starrte ihn an, schien gar nicht begreifen zu können, was er sah. Simon hätte fast gelacht, als dieser Adonis zurückwich.

Noreen stemmte sich auf den Unterarmen in die Höhe. Sie drehte den Kopf, blinzelte verwirrt gegen die Sonne. »Wer, zum Teufel…?« Sie stieß einen halb erstickten Schrei aus. »Simon? Bist du es wirklich?«

Ruckartig richtete sie sich auf.

Ihr Blick, mit dem sie ihn musterte, hatte etwas Stechendes. Überhaupt lagen ihre Augen tief in den Höhlen und waren blutunterlaufen.

Das Gesicht wirkte ein wenig verquollen, und die Haare hingen ihr in wirren Strähnen in die Stirn.

»Warum meldest du dich nicht, bevor du hier hereinplatzt?« herrschte sie ihn an.

»Ich wollte Euch«, er stockte, »Sie überraschen.«

Warum sagte er nicht einfach *du*, wie er es beabsichtigt hatte? Diese alte Förmlichkeit war fehl am Platz.

»Das ist dir gelungen. In der Tat.« Mit dem Handrücken wischte sie sich über die Lippen. »Das ist dir immer schon gelungen. Auch damals, auf Deluge.« Erst jetzt schien ihr aufzufallen, daß sie kein Oberteil trug. Mit einer unwilligen Bewegung hielt sie einen Arm vor ihre Blöße.

Kopfnickend deutete sie auf den jungen Mann, der immer noch nicht verstand, was überhaupt geschah. »Das ist Julian, mein Diener. Ist nie da, wenn man ihn wirklich braucht.«

Ihr Blick taxierte ihn. »Wie lange ist das her? Fünf Jahre. Nein, warte! Sieben. Sieben lange Jahre, Simon.« Sie versuchte ein Lächeln, doch es mißlang ihr gründlich. »Weißt du, wie sehr ich dich damals vermißt habe, Simon?«

Sie ist alt geworden, stellt er fest. Aber vielleicht hatte sich die Erinnerung auch nur verklärt und sie war in seinen Gedanken zu etwas geworden, was sie niemals wirklich sein konnte, nämlich ein Sinnbild seiner Hoffnung.

Der ruhende Pol, der ihn immer mit seinem Menschsein verbunden hatte.

»Geh ins Haus, Julian!« forderte sie ihren Diener auf. »Mach uns einen Cocktail. Etwas mit viel Gefühl.«

Sie lachte, kam auf ihn zu und legte ihm die Hände auf die Schultern.

Wie sehr hatte er sich das gewünscht. Jetzt nicht mehr. So vieles war anders als in seiner Vorstellung. Er spürte die Enttäuschung.

Noreens Hände glitten über seine Brust. Ihr Blick, mit dem sie ihn abschätzend betrachtete, wirkte zugleich besitzergreifend. »Einen Diener wie dich habe ich mir immer gewünscht.« Sie warf den Kopf in den Nacken. »Warum bist du gekommen, Simon?«

»Sie – du hast Genproben deiner Mitarbeiter?«

»Natürlich, das habe ich von Anfang an so gehalten. Man kann nie wissen, was geschieht.«

»Ich brauche meine DNS-Probe, Noreen.«

Sie kniff die Brauen zusammen. Eine steile Falte erschien über ihrer Nasenwurzel.

»Sag das noch einmal, Simon!«

»Ich brauche...«

»Nein, nein.« Fahrig winkte sie ab. »Ich habe schon verstanden. Wieso? Ich meine, ich verstehe nicht. Du hast deinen Körper verloren, und deshalb...«

»Eben drum. Ich brauche die Zellen für einen Klon.«

Tief atmete sie ein. Dann schüttelte sie den Kopf. »Es tut mir leid. Wirklich. Aber...« Sie zögerte lange. »... aber nach deinem Verschwinden und dem unabänderlichen Tod deines Körpers auf Hope... ich meine, was hätte die DNS noch bewirken sollen? Ich habe dich beerdigt, Simon. Im Garten meines Hauses in Aspen.«

»Wir könnten die Probe ausgraben.«

Noreen lachte schrill. »Da ist nichts mehr. Glaube mir. Vergiß den Irrsinn. Ohne das konservierende Feld ist sie zerfallen... gestorben sozusagen. Aber wenn du willst, ich meine, als Diener bist du für mich...«

»Du verstehst nicht. Du verstehst gar nichts.« Simon warf sich herum. Beinahe wäre er mit Julian zusammengeprallt, der ein Tablett mit drei Gläsern balancierte. Nicht sonderlich geschickt jedoch, denn das Splittern von Glas auf dem Holzboden vermischte sich mit Noreen Weleans zornigem Aufschrei.

Im Laufschritt hastete Simon über den Strand. Er floh vor sich selbst, vor der Vergangenheit – und vor der Zukunft.

*

»Ich verlasse Terra«, stellte Simon fest, kaum daß er wieder an Bord der POINT OF war.

»Die Hochkommissarin hat deine DNS nicht mehr«, vermutete Ren Dhark.

Der Wächter nickte kaum merklich.

»Und nun?« wollte Riker wissen.

Simon ließ ein klägliches Seufzen vernehmen. »Ich weiß es nicht. Alles war umsonst.«

»Du solltest mit mir nach Eden fliegen, Simon«, sagte Terence Wallis, der vermutlich reichste Mann der Menschheitsgeschichte. »In den Wallis-Labors könnten wir versuchen, einen Klon zu züchten, der deinem ehemaligen Körper sehr nahekommt. Wir sind für alles ausgerüstet. Ich bin sicher, du würdest den Unterschied kaum bemerken.«

»Ich wäre dennoch ein Fremder«, widersprach Simon. »Wie könnte ich vergessen, daß dieser Körper nicht aus meinen Genen besteht? Und warum sollte ich dafür den Leib aus Tofirit aufgeben und auch noch die Unsterblichkeit?«

Wallis blickte ihn ungläubig an. »Die Frage ist gut«, murmelte er, wohl mehr im Selbstgespräch als für andere Ohren bestimmt. »Die Unsterblichkeit…«

Die POINT OF war wieder auf dem Raumhafen von Cent Field gelandet.

Simon ließ sich den Arkan-Sender geben.

»Was hast du vor?« wollte Riker wissen.

Der Wächter zuckte mit den Schultern. »Wenn ich das wüßte«, antwortete er zögernd. »Ich suche einen Ort, an dem es mir gefällt. Alles, was ich momentan empfinde, ist eine grenzenlose Enttäuschung.« Er fuhr sich mit einer Hand über das nicht vorhandene Gesicht, als wolle er sich die Augen reiben. »Ich habe mir zu viel vorgemacht und mich wohl selbst belogen… die Noreen aus meinen Träumen hat es wahrscheinlich nie gegeben. Und der Simon von einst…« Er ließ ein gequältes Seufzen vernehmen. »… dieser Simon ist längst tot; er wird nie auferstehen.«

»Bleib an Bord der POINT OF!« schlug Ren Dhark vor. »Wir alle würden uns freuen.«

»Später… vielleicht.«

Simon verließ das Schiff, den Arkan-Sender in der Hand.

Sie sahen ihn über das Raumfeld laufen. Eine einsame Gestalt – der letzte Wächter der Worgun.

Urplötzlich umfloß ihn ein Strudel schillernden Lichts. Als es nach wenigen Sekunden erlosch, existierte Simon nicht mehr in dieser Welt.

Er hatte den Sender aktiviert und war gegangen. Irgendwohin.

Ende